사람은
고쳐 쓰는 게
아니다

사람은
고쳐 쓰는 게
아니다

초판 1쇄 인쇄 2023년 4월 15일
초판 1쇄 발행 2023년 4월 25일

지은이 알리사
펴낸이 떠오름

기획 손힘찬
펴낸곳 (주)떠오름코퍼레이션
출판등록 제2021-000002호(2020년 4월 28일)
주소 서울특별시 성동구 왕십리로4길 23-1, 3층 301, 302호
전화 070-4036-4586 **팩스** 02-6305-4923
홈페이지 www.risebooks.co.kr
이메일 tteoreum9@nate.com

값 17,700원

ISBN 979-11-92372-33-4 03810

우린 애초에
고장 난 적이
없기에

사람은 고쳐 쓰는 게 아니다

알리사 지음

RISE

"이 회사 나가면 네가 뭘 할 수 있을 것 같아?"

10년간의 회사생활을 끝마치며 들었던 마지막 말이다. 회사에선 나를 붙잡고 싶어서 한 말이었다고 하지만, 이보다 더 비참할 수가 있을까.

대학교 4년과 직장생활 10년을 더한 14년 동안 지독히도 열심히 살았다. 늘 다른 사람에게 인정받고 싶었고, 모든 일을 잘 해내고 싶었다. 그러면 스스로가 더 자랑스러워지고 보람찬 삶을 살 거라 착각하며 정말 열심히도 살았다. 그렇게 나를 잃어가는 줄도 모른 채 말이다. 다른 사람에게 인정받으려 할수록 세상은 날 꼭두각시 인형처럼 대했다. 주문대로 움직이지 않으면 예의 없는 독불장군 취급이었다.

그들의 말에 나는 거만하고 자기밖에 모르는 세상 이기적인 사람이 되어 있었다.

세상의 비난이 점점 무서워졌고 나 자신을 지키는 대신 다른 사람들의 인형이 되기로 했다.

그렇게 10년간 나를 잊은 채 살다 보니 공황장애와 우울증이 찾아왔다. 그제서야 현실을 제대로 볼 수 있었고, 내가 나에게 무슨 짓을 하고 있지 알 수 있었다. 다른 사람은 다 나를 막 대해도 나만큼은 나를 지켜줬어야 했다. 더욱 불행했던 건 아무 것도 기억나지 않는다는 것이다. 정신을 차렸을 땐 원래 내가 어떤 사람이었는지, 무엇을 좋아했고 어떤 걸 잘했는지, 어떤 때 행복을 느꼈는지, 밝은 성격이었는지 우울한 성격이었는지 기억나지 않았다. 가스라이팅에 시달리다 나를 잊어버린 것이다.

기억 상실에 걸린다면 이런 기분일까 싶었다. 아무리 기억해보려고 해도 과거의 내 모습이 어땠는지 아무것도 생각나지 않았다. 어디서부터 잘못된 건지도 알 수가 없으니, 어디서부터 다시 시작하면 되는지도 몰랐다. 막막함이 두려움이 되고, 두려움은 절망감이 되었다. 자려고 눈만 감으면 팀장의 얼굴이 떠올랐다. 회사를 나오던 그 때, 빈정거리는 말투로 이렇게 말하던 그 얼굴이 매일 밤마다 찾아왔다. 공황장애, 우울증에 이어 수면장애까지 겪었다. 그때 이후로 아직도 정신과 약을 먹고 있다.

하지만 그 덕분에 이 책이 세상에 나오게 되었다. 이 책은 나 혼자만의 이야기가 아니다. 난 그저 세상이 정한 길로 가지 않는다는 이유로 잘못 살고 있다고 손가락질 받는 사람들 대신, 세상이 만든 매뉴얼대로 살지 않는다고 삐뚤어지고 반항심 가득한 사람이라 비난받는 사람들 대신, 그래서 나 자신을 내려놓고 살아야 하는 사람들 대신 글로 이야기를 세상에 전할 뿐이다.

이 책은 걱정이라는 그럴싸한 포장 안에 폭언과 정신적 폭력을 서슴지 않는 사람들에게 그것이야말로 잘못된 것이고 틀린 거라고 말해주는 확성기 역할을 하는 책이다. 이 책은 오래된 학대 속에서 온전한 나를 잃어버린 사람들에게, 나를 되찾는 방법을 알려주고 나답게 살아도 전혀 문제되지 않는다고 증명해보이는 책이다. 또한 용기를 내어 가스라이팅에 대응하는 방법은 무엇인지, 그 가스라이팅에 속지 않으면서 나를 지킬 수 있는 방법을 제시한다. 가스라이팅을 긍정적으로 활용할 수 있는 역이용 방법도 알려줄 것이다.

세상 사람들 모두가 잘못되었다고 손가락질할 때, 이 책은 여러분에게 위로를 주는 친구가 되어줬으면 좋겠다. 어디로 나아가야 하는지 방법을 제시해주는 나침반 역할도 해줬으면 좋겠다. 나를 되찾기에 늦지 않았다는 용기와 희망을 주는 편지가 되어줬으면 좋겠다. 있는 그대로의 모습으로 살아도 괜찮다.

차례

Chapter 2

세상으로부터 빼앗긴 나를 되찾는 방법

Chapter 3

가스라이팅을 역이용해보자

Chatper 4

가스라이팅으로 성공한 사람들

Chapter 5

있는 그대로의 '나'로 살아간다는 것

chapter 1

가스라이터는 우리 주변 어디에나 있다

우리는 가스라이팅이라는 지옥에서 살고 있다

"요즘은 뭐만 하면 가스라이팅 당했다고 하더라? 가스라이팅 당한 건 너한테도 문제가 있다는 거 아니야? 맞는 말 해준 걸 네가 너무 예민하게 구는 건 아니냐고."

가스라이팅을 당한 경험에 대해서 주변에 토로할 때면 늘상 이런 말들을 듣곤 했었다. 아니, 지금도 여전히 이런 반응을 듣는다. 가스라이팅을 당해서 마음이 힘들었다고 터놓는 건데, 또다시 가스라이팅을 당하는 현실이 아이러니하게 느껴지기도 한다. 그러면서 어김없이 따라오는 말.

"나는 너 걱정돼서 하는 소리지. 네가 상처받고 하니까."

가스라이팅에서 벗어나는 방법은 참 쉽다. 가해자와 멀어지기만 하면 된다. 조종당하는 상황에서 벗어나면 된다. 말이 쉽지, 현실은 그렇지 않다는 게 문제다. 한 집에서 함께해야 하는 부모와 자녀, 하루의 절반 이상을 보내는 상사와 부하직원, 일상을 공유하는 연인과 친구, 지인 사이에서는 멀어진다는 것은 혼자가 되어버린다는 말이다.

가스라이팅 하는 부모와 멀어지려면 따로 살아야 하는데, 경제적으로 어려운 상황이라면 그 자체가 더욱 고통으로 다가온다. 가스라이팅 하는 상사에게서 벗어나는 방법은 극단적으로 회사를 그만두거나 부서 이동을 해야 하는데, 이것 또한 생계와 관련이 있어서 쉽지 않다. 부서 이동을 하려고 해도 직원들의 끊임없는 손가락질을 받으며 가십거리가 된 상태로 버텨내야 한다. 해결하려는 노력들이 오히려 나를 옥죄는 상황이 되는 것이다. 이러한 복잡한 이유들로 인해 피해자가 가스라이터에게서 완전히 벗어나는 것은 불가능에 가깝다.

1) 부모와 자녀

지방에 살면서 이제 막 취업에 성공한 A는 부모님께 몇 년 안에 돈을 모아 서울로 독립하겠노라 선언을 했다. 하지만 A에게 돌아오는 말은 응원과 격려가 아닌 부모님의 반대였다.

"요즘 서울 집값이 얼마나 비싼데 생각이라는 걸 하고 말하는 거야? 고작 네 월급으로 어느 세월에 돈 모아서 독립을 해? 서울은커녕 이 지역에서도 독립할 수준도 안 되면서 꿈 한번 거창하게 꾸네! 독립할 생각하지 말고, 그 돈 생활비에나 보태!"

부모님의 말에 A는 상처를 받았지만, 수긍할 수밖에 없었다. 평생 키워주신 부모님을 뒤로 하고 혼자서만 잘살 수 없는 노릇이라는 걸 스스로 알기 때문이다. 이제 돈을 벌기 시작했으니 자신을 위해 살아가야 한다는 생각은 이기심으로만 느껴졌다. 그보다 평생을 나에게 희생한 부모님을 위해 살아야겠다는 생각이 들었다.

2) 연인

올해 대학교 4학년이 된 B는 일곱 살 차이 나는 남자친구와 1년째 연애 중이다. 남자친구는 어엿한 직장인인데, 졸업을 앞둔 B는 고민이 많았다. 앞서 취업 시장을 경험한 남자친구에게 이것저것 조언을 부탁하면 남자친구는 이렇게 말만 돌아올 뿐이었다.

"네 성적으로는 서울에 어떤 회사도 못 들어가. 정신 차리고 현실을 봐."

처음엔 응원해주지 않는 남자친구의 말에 서운했지만, 자기보다 인생을 7년 더 산 선배의 말이기도 하고, 누구보다 나를 사랑하는 사람의 말이니 인정해야 한다고 생각했다. 그러다 보니 점점 더 자신감이 떨어지고 면접에서는 번번이 떨어졌다. 남자친구에게 더욱 의존하게 되었다.

하지만 그렇게 조언을 해준 남자친구는 취업한 지 고작 1개월밖에 안 된 신참이었다. 남자친구 또한 5년 넘게 취업을 준비하다 겨우 막 취업했을 뿐이었는데, B에게 근거 없는 자존감 공격만 한 것이다.

3) 친구·지인

C는 종종 친구들에게 주변으로부터 느꼈던 찜찜한 감정들을 털어놓곤 한다.

"직장 선배가 계속 무시하는 말을 해. 내 의견은 전부 틀렸다고 하고, 어디 가서 이런 일을 맡을 수 있겠냐고 하는데, 이거 가스라이팅 아니야?"

이 말을 들은 C의 친구들은 비슷한 반응을 보였다.

"내가 듣기엔 아무렇지도 않은데? 네가 너무 예민한 거 아니야?"

"네가 아직 신입이니까 틀릴 수도 있잖아. 팀장이 제대로 잡아주는 거 아니야?"

C는 선배에게 가스라이팅을 당한다고 생각했지만, 친구들의 이야기를 듣고 있자니 자신이 정말 예민하게 반응하는 건가 싶어서 직장 상사의 말을 받아들였다. 직장생활이라는 게 다 그런 거라고, 내가 아직 세상 물정을 잘 몰라서 그런 거라고 합리화하게 되었다.

이렇듯 가스라이터는 우리 삶의 어디에든 있다. 그들은 나를 좌지우지해서 자신의 자존감을 높이려 한다. 우리의 소중한 삶과 감정을 그들에게 갉아 먹힐 필요가 없다. 나에게 극심한 절망감과 자존감 하락을 안겨준 건 회사생활을 하는 10년 동안이다. 나의 직장생활 10년 동안 정말 내가 누구였는지, 어떤 성격이었는지, 무엇을 잘했는지, 나를 철저하게 잃어버렸다. 다른 사람들에게 자존감을 뺏긴 것은 물론, 혼자가 되었을 때 스스로 일어서기까지 오랜 시간이 걸릴 만큼 절망적이었다.

가스라이팅은 당장 내일이라도 나에게 일어날 수 있는 일이다. 주변을 둘러보기만 해도 현재도 내 주변에서, 혹은 나에게서 매일 일어나는 일이다. 나도 모르는 사이 우리는 가스라이팅이라는 지옥에서 살고 있다.

끈기가 없어서 죄송합니다

실제로 면접장에서 면접관에게 했던 말이다.

스물셋부터 서른하나까지 내 삶은 도전의 연속이었다. 20대는 나에게 실패가 허용된 기간이라고 생각했다. 10년 동안 마음껏 실패할 수 있는 합법적인 기간을 스스로 정해놓은 것이다. 그 기간 동안 내가 잘하는 것을 찾고 싶었고, 잘하는 일을 좋아하는 일로 발전시켜서 돈을 벌고 싶었다. 잘하면서 좋아하는 일이 무엇인지 알아내기 위해서는 직접 그 필드에서 일을 하는 방식으로 경험을 해봐야만 깨달을 거라고 생각했다. 그런 이유로 8년간 네 번의 이직, 그리고 외국생활 1년 6개월이라는 경험이 담긴 이력서를 가지고, 서른한 살에 나의 다섯 번째 회사가 될 새로운 회사에 면접에 간 날이었다.

면접의 시작인 자기소개를 하는 1분 동안 면접관 두 사람은 프린

트해온 내 이력서를 읽었다. 나는 최선을 다해 준비한 자기소개를 했다. 10분 같던 1분이 지나고 자기소개가 끝나자마자 한 면접관이 물었다.

"알리사 님은 회사를 여러 번 옮기셨네요? 아유, 끈기가 없으신가 보다."

최선을 다해 내 자신을 어필하는 동안, 면접관 두 명은 나에게 어떤 질문들을 던질지, 어떤 난관에 빠뜨려서 시험을 해볼지 고민하고 있던 것이다.

이런 말을 듣고 지나칠 수가 없었다. 지금까지 면접만 100번 넘게 봐왔던 나였지만, '끈기가 없다'는 말은 굉장히 당황스러웠다. 그럼에도 차분하고 명확하게 내 생각을 전달했다.

"20대는 이것저것 겁 없이 도전할 수 있는 나이라고 생각해서 경험하고 싶은 마음에 이직을 여러 번 한 건 사실입니다. 끈기가 없는 게 아니라 도전적이고 열정적인 성격입니다. 그렇게 수십 번의 도전을 한 결과 귀사의 현재 포지션에 저의 역량이 적합하다는 확신이 들어서 지원하게 되었습니다."

이런 내 대답을 듣자마자 해당 면접관은 불쾌한 표정을 지으며 맞받아쳤다.

"그게 끈기가 없는 거예요."

답은 정해져 있는 듯했다. 그 면접장에서는 그 말에 수긍해야, 끈기가 없는 아이로 비쳐야만 살아남을 수 있겠다는 차가운 공기가 느껴졌다. 하는 수 없이 말해야만 했다. 저자세를 취해야만 합격할 수 있으니까. 그렇지 않으면 또 다른 회사에 이력서를 넣고 면접 기회가 찾아올 때까지 기도하며 조바심을 내야 할 테니 말이다.

"끈기가 없어서 죄송합니다."

내가 죄송할 일은 아니었다. 나는 아무것도 잘못한 게 없었다. 이직을 여러 번 한 것은 절대 머리 숙일 일은 아니다. 이직을 많이 한 사실 자체가 끈기가 없는 거라는 명백한 근거도 없었고, 나의 이직 이력이 면접 보는 회사에 피해를 끼친 것도 아니었다. 오히려 다양한 경험과 경력 덕분에 빠르게 적응할 수 있고, 그럴 자신감도 있었다. 그럼에도 죄송하다는 말이 나온 것은 세상의 가스라이팅에 익숙해진 영향이 컸다.

그동안 이곳 저곳 퇴사를 할 때마다, 주위로부터 매번 듣던 질타였다.

"또 그만뒀어? 그렇게 자꾸 그만둬서 어떡하니. 그렇게 끈기가 없어서 나중에 뭐 먹고 살려고 해?"

"이직 자주 하면 어느 회사에서 널 뽑고 싶겠어? 네 손으로 네 무덤을 파는구나."

사전에 '끈기'를 검색하면 '쉽게 단념하지 아니하고 끈질기게 견디어 나가는 기운'이라고 나온다. 사전적 의미가 변질되어 언제부턴가 '끈기가 없다'는 말은 직장에서 평생 뼈 묻지 않는 사람을 가리키는 말이 되어버렸다. 고용노동부 조사에 따르면 매월 99만 명 정도가 이직을 한다(2022년). 그렇다면 대략 100만 명 정도 되는 사람들을 모두 끈기가 없다고 비난해야 할까?

어느 상황에서든 어려움과 난관을 헤쳐 나가지 않고 쉽게 그만두는 것은 끈기가 없는 것이 맞다. 하지만 최종 목표를 달성하기 위해 나아가는 과정이 세상에서 정한 방법에서 벗어난다는 이유로, 자신의 삶을 위해 앞으로 나아가는 모든 사람을 끈기가 없다고 매도할 수는 없다. 예컨대 영어 실력을 키우기 위해서 온라인 수업을 듣다가, 오프라인 수업을 듣다가, 외국계 회사도 다녔다가, 외국에 나갔다가, 다양한 방법을 시도하는 사람에게 끝까지 온라인 수업으로만 공부하지 않았다고, 끝까지 외국계 회사에 뼈를 묻지 않았다고, 그 과정 자체가 끈기 없는 거라고 매도할 수 없는 것처럼 말이다.

학창 시절에 '젊어서 고생은 사서도 한다'거나 '아프니까 청춘이다'라거나, '젊을 때 실패를 많이 해봐야 한다'는 이야기를 들으며 성장해왔다. 하지만 아이러니하게도 젊은 나이에 온갖 실패를 경험하며 고생을 하다 보니 정작 주변으로부터 듣는 말은 편견 세례였다.

"도대체 뭐가 되려고 하니?"

"그렇게 끈기가 없어서 뭐 해 먹고살 거야?"

하다못해 면접장에서까지 면박을 듣게 될 줄은 몰랐다. 혼란스러웠다. 학교에서 잘못 배웠던 걸까? 아니면 세상 물정을 모르고 내가 너무 곧이곧대로 받아들였던 것일까? 아무리 생각해봐도 내가 크게 잘못한 건 없는 것 같은데. 모두가 내 잘못이라고 이야기하니 내가 잘못한 게 맞다는 생각이 머리 깊숙이 박혔다. 그래서 죄송했다. 이력서에 없는 이야기를 지어낼 수는 없는 노릇이니, 이직한 모든 사항을 적어내야 하는 그 자체가 너무 죄송했다.

지금은 나의 이직 이력이 회사에 폐를 끼치는 일이 아님을 명확하게 알지만, 면접을 보러 다니던 당시엔 죄책감이 컸다. 똑바로 인생을 살지 못한 것에 대한 자책도 심했다. 회사에서 뽑고 싶은 직원으로 성장했어야 하는데 나는 그러지 못했으니까. 나 같은 애는 면접장에서 그런 대접을 받아도 싸다고 생각하며, 세상의 가스라이팅에 서서히 나를 잃어가는 줄도 모른 채, 나 스스로도 '나는 끈기 없는 사람'이라고 생각하기 시작했다.

입사를 하기 전부터 직장 내 가스라이팅에 시달리던 나의 이야기는 이제부터가 시작이다.

꿈은
크게 가져야 한다

요즘 초등학생도 선생님께 "꿈은 크게 가져야 한다"는 말을 들으며 크는지 잘 모르겠지만, 내가 초등학생일 때는 이 말을 세뇌당하다시피 많이 들으면서 커왔다.

어렸을 때 어른들이 나에게 꿈이 뭐냐고 물으면 이렇게 대답했다.

"행복하게 사는 거요."

"어려운 사람들을 도와주는 사람이 되고 싶어요."

"아픈 사람들을 안 아프게 해주고 싶어요."

그 대답을 들은 어른들은 순수한 마음이 너무 귀여워서 못 살겠다는 표정을 지으며 말해주었다.

"그런 건 꿈이 아니란다. 꿈은 더 크게 가져야 해. 나중에 커서 의사가 된다든지, 아니면 의사랑 결혼을 한다든지!"

그런 이야기를 많이 들어왔기에 어렸을 적 내 꿈은 치과 의사랑 결혼하는 거라고 적은 적도 있었다. 그렇게 꿈을 크게 가져야 나중에 부자가 된다고 가르쳐주셨기 때문이다.

꿈을 크게 가지라는 말의 정확한 의미를 중학생이 돼서야 이해할 수 있었다. 그 큰 꿈은 전교권에서 순위를 다투며 서울대학교에 입학하는 것이나, 명문대를 나와 대기업에 취업하는 것과 같은 명확한 목표를 말하는 것이었다. 그게 어른들이 말하는 꿈이었다. 워낙 공부를 못 해서 서울대학교를 꿈꾸진 않았지만, 중학생 알리사에겐 나름의 꿈이 있었다. 4년제 대학교를 가는 데 어려움이 없도록 인문계 고등학교에 진학하는 것이 1차 꿈이었고, 고등학생이 되자 최종 꿈은 좋은 직업으로 옮겨갔다.

진짜 꿈을 찾기 전까지, 즉 학교에서 하라는 대로 착실하게 공부만 했을 때는 그 어느 누구에게든 끈기가 없다는 말은 들어보지 못했다. 공부를 싫어해서 소홀히 했어도, 나에게 끈기가 없다고 하는 사람은 없었다. 서울대학교 가는 것이 높은 꿈이라면 처음부터 알려줬으면 좋았을걸. 대기업에 입사하는 것이 큰 꿈이라면 대기업에 입사할 만큼의 좋은 성적을 받아야 한다고 가르치면 좋지 않았을까. 왜 학교에선 서울대학교나 대기업 같은 단어를 꿈이라는 단어로 바꾸어서 말하는 걸까.

이런 교육의 영향으로 우리나라 사람들은 꿈이라는 것을 내가 가져야 할 직업으로 받아들인다. 고등학생들에게 꿈을 물어보면 10명 중 9명은 의사, 교사, 공무원, 유튜버라며 명사형으로 대답하는 것만

봐도 알 수 있다. 나 역시 한국 사회에서 12년이란 시간 동안 세뇌형 교육을 받아왔기에 대기업 사원이 되는 것이 꿈이었고, 그렇게 들어간 회사에서 오래도록 살아남는 것이 새로운 꿈이 되었다.

어릴 적 선생님 말씀처럼 회사 일을 시작하면서부터는 꿈을 좀 더 크게 갖기로 했다.

처음 꿈을 크게 가지기 시작했던 것은 계약직으로 대기업에 입사했을 때다. 비록 계약직이었지만, 이름만 대면 전 국민이 다 아는 회사의 직원으로 매일 그 회사 건물을 드나들 수 있다는 사실 자체로 내 심장이 뛰던 때가 있었다. 2년 동안 큰 문제 없는 계약직 생활을 무사히 끝마치고, 정규직이 되어 한국에서 알아주는 기업의 한 일원으로 장기 근속하는 큰 꿈을 이루고 싶었다. 그러기 위해 입사일부터 매일 새벽 5시, 그 누구보다 하루를 일찍 시작했다. 드라마 '김비서가 왜 그럴까'의 주인공처럼 하늘거리는 블라우스에 H라인 치마를 갖춰 입고 뾰족구두를 신고 집을 나섰고, 회사 앞에서는 모닝커피를 사 들고 긴 생머리 휘날리며 멋진 커리어우먼이 된 것 같은 기분을 즐기며 큰 꿈을 매일 상기했다.

난 그렇게 매일을 참 열심히도 굳게 닫힌 지옥문을 내 손으로 직접 열고 있었다. 회사를 다녀본 사람이라면 모두 알 것이다. 회사 안에서 큰 꿈을 가진다는 것은 굳이 뛰어들지 않아도 되는 곳에 내 한 몸 던지는 일이라는 걸. 매일같이 야근에 시달리는 것도 모자라, 야근이 끝난 후엔 회식까지 참석해 잘 먹지도 못하는 술을 하루도 빠짐없이 마셔가며 희생했던 나의 20대. 회사 선배들은 정규직 심사를 잘 받으려면 매일 술자리 따라다니는 건 선택이 아닌 필수라고 이야기해줬다. 그 말을 당연하게 믿었다. 야근도 술자리도 모두 그저 회사생활의 일부일 뿐이라고 믿었다. 칼퇴근, 워라밸 같은 건 정규직이 되고 난 후에 즐겨도 늦지 않다고 스스로를 위안했다. 큰 꿈을 이루려할 때 작은 희생이 따르는 건 실과 바늘 같은 거라고 합리화했다.

10년이 지난 지금, 내가 겪었던 일을 똑같이 겪고 있는 사람들에게 이 말을 꼭 해주고 싶다.

자신을 희생해가며 이뤄야 하는 꿈이라면 차라리 꾸지 않는 게 좋겠다고. 아니, 그런 꿈은 이루지 못해도 괜찮다고 말이다. 대기업 직원이 아니면 어떠한가. 계약직이면 어떠한가. 나는 나 자체로 소중하다. 다시는 돌아오지 않을 나의 소중한 20대를, 세상이 강요하는 큰 꿈을 위해 무의미한 시간들로 채우거나 스트레스로 나를 혹사시키지 않아도 된다. 나만의 꿈을 위해 살자. 세상이 정해준 꿈 같은 거 말고, 사람들이 말하는, 내가 지켜내며 살아야 하는 정해진 모습 같은 거 말고. 자유로운 나의 의지로 직접 스케치해서 나만의 그림으로 완성시키기 위해 나의 청춘을 조금 더 투자해보자.

라떼는 말이야

요즘 유행하는 말 중에, 이 말처럼 후려치기 하기 좋은 말이 또 있을까? 신입사원들 앞에서 "라떼는 말이야"라는 말과 함께 하늘 한번 쳐다봐주고, 묻지도 않은 충고를 늘어놓는다.

"나 때는 이렇게 하는 것이 정답이었는데, 요즘 친구들은 틀리게 살고 있어!"

과연 요즘 친구들이 예전의 기준에 맞지 않기에 틀린 걸까? 아니면 다른 걸까? 아니면 틀리다고 말하고 싶을 뿐일까?

회사를 다니는 동안 가장 많이 들었던 라떼 말의 1순위는 "야근을 안 하면 열정 없는 사람"이라는 말이다. 정해진 근무시간에 열과 성의를 다해 근무하는 것은 당연한 일이며, 최소한 밤 10시 정도까지는 야근을 해야 '저 직원이 회사에 애정을 가지고 있군'이라고 판단하는 게 일반적이었다. 실제로 회사에서 12년 정도 근무한 동료직원분이 이런 말을 했다.

“밤늦은 고요한 길에 이슬을 맞으며 걸어가야 ‘오늘도 불태웠구나’ 하는 기분이 들어.”

10년 전 이야기니 놀랄 것도 없다. 요즘이야 워라밸 같은 용어가 생기기도 하고, 어느 회사가 야근을 강요하냐고 할 수도 있지만 사실 아직까지도 야근을 종용하는 회사는 널리고 널렸다. 더 큰 문제는 예전처럼 대놓고 야근을 해야 한다고 말하지 못한다는 것이다. 대놓고 이야기를 하면 치사하고 쫌스러운데다 자칫하면 사회적인 이슈로 커질 것이 분명하고, 회사의 점잖음은 지키고 싶지만 제시간이 되어 퇴근하는 직원들을 보면 속에서 불이 나고, 그럼 어떻게 해야 할까? 가장 쉬운 방법은 직원들의 사고방식이 올바르지 않다며 가스라이팅 해서 붙잡아두는 것이다.

나 또한 회사생활 10년 동안 제시간에 퇴근을 해야 하는 날이면 상사들이 말로 정신적 폭력을 가했다.

“집에 꿀단지 숨겨놨나봐.”

“밤에 투잡 뛰어?”

“알리사는 승진하고 싶은 욕심이 하나도 없구나?”

“너 정규직 안 할 거니?”

사회생활을 막 시작한 신입 땐 회사에 밉보이면 인사 고과에 부정적인 영향이 있을 거라는 생각에 두려움이 앞섰고, 기왕이면 상사들에게 예쁨받고 싶다는 생각이 강해서 할 일이 없더라도 일을 만들어서 야근을 했다. 어쩌다 퇴근하고 가족들, 친구들과 약속이 있는 날에는 눈치껏 약속을 취소해가며 늦게까지 회사에 남아 충성을 다했다. 그게 당연하다고 생각한 건 모두가 야근을 하는데 나만 안 하는 건 직원으로서 도리를 다하지 않는 것이라는 조직 분위기와 회사의 가스라이팅이 한몫하기도 했다. 그리고 불량 직원으로 낙인찍히는 걸 스스로 용납할 수 없기 때문이기도 했다.

그런 게 열정이라고 생각했던 때였다. 나는 책임감이 강한 사람인데, 정시 근무 똑바로 다 해놓고도 야근을 안 한다고 책임감이 없다는 말이 나오는 것도 싫었다. 나의 능력치를 의심받는 사소한 일들은 처음부터 없어야 성공한다고 생각했다.

현실의 더 큰 문제는 상사들만 이런 가스라이팅을 하는 게 아니라는 점이다. 같은 날 입사한 다른 팀 동기들이 야근 안 하고 제시간에 칼퇴하는 직원을 회사에 놀러다니는 직원이네, 월급루팡이네, 이런 말로 뒤에서 욕을 하며 갈등 분위기를 조장했다. 서로를 힘들게 만드는 악순환이 계속되었다. 자기는 쎄빠지게 일하는데, 정시에 퇴근하는 나와 같은 월급을 받는다는 게 말이 안 된다고 불만을 품었다. 그들도 상사로부터 야근은 당연히 해야 한다고 세뇌를 당해서 그렇게 변한 것이다. 그렇게 서서히 상사의 정신적 노예가 돼버린 사람들은 그 불만을 상사에게 품는 게 아니라 애꿎은 다른 사람에게 푼다는 것이 문제였다.

이것이 전형적인 가스라이터의 행동이다. 이처럼 가스라이터는 또 다른 가스라이터를 만들어낸다. 그렇기 때문에 가스라이팅이 만연해 있는 분위기 속에서는 올바른 사고방식을 가지고 있는 직원들이 분위기를 버텨내기 힘들어서 퇴사를 하거나, 정신적인 병을 얻게 되거나, 그 분위기에 녹아들어 자신을 잃게 되고 자존감이 한껏 낮아진 채 회사에 더욱 의존하게 되어 충성하는 악순환이 나타난다.

생각해보자. 상사에게 미움받는 것과 동기들에게 미움받는 것 중 어느 것이 더 무서울까? 개인적으로는 같은 입장에 처해있는 동기들에게 미움받는 것이 더 무섭다. 학창 시절에 왕따를 당할까봐 친구들 기분을 다 맞춰주는 것과 같다. 게다가 직장은 학교보다 더한 정글이기에 그곳에서 살아남지 못하면 내 생계가 위태로워진다. 학교는 1년마다 반이라도 바꾸지만, 직장은 내가 그만두지 않는 한 이들과 몇 년, 몇십 년을 함께해야 한다. 그렇게 미움받고 눈치만 보면서 평생 다닐 수는 없는 노릇이다.

그렇게 노련한 가스라이터가 아무것도 모르는 신입 직원들을 가스라이팅을 해서 피해자를 만들어냄과 동시에, 그 피해자들이 또 다른 가스라이터가 된다. 그렇게 회사 안의 가스라이팅 그림자는 무한대로 퍼져나가 우리 삶에 서서히 녹아든다. 학창 시절에 옆 친구가 왕따를 당하면 편들면 나도 왕따를 당할까봐 보고만 있었는가? 아니면 왕따를 하는 친구들 멱살을 잡고 싸웠는가?

직장이라고 다르지 않다. 누군가가 왕따를 당하고 있고, 그 피해가 나에게 고스란히 돌아올 것 같아서 도망치기만 했다면, 이제는 달라져야 한다. 우리는 이제 미성년자가 아닌 성인이다. 스스로의 행동에 책임을 질 줄 알아야 한다는 뜻이다.

직장에서 누군가가 가스라이팅을 한다고 나까지 동조할 필요는 없다. 그렇다고 모른 척하라는 것도 아니다. 손 놓고 있다가는 언젠가 내가 피해자가 될 수 있다는 생각으로 늘 깨어 있어야 한다. 이런 가스라이팅에 동조하지 않으려면 나 자신부터 중심을 잡고 있어야 한다. 내가 어떤 가치관을 가지고 업무에 임하는지 기준을 명확하게 세워야 하고, 어떤 상황에서도 흔들리지 않도록 자존감을 키우는 연습을 해야 한다. 특히나 신입 직원일 때는 자신감도 떨어져 있고, 확신을 만들어내기 힘든 상황이라 주변에 많이 의지하게 되는데 회사 안에서는 그 누구에게도 100퍼센트 의지해서는 안 된다. 또한 자신의 의사를 명확하게 표현하는 연습을 평소에도 단단히 해두어야 가스라이팅에 휘둘리지 않을 수 있다.

너 승진 안 하고 싶어?

공적인 조직이든 사적인 모임이든 한국 사회에서 술 이야기를 빼면 섭섭하지 않을까? 나는 술을 싫어하지도 않고 술자리를 불편해하지도 않지만 강압적인 술자리는 정말 싫다. 알게 모르게 우리 사회에서는 술과 관련된 직장 내 괴롭힘이 빈번하게 일어난다.

20대 중반, 대기업 계약직으로 합격했을 때의 일이다. 나에겐 제대로 된 첫 직장이기도 했다. 회사 내에서 훌륭한 직원으로 인정받고, 정규직으로 전환되어 오래도록 다니기 위해서는 회식과 사적인 술자리 참석은 필수코스였다. 팀장급은 모두 술자리를 좋아하거나 술을 잘 마시는 사람들이었다. 어쩌다 술을 못 마시면 맨정신에 부장님께 안주를 먹여주고 노래방 가서 탬버린을 흔들 수 있는 정신력을 가지고 있었다. 오죽하면 업무만 잘하는 직원보다는 일은 못 해도 술 잘 먹으면 승진할 수 있다는 말이 있었을까.

주량이 얼마든 상관없이 주는 대로 다 마시고, 정신을 잃지 말아야 했다. 집과 회사의 거리가 멀었던 나는 매일 2시간만 자며 출퇴근을 이어가야 했다. 다음날 숙취를 이기지 못하고 지각을 하는 직원들에겐 가차 없이 공개적인 망신이 이어졌다.

"그 정도 정신력으로 무슨 정규직을 꿈꾸냐?"

"기본적인 도리는 하고 살자, 응?"

비인간적으로 술을 강요한 사람들은 "괜찮냐"는 말보다는 비난을 즐겼다.

나와 같이 입사했던 동기 중 일부는 술자리를 무서워하면서도 정규직 심사에 끼워주지도 않을까봐 억지로 참석하기 시작했다. 일부 동기들은 대놓고 아부를 떨고, 팀장님과 부장님께 먼저 술 사달라는 아양을 떨었다. 회사 분위기를 파악하면서부터 동기들의 관심사는 일을 잘하는 것보단 어떻게든 윗사람들 눈에 띄는 것으로 옮겨갔다. 동기들 사이에서 윗사람에게 예쁨받기 경쟁이 생겨나기도 했다.

'내가 원했던 회사생활은 이게 아니었는데 어쩌지? 그냥 참고 다녀야 돼? 정규직이 돼서 오래 다니고 싶은데. 매일 술에 쩔은 채 좀비가 되어 회사생활을 하고 싶지는 않아.'

이런 생각들로 1년 넘게 자아가 분열된 채로 회사를 다녔다. 나에게 회사생활은 돈을 벌기 위한 경제적인 의미도 있지만, 더 나아가 자아실현을 하고 싶기도 했다. 커리어를 발전시켜 더욱 멋지게 성장하고 싶었다. 그리고 내가 성장할수록 회사도 덩달아 발전하기를 바랐다. 그렇게 노력하다 보면 내 인생에도 해 뜰 날이 오지 않을까 기대도 했다.

첫 직장인 만큼 큰 의미가 있었다. 단순히 매월 월급만 기다리며 돈의 노예가 되는 것은 싫었다. 하지만 돈은 삶에서 필수적이며, 회사를 그만두고 나가도 이런 일은 계속될 거라는 사실을 직감으로 느꼈다. 그만두는 것만이 정답은 아닐 거라 생각했다. 무엇보다 이렇게 그만두고 싶지 않았다. 하지만 정규직이 되어도 이런 생활을 매일 반복해야 한다면 정규직이 내 인생에 큰 의미가 있는 걸까?

혼자서 답을 내리기엔 그때의 나는 너무 어렸고, 경험도 경력도 적었다. 주변에 도움을 요청했지만 모두 똑같은 대답만 할 뿐이었다.

"다 그렇게 살아. 그게 어른이 되는 과정이야."

술을 잘 마시는 건 회사생활에 있어서 엄청난 능력이라며, 한 선배는 이런 조언을 해줬다.

"술을 매일 마시면 주량이 는다더라. 그러니까 매일 소주 한 병씩 마셔봐."

지금 생각하면 얼토당토않은 조언인데, 나는 주량을 늘려보기 위해 매일 같이 술을 마시기도 했다. 알쓰(알코올 쓰레기, 술을 잘 못 먹는 사람)인 나는, 실제 주량보다 두 배씩 마셔가며 1년 동안을 치열하게 노력했다. 그렇게 매일 술을 먹다 보니 소주 한 병에 3천 원일 때 한 달 술값만 100만 원이 나오기도 했다. 말도 안 되는 조언도, 그 조언을 믿고 실행한 내 노력도 안 믿기겠지만 실화다.

이렇듯 세뇌라는 것은 정말 무서운 힘을 가지고 있다. 모두가 그렇게 산다고 하니, 나도 그렇게 살지 않으면 동떨어져 살아가는 것 같고, 도태될 것 같고, 사회에서 나라는 사람이 들어갈 곳은 단 한 곳도 없을까봐 억지로 구겨넣어서 맞춰간다. 가스라이터들은 집단적인 분위기를 이용해 그 집단의 소속감을 높이고 회사를 향한 충성심을 강요한다. 그렇게 가스라이팅을 당하다 보면 내가 가지고 있던 가치관 따위들은 하나씩 사라지게 되고, 사람들이 만들어놓은 거지 같은 기준이 맞다고 착각하며 살아가게 된다. 그래야만 버틸 힘이 생기니까.

그렇다고 해서 매일 정해진 근무시간을 채우는 것도 모자라 평생 새벽 늦게까지 술 마시며 회사를 다닐 수는 없다. 그건 불가능에 가깝다. 먹고살기 위해서 하는 일이라지만, 우리가 일을 하는 이유는 돈 하나만 있는 것은 아니니까. 하루의 1/3라는 긴 시간을 일터에서 보내는 만큼 인간으로서의 존엄성도 보호받아야 하며, 정신 건강도 챙겨야 오래 다닐 수 있지 않을까? 일이라는 건 사람으로서 누려야 할 정당한 사회 활동이며, 사람답게 살기 위해 하는 필수적인 활동이다. 그런데 사람답게 살지 못하는 조직 분위기가 있는 회사라면 그 분위기에 적응하지 못하는 직원들이 떠나서 해결하는 게 아니라 좀 더 성숙한 조직 문화를 위해 회사와 직원들 모두가 노력해서 바꿔나가야 하지 않을까?

승진이나 정규직 심사를 빌미로 직원들에게 술을 강요하고, 동기들끼리 갈등을 조장하고, 야근을 정당화하는 것은 엄연한 직장 내 괴롭힘에 해당한다. 10년 전 이 일을 겪을 때는 '직장 내 괴롭힘 금지법'이라는 게 없었고 많이 알려지지 않아 몰라서 당했지만, 지금은 분위기가 많이 바뀌었다. 2019년 7월부터 시행된 '직장 내 괴롭힘 금지법'은 '근로기준법'이 개정되면서 추가된 내용이다. 더 이상 "정규직 시켜줄게", "승진 약속할게"라는 말로 직원들을 희망 고문할 수 없다. 아니, 그렇게 해서는 안 된다. 이 책을 읽는 분들은 이런 내용들을 명확하게 알고 있다가 지혜롭게 대처했으면 한다.

나는 지혜롭지 못했다. 1년을 술독에 빠져 살아왔지만, 계속해서 이런 회사생활을 이어 나갈 자신이 없었다. 운 좋게 정규직이 된다한들 내내 인사 고과로 협박당하는 선배들의 모습을 보면서 나의 첫 회사는 여기서 포기하는 게 맞다는 생각만 들었다. 부장님이 허벅지를 만져도 미스코리아 웃음을 지으며, 부장님 입에 안주로 과일을 넣어 주는 생활을 이어 나가야만 회사에서 인정받는 직원이 되는 거라면, 그 인정이라는 걸 회사에 두고 나와야겠다는 생각뿐이었다.

"정규직 시켜 주신다고 해도 제가 싫습니다. 안녕히 계세요."

미래에 대해 계획도 없다니, 탈락입니다

"10년 후에는 어떻게 살고 있을 것 같으세요?"

이 질문을 들었을 때, 1초 만에 바로 대답을 할 수 있는가? 나는 불가능하다. 면접에서 무조건 물어보는 예상질문 TOP 10 안에 든다는데, 나에게 이것보다 어려운 질문은 없었다.

인생을 살며 나는 늘 솔직했다. 면접이라고 예외를 두진 않았다. 면접관의 질문에 내 생각을 말했다.

"솔직하게 저는 10년 후까지 생각하며 살지 않습니다. 어제보다 나은 오늘을, 오늘보다 나은 내일을 살기 위해 하루하루에 최선을 다합니다. 제 미래를 미리 계획해놓고 산다는 건 제 한계를 정해고 산다는 생각입니다. 막연한 10년 후보단, 구체적인 1년 후를 생각하며 오늘에 책임지고 살고 있습니다. 그래서 저는 이 질문에 구체적인 답변이 어렵습니다."

오늘 처음 마주한 입장에서 짧은 면접 시간 동안 어쩌다 이러한 가치관을 가지게 되었는지 설명하거나, 정말로 하루를 허투로 보내고 있지 않은지를 증명하긴 어렵다는 걸 안다. 내 답변이 면접관들이 원하는 대답이 아니라는 것도 알고 있었다.

하지만 구구절절 설명할 필요도 없다고 생각했다. 미래를 그리지 않는 것은 틀린 것이 아니며, 비난받을 일도 아니기에. 잘 보이고 싶다고 해서 내 가치관과 반대되는 답변을 내놓을 수는 없었다.

내가 한 답변에 대한 결과는 어땠을까? 면접관들이 내 생각에 동의해줄 거란 기대도 하지 않았지만, 생각지도 못한 반응이었다. 미래에 대한 계획도 없으니 면접을 더 진행할 것도 없겠다며, 한 면접관이 화내듯이 집에 가라고 내 등을 떠밀어 내쫓듯이 문 앞까지 데려다주었다.

누가 면접에서 이렇게 대답하냐, 그런 결과를 예상 못 했냐고 비난할 수도 있겠지만 나에겐 그럴 만한 충분한 이유가 있다. 어느 날부턴가 막연한 미래보단 확실한 현재에 집중하며 살아가자는 가치관이 생겼다. 가치관이라는 것은 삶을 살아가면서 겪는 경험들이 모여 생긴 신념이다. 이러한 삶의 기준이 생겼다는 것은, 그만한 경험들을 많이 했다는 뜻이다.

13년 전 스물한 살이라는 어린 나이에 가장 친했던 친구를 갑작스럽게 떠나보내게 되었다. 또한 무려 10년 동안이나 나에게도 몇 번이나 죽음이라는 게 가까이 다가온 적이 있었다. 2년이나 스토킹을 하던 전 남자친구가 함께 죽자며 약을 구해오고, 차도에 밀어버리고, 집 앞에 기다리고 있다가 억지로 끌고 가기도 하고, 몇 번이고 살해 위협을 당했다.

호주로 워킹홀리데이를 떠났을 때는 첫날부터 아파트에서 불이 났고, 한 달 만에 옮긴 목재 집에서도 새벽에 불이 크게 나서 연기를 마시는 바람에 기도에 화상을 입은 적도 있었다. 인도에서 가만히 친구를 기다리다가 운전 미숙으로 돌진한 차에 치여서 죽을 뻔한 적도 있었다.

마음만 먹으면 언제든 볼 수 있다고 생각했던 사람들을 영정 사진으로 보는 경험이 늘어나며, 언제부턴가 내일이라는 것의 의미가 달라졌다.

이런 일들을 겪기 전까지는 나도 보통 사람들과 비슷했다. 언제 다가올지도 모르는 노년의 미래를 대비하며, "나중에, 나중에"를 외치면서 오늘의 하루가 내일도 있을 거라 생각하며 살았다. 뉴스에서는 사건 사고가 많다며 이야기할 때, 나는 절대 겪지 않을 거라는 오만한 생각에 빠져 하루하루를 의미 있게 보내지 못했다. 하지만 20대부터 30대까지 죽음을 직·간접적으로 만나게 되면서부터는 죽음 자체를 진지하게 생각하는 시간이 자연스레 늘어갔다. 보통 죽음이라는 단어를 들으면 어둡고 무섭고, 부정적인 의미로 받아들여지지만, 나에게는 죽음이 용기와 희망이 되어줬다.

죽음을 직·간접적으로 자주 겪게 되면서 생긴 습관이 하나 있다. 새로운 일을 도전하고 싶은데 자신이 없을 때 '내일 당장 죽는다면 이 일에 도전하지 못한 걸 후회하지 않겠어?'라는 생각으로 용기를 낸다. 혹시 주변에 사랑한다는 애정 표현을 하고 싶을 때 부끄러운 마음에 '나중에 하지, 뭐'라는 생각으로 포기하고 있지 않은가? 그럴 때 나는 내 영정 사진 앞에서 울고 있는 사람들이 떠오른다. 부끄럽다는 생각이 들기도 전에 애정 표현을 먼저 하게 되는 것이다. 용기가 생긴다.

그렇게 언제부턴가 불의의 사고로 내가 내일 당장 죽게 되더라도, 참 괜찮은 인생이었다고 생각이 들 만큼 미련이 남지 않도록 매일을 하고 싶은 거 다 하고, 사랑하는 사람들에게 내 마음 다 표현해가며 살자는 마인드로 이 세상을 살아가고 있다. 하고 싶은 게 있다는 것, 그걸 충분히 시작할 수 있는 삶을 살고 있는 지금. 죽음을 생각하면 무서움이 떠오르는 게 아닌, 희망이 떠오르는 이유가 바로 이 점이다.

이 마음이 바뀐 적은 그동안 단 한 번도 없다. 현재에 집중하며 살아가지만, 그렇다고 해서 오늘에만 매몰되어 살아가고 있지도 않다. 현재를 사는 것과 오늘만 사는 것은 다르다. 하루를 시간만 때우듯이 살아가는 것이 아니라 어제보다 나은 오늘을 살며, 하루를 촘촘하고 알차게 의미 있게 보내고 있다.

오언 오케인 작가의 《자신에게 엄격한 사람들을 위한 심리책》에서는 미래에 매달리지 않고 현재에 더 집중하여 어제보다 나은 오늘을 살라고 한다.

"현재를 사는 삶이 주는 긍정적인 효과가 수많은 연구로 증명되었다는 사실을 기억할 것이다. 미래를 사는 삶의 방식을 내려놓으면 매우 긍정적인 변화가 일어난다."

그리고 작가는 이 책의 말미에서 이렇게 이야기한다.

"막연한 미래를 위해, 지금도 바로 내 옆에 있어주는 행복을 놓치지 말라."

이러한 긍정의 사건들이 하나씩 모여 한층 더 성숙해지고 행복한 미래를 보내고 있을 것이라고 말한다.

10년 후 미래를 계획하지 않았다고 자책할 필요도 없고, 생각 없이 사는 사람이라며 질타를 받을 일도 아니다. 우리 인생은 과거, 현재, 미래를 각각 분리해서 생각할 수 없다. 과거, 현재, 미래는 연결되어 있으며, 지금 지나가는 현재의 1분 1초는 과거가 되고, 다가오는 미래는 곧 현재가 된다. 이 말은 막연한 미래만 생각하며 현재를 살아가는 것은 큰 의미가 없다는 말이기도 하다.

반대로 현재에 최선을 다하며 살아가다 보면 멋진 미래가 다가오는 건 너무도 당연한 일이 아닐까? 그날 면접장에서 나는 왜 쫓겨나야 했던 것일까?

네가 틀렸어!

면접 에피소드를 꺼낸 또 다른 이유가 있다. 쫓겨나듯이 사무실 밖으로 나와보니, 들어갈 때는 밝았던 하늘이 어느새 어두컴컴해져 있었다. 어두워진 하늘처럼 내 마음에도 어둠이 가득 채워진 게 느껴졌다. 내가 무엇을 잘못한 건지, 면접장에서 실수를 했던 것인지 생각해보기 위해서 터덜터덜 길을 걸어가며 면접 경험이 많은 친구에게 전화를 걸었다.

내 이야기를 전부 들은 친구가 나를 다그쳤다.

"야, 10년 후에 대해서 대답해보라는 건 면접질문 중에 기본이야. 그것도 준비 안 하고 갔어? 네가 잘못했네. 그걸 그렇게 대답하면 어떡해!"

친구는 내 행동이 틀렸다고 이야기했다. 면접 자리에서 올바르지 못한 답변을 했다며, 쫓겨날 만했다고 연신 나를 혼냈다. 면접장에서 쫓겨난 직후에는 '내가 뭘 잘못했지?'라는 생각이었는데 친구 이야기를 듣고 있자니 '면접관이 화날 만했구나'라는 생각이 들면서 자책감이 밀려왔다.

친구 말에 의하면 대한민국 면접 자리에서는 10년 후 미래에 대해서 미리 준비해가는 것은 면접에 대한 예의라고 한다. 그 질문으로 본인 인생에 얼마나 욕심이 있는지, 얼마나 진취적인 사람인지를 판단한다고. 어떤 연유로 미래보다 현실에 집중하며 살게 된 건지 아닌지는 그저 내 사정일 뿐, 면접장에서는 전혀 중요하지 않다는 것이다. 솔직함이 무기가 아니라 잘 포장된 답변만이 무기라고 했다.

씁쓸한 마음으로 친구와 전화를 끊고 어둠 속에서 걷고 있자니, 모든 가로등이 나를 비추며 비웃는 기분이 들었다.

'그러게, 누가 그렇게 솔직하래?'

'넌 너만 대단한 삶을 사는 것 같지? 네가 틀린 거야. 꼴 좋다.'

이런 소리가 들리는 듯했다. 지하철역에 도착해서 계단을 걸어 내려가야 하는데 발이 떨어지지 않았다. 계단 앞에 가만히 멈춰서서 나지막이 입을 뗐다.

"죄송합니다. 제가 잘못했습니다. 그러니 제발 합격하게 해주세요. 저 이 회사에 꼭 합격해야 해요."

부처님, 하나님, 산신령님, 누구든지 듣겠지 하는 마음으로 무교인 나는 진심을 다해 기도를 했다. 당시 나이가 서른한 살이었는데 여기저기 이력서를 넣어도 연락이 오지 않아 자존감과 자신감이 많이 떨어져 있었다. 꼭 합격해야 했다. 기회가 왔을 때 붙잡지 못하면

서른한 살 백수가 될 게 뻔하고, 그렇게 하루하루 공허한 시간만 흘러갈 테니까. 정말 간절했다.

이쯤에서, 이 책을 읽는 여러분은 무엇이 잘못됐는지 알아차렸을까? 시간이 흐를수록 나에게 상처로 다가왔던 건 미래는 관심도 없는 사람이라며 면접장에서 쫓겨났던 것보다, 친구가 한 "틀렸다"는 말이었다. 그 친구 또한 세상이 정한 기준에, 꽉 막힌 회사 문화들에 완전히 세뇌당해 있었다. 누구보다 나를 10년 넘게 봐온 사람이기에 왜 그런 신념을 갖게 되었는지 잘 알면서도 내가 틀렸다고 했다.

가스라이팅은 사람들이 인지하지 못하는 사이에 서서히 삶에 스며든다. 스며드는 속도가 워낙 느리고 일상 생활 곳곳에 숨어있다가 나타나서 사람들은 자신이 가스라이팅을 당하는지도 알 수가 없다. 친구도 10년 전에 처음 만났을 때는 순수한 아이 같았는데, 10년 동안 수많은 억압과 가스라이팅을 당하고 나니 이렇게 무섭게 변했다.

그렇게 가스라이팅을 당한 피해자는 또 다른 가해자로 진화한다. 그래서 이 사회에 가스라이터들이 곳곳에 포진되어 있는 것이다.

다행히 다음 날 면접 본 회사로부터 합격 전화를 받았고, 그로 인해 더 이상 자신감을 잃지 않게 되었다. 면접에 합격하지 못했다면 친구 말대로 내가 틀렸다고 생각하며, 면접장에서 나는 왜 그렇게 솔직했나 하는 생각에 내내 괴로웠을 것이다. 사람들이 정한 기준에 끼워 맞추지 못하는 내 성격을 탓하며, 좀 더 세상이 원하는 대로 살기 위해

본래의 내 모습을 바꾸려고 노력했을 것이다. 그러는 과정에서 삶에서 중요한 것은 무엇인지, 어떤 기준을 가지고 살아가는지, 나는 어떤 사람이었는지 모든 중심을 잃어버렸을 것이다.

"너를 생각해서 하는 말이야"라며 위로하던 그 친구의 현재 모습은 세상이 정한 기준에 끊임 없이 자신을 맞춰가며 사느라 행복하지 않다고 말한다. 거기다가 결혼을 한 뒤로는 "여자는 이래야 해"라는 남편의 가스라이팅을 받아가며 본래의 모습을 전부 잃었다. 10년 동안 알고 지내던 그 친구는 티 없이 맑고 깨끗하며, 새로운 것을 도전하고 배우는 걸 좋아하는 사람이었는데, 같은 사람이 맞나 싶을 정도로 겁이 많아졌다. 스스로 게으르고 나약하다며 끊임없이 자책을 한다. 세상이 친구를 억압한 것도 있지만, 스스로 자신을 지키지 못했다.

친구와 내가 다른 삶을 살게 된 가장 큰 계기는 우리가 선택한 길이 달랐던 점이었다. 선택의 순간에 놓였을 때 친구는 가스라이터들에게 스스로 걸어 들어갔다. 반대로 나는 가스라이터들이 있는 곳에서 도망나왔다. 그 결과 과거에 나에게 틀렸다고 말했던 그 친구는 이제 내 인생이 부럽다고 말한다. 나만의 의견을 큰소리로 말하고 표현할 수 있는 용기가 부럽다고 한다.

나보다 면접 경험이 많은 친구에게 틀렸다고 질타를 받았을 땐, 정말로 내가 틀렸다고 생각했다. 하지만 시간이 지날수록 틀린 게 아니라 그저 다름이었음을 깨닫게 되었다. 옳은 삶을 사는 법이 있는 것도 아닌데, 틀렸다는 표현을 쓰는 건 애초에 성립이 안 되는 공식이다. 나보다 경험이 많고 앞서 나가는 것처럼 보인다고 그들이 모두 옳은 선택을 하는 것은 아니다. 그들이 나보다 우위에 있는 것도 아니다. 그러니 그런 환경에 놓여있다고 해서 주눅 들거나, 자책하거나, 자신의 인생에 대해 회의감을 느낄 필요가 전혀 없다. 다른 사람들의 조언은 듣되 모든 걸 수용하려 하면 나를 잃는다. 내 삶의 기준이 사라진다.

누가 뭐래도 내가 하는 결정은 모두 정답이라는 믿음으로 앞으로 나아가자. 나만큼은 내 결정에 응원을 해주고, 믿어주자. 누군가가 그렇게 살면 안 된다고, 안타까워서 걱정되서 하는 말이라고, 나에게 틀렸다고 이야기를 하면 딱 한 마디 해주자.

"너나 잘하세요."

다 널 생각해서 그러는 거야

가스라이터들의 전형적인 화법이다. 절대 자신의 이익 때문이 아니며, 100퍼센트 나를 배려해서 해주는 말과 행동이니 모든 것은 네가 좋게 받아들여야 한다고 강요한다.

3년 전 시행된 '직장 내 괴롭힘 금지법'인 개정 근로기준법 제76조 2항을 보면 "사용자 또는 근로자는 직장에서의 지위 또는 관계 등의 우위를 이용하여 업무상 적정범위를 넘어 다른 근로자에게 신체적·정신적 고통을 주거나 근무환경을 악화시키는 행위를 하여서는 아니된다"고 규정하고 있다. 얼마나 직장 내에서 지위를 이용하여 업무상 적정범위를 넘어선 일을 지시하면 이런 법 조항까지 생기게 되었을까?

회사 내에서는 각자 정해진 업무가 있다. 어느 포지션이냐에 따라

맡을 수 있는 일이 있고, 맡을 수 없는 일도 있다. 가령 나는 사무직인데 나한테 한 달 만에 인터넷 결제 시스템을 개발해서 만들어오라고 하면, 아무리 야근을 해도 완성을 시킬 수가 없다. 불행히도 승진 욕심에 눈이 먼 팀장 밑에서 일을 하다 보니, 불가능한 일을 해야 할 때가 많았다. 할 수 있는 일인지 아닌지 따져보는 단계는 당연히 없었을뿐더러, 일을 잔뜩 가지고 와서는 전부 나에게 떠넘기기 일쑤였다. 그러고는 항상 이 말을 덧붙였다.

"네가 어디 가서 이런 일을 해보겠어? 새로운 일 할 수 있는 기회가 생겨서 너무 좋지 않아? 다 네 성장을 위해서 내가 이렇게 발 벗고 나서는 거지."

이렇게 말하며 뿌듯해했다. 상황만 봐서는 "이건 제가 할 수 있는 업무가 아닌데요" 하고 말하면 될 것 같지만, 회사생활을 해본 분들은 알 것이다. 그렇게 간단한 일이 아니라는 걸. 까라면 까야 하는 조직 문화 속에서, 앞에서는 아무 말도 하지 못하는 내 자신이 한심하면서도 한편으로는 이렇게까지 나를 갈아넣으며 회사생활을 해야 하는 상황에 현타가 온 날이 하루 이틀이 아니다.

좋게 생각해보면 팀장님 말이 맞는 부분도 있다. 회사가 아니라면 내가 어디에서 이런 일을 접해볼 기회가 있겠는가? 새로운 일이 의외로 나에게 잘 맞을 수도 있고, 그게 나에게 새로운 기회를 불러주는 계기가 될 수도 있으니 긍정적으로 받아들일 수도 있다. 문제는 내 능력 밖의 일을 촉박한 기한 안에 한꺼번에 처리해야 한다는 점, 팀원이 나 혼자라는 점, 아무리 야근을 돌고 주말 근무를 해도 한계가 있다는 점이었다. 새로운 업무에 적응할 수 있는 충분한 적응 기간과 업무 교육이 있다면 나에게 좋은 기회인 것은 맞다. 하지만 해본 적도 없는 일을 공부할 시간도 없이, 경력자여도 해낼까 말까 하는 기간에 완성하라는 오더는 직장 내 괴롭힘에 해당한다. 정말 나를 생각하는 일이라면 일방적으로 지시만 할 게 아닌, 팀장과 팀원으로서 충분한 의사소통이 필요한 법이다.

이런 일을 한창 당하는 동안에는 정말로 나를 위한 일이라고 착각했다. 팀장의 승진 욕심으로 나를 이용하는 줄도 모르고, 진심으로 나의 성장을 응원해주는 분이라고만 생각했다. 나의 커리어를 위해, 직장 내에서 위로 올라갈 수 있도록 도와주기 위해서라는데, 그런 말로 거짓말을 할까 싶었다. 그렇게 팀장을 믿으며 미련하게도, 내 인생을 통째로 올인하여 밤낮, 주말까지도 반납하면서 일을 했다. 1인 팀이었기에 모든 일은 처음부터 끝까지 내가 고민하며 만들어가야 했지만, 잘되면 그 공은 전부 팀장에게 돌아갔고, 잘 안 되면 모든 책임은 내 몫이었다. 회사 내에서는 아무도 내 편을 들어줄 사람이 없었고 퇴사할 게 아니라면 묵묵히 버텨내야 했다. 주변에 아무도 없다 보니 심리적으로 더 위축되었다. 내가 점점 작아지고 사라지는 동안, 나보다 10년 정도 연차가 많았던 팀장은 자신의 인맥을 이용해 회사 내에서 내 편이 없다는 것을 늘 강조하며 억압했다. 그렇게 팀장님만 믿고 따르다가 정신 차리고 보니, 어느새 팀장이 조종하는 꼭두각시가 됐다는 걸 깨달았다.

"다 너 생각해서 그러는 거야."

이 말에 속지 않았으면 한다. 그저 후려치기를 위해 달콤하게 포장된 말, 그 이상도 그 이하도 아니다. 진심으로 나를 위해주는 사람들은 그렇게 말만 하지 않는다. 행동으로 보여준다. 나를 위해주는 진정한 리더는 자신의 커리어가 그렇듯 나의 커리어도 소중하게 생각해주고, 무조건적으로 회사에 대한 충성만을 강요하지는 않는다. 또한 커리어는 얼마나 다양한 일을 얕게 해낼 수 있는지가 중요한 게 아니라 한 분야에 얼마나 전문성을 쌓았는지 판단하는 것이다. "너를 생각해서 기회를 주는 것"이라는 말로 내 전문성을 해치는 일을 필요할 때마다 시키는 게 정말로 기회인지 아닌지 생각해볼 필요가 있다.

나보다 경험이 많은 회사생활과 인생 선배로서 내 성장에 실질적으로 도움이 될 만한 정보와 조언을 건네주는 사람이 찐이다. 누가 나를 이용하려 하는지, 진심으로 위해주는지 판단하는 가장 쉬운 기준은 내가 세운 공을 이용해서 자신만 잘 먹고 잘 살려는지 보면 된다. 결과가 좋을 때 그 공을 팀원에게 돌리는지, 책임져야 하는 일이 생겼을 때 자신이 리더로서 책임을 지는지를 보면 알 수 있다. 상사에게 예쁨받기만을 바라고, 팀원의 공을 모두 자신의 공으로만 돌리는 상사가 하는 말이라면, 정말 나를 위함이 맞는지 다시 한번 생각해보자.

'직장 내 괴롭힘 법'에 명시되어 있듯, 나보다 우위에 있다고 해서 권력을 이용한 과대한 업무 분배에 의해 신체적·정신적으로 고통을 줄 권한은 그 누구에게도 없다. 하지만 가스라이터들은 단순히 나보다 우위에 있는 것을 즐기고, 자신의 꽃길을 위해 아랫사람을 그저 도구처럼 활용한다. 가스라이터들은 정말 똑똑하게 괴롭힘을 즐긴다. 괴롭힘을 당하는 피해자가 뭔가 이상하다고 느끼더라도 객관적으로 판단할 수 없게끔 증거를 남기지 않거나, 교묘하게 치고 빠지는 것을 잘한다. 그런 특성으로 인해 우리가 끊임없이 괴롭힘을 당하는 것이다.

"다 너를 위한 거야"라는 말로 나를 조종하려고 든다면, "팀장님께서 저를 위해서 ○○을 해주셨으면 좋겠어요! 그게 저에게 더 실질적인 도움이 됩니다! 이런 팀장님 밑에서 일을 하다니 저는 정말 복 받았나봐요"라고 하며 똑똑하게 대처해보자.

열정, 열정, 열정!

회사생활 10년간 나에 대해 소개할 때 '열정이 가득한 사람'으로 어필했다. 스스로 열정이 많다고 생각했고, 열정적으로 보이면 직장생활에 플러스 요인이 될 거라고 생각했다. 열정이라는 단어가 나를 회사를 다니는 10년 동안 나를 지독하게 괴롭히는 장애물이 될 줄도 모르고 말이다.

"알리사는 열정적이니까 업무 외적인 것을 시켜도 좋아해."

"네 발전을 위한 거니 어디 한번 해봐."

이런 말로 나에게 주어진 업무 말고도 다른 팀이나 다른 사람의 추가 업무들을 떠넘기기 일쑤였다. 앞에서 말한 팀장님에게만 업무과중을 당했던 건 아니다. 20대 때 4년간의 아르바이트 생활에도, 이후 취직을 한 뒤에 어느 회사를 가더라도 손이 빠른 편이었다. 게다가 경험이 많은 덕분에 생긴 빠른 적응력 때문에 남들보다 일을 많이 받는 편이었다. 성격상 일을 미뤄놨다가 마감 기한에 닥쳐서 완성하는 걸 좋아하지 않는다. 일이 들어오는 대로 바로바로 처리하다 보니 일을 맡기면 빠르게 끝내주는 직원으로 소문이 나서 일은 점점 더 많아졌다. 그런 일이 계속 반복되면서 열정적인 직원이라는 훈장 아닌 훈장을 받게 되었다. '페르소나'라고도 불리는 '부캐'가 유행이라는데, 열정적인 회사원인 나의 모습이 부캐가 아니었나 싶다.

아이러니하게도 회사는 일을 안 하는 직원에겐 더 이상 일을 주지 않고, 일을 못하는 사람에겐 충성심이 없다며 간단한 일들만 시킨다. 하지만 일을 안 하는 직원과 더 많은 일을 하는 직원의 월급은 동일한 게 현실이다. 오히려 일은 못하지만 스트레스를 잘 견디는 성격 덕분에 근속 기간이 긴 직원들은 연차가 쌓일수록 일은 점점 더 안 하면서도 높은 연봉을 받아간다. 생각해보면 내가 다니는 회사에 떠오르는 직원 한 명씩은 있을 것이다.

요즘 세상은 아무렇지도 않게 사람들에게 열정을 강요하지만, 아이러니하게도 열정이 많은 사람들은 회사생활을 오래 하기가 참 힘든 것 같다. 회사 안에서 일을 하다 보면 나도 모르게 '나는 왜 이렇게 열정적일까? 나도 열정 없이 조금은 게으르게 회사를 다니고 싶다'라는 생각이 든다. 당연히 모든 회사가 그렇지는 않을 것이다. 하지만 내가 경험했던 회사들은 전부 나에게 이런 생각을 심어주었다.

열정을 가질수록 같은 8시간을 근무해도 하루에 더 많은 일을 처리해야 하고, 일을 잘할수록 능력을 인정받는 것이 아니라 '시키면 다 해내는 직원'이라는 이상한 칭찬만 늘어갔다. 내 안에 있는 모든 열정을 꺼낼 수만 있다면 전부 꺼내서 버리고 싶은 심정이었다. 이처럼 세상은 열정이라는 게 모든 사람이 가지고 있어야 하는 필수조건이라고 말하며, 인생에 큰 욕심이 없이 주어진 것들만 하면서 살아가면 열정이 없다고 구박을 한다. 누구는 외향적이고 누구는 내향적이고 MBTI가 모두 다른 것처럼 모든 사람의 성격 또한 전부 다른 것인데, 열정만큼은 눈코입처럼 태어날 때부터 모두 가지고 있어야 하는 필수조건처럼 이야기한다. 열정이라는 건 있는 사람도 있고, 없는 사람도 있다. 있다고 해서 모두 멋있는 사람인 것도 아니고, 없다고 해서 모두 생각 없는 사람도 아니다.

타고난 성격이 다르고, 가진 재능이 다르듯이, 열정이라는 것도 모두에게 다르게 적용된다고 생각한다. 강요해서 될 일도 아니며, 강요가 필요한 일은 더더욱 아니다. 없는 열정을 만들어야 한다고 다그칠 게 아니라, 열정 있는 사람은 그 열정을 잘 활용하여 본인을 성장시키면 된다. 그 열정을 가지고 자기 커리어를 발전시키고, 회사에 득이 되는 일들을 해내면 된다.

직장생활 10년 동안 정말 많이 들었던 말이 "요즘 애들은 열정이 없어!"라는 말이었다. 내가 본 요즘 젊은 세대의 열정은 정말 대단하다. 나날이 치열해지는 경쟁 사회에서 좋은 대학교를 가기 위해 유치원 때부터 조기 교육을 하며 20대를 준비하는 세상이다. 대학을 입학함과 동시에 취업을 준비하고, 온갖 자격증을 취득하고, 어학연수를 다녀오기도 하고, 틈틈이 봉사활동을 하며 자기만의 포트폴리오를 만들어가는 게 요즘 젊은 세대다. 여기에서 더 열정을 가지라고 하면 온몸이 불타서 재로 변할지도 모른다는 생각이 든다.

열정페이라는 말을 들으면 마음이 아프다. 어쩌다 열정과 생계를 유지하는 돈을 맞바꾸는 세상이 되었을까? 말이 좋아서 열정페이지, 그냥 현대판 노예가 아닐까? 열정은 누군가가 나에게 강요한다고 해서 장착되는 것이 아니다. 열정을 갖고 안 갖고는 나의 자유다. 열정적인 사람이라고 해서 재능 기부, 에너지 기부를 할 필요는 더더욱 없다. 일에 상응하는 대가를 바란다고 해서 속물이라고 손가락질받는 것도 이상하다. 회사에 봉사활동을 다니는 것이 아니기에 내 재능과 노동에 대하여 정당한 대가를 받아야 하는 것은 당연한 일이다.

세계적인 심리학자 매슬로Maslow의 대표적인 이론인 5단계 욕구 이론에 따르면, 인간의 욕구는 생리적 욕구, 안전의 욕구, 애정과 소속감의 욕구, 존경의 욕구, 자아실현의 욕구 순으로 구성되어 있다.

[매슬로의 욕구단계 이론]

'자아실현의 욕구'는 5단계 중에 최고 단계에 있다. 기본적으로 먹고사는 문제가 해결될 만큼의 돈을 벌어야 하고, 인정받고 있다는 느낌과 꼭 돈이 아니더라도 그에 상응하는 대우를 해줘야 제일 꼭대기에 있는 자아실현을 할 수 있는 욕구가 생겨난다. 그 전 단계의 욕구들도 채워지지 않은 채 열정만 강요하니 문제가 생기는 것이다.

'나는 왜 열정이 없을까'라며 자책할 필요도 없고, 반대로 '나는 왜 이렇게 열정이 많을까'라며 자신의 장점을 단점으로 바꿀 필요도 없다. 모든 사람은 다 다르다. 우리는 공장에서 똑같이 찍어낸 로봇들이 아니다. 나의 다름을 인정하고 사랑해주자. 세상이 바라는 대로 살려고 애써 노력하지 말자. 열정을 강요하는 건, 일을 좀 더 수월하게 시키기 위한 보이지 않는 손 같은 것이니까.

내가 언제
그렇게 얘기했어?

가스라이팅은 친구, 가족, 연인 관계에서만 일어나는 일이 아니다. 나 또한 친구, 가족, 연인 사이에서도 정말 많이 당했지만 내 인생을 크게 뒤흔든 건 '직장 내에서 발생한 가스라이팅' 경험이다. 하루의 절반 이상을 회사에서 보내며 가장 자주 이야기를 나누는 팀장, 팀원들의 영향을 받기가 가장 쉽다. 오랫동안 일상을 파고든 가스라이팅을 알아차리는 건 굉장히 어려운 일이다. 가스라이팅을 당하는 내내 자존감이 사라지면서, 내 판단에 대한 신뢰성이 훼손되기 때문이다.

1년 넘게 아무 의심 없이 팀장의 가스라이팅에 놀아나고 있던 무렵, '이상하다'라는 느낌이 강하게 들면서 정신을 차리게 된 계기가 있었다. 팀장이 업무를 가지고 거짓말을 하고 있다는 사실을 알게 된 것이다. 보통의 회사가 그렇듯 가장 윗선에서 아래 중간관리자에게 업무 지시가 내려오고, 또 그 아래에 업무 지시가 내려오는 것처럼 내가 다니던 회사들도 그런 식이었다.

중간에 업무 분장에 변동이 생기면서 팀장님과 일대일로 일하는 게 아니라, 가장 처음 오더를 내리는 대표님 혹은 전무님과 대화를 해야 하는 일이 늘어나면서부터였다. 같은 오더 건에 대해서 팀장이 지시하는 내용과, 대표님 혹은 전무님이 지시하는 내용이 다른 일이 부쩍 잦아졌다. 나는 혹시 모를 상황에 대비해 모든 일에 대해 이메일로 기록을 남기기 시작했다.

어김없이 지시사항에 대해 완료한 일을 보고 하면, 팀장은 항상 "이거 왜 이렇게 했어?"라며 책임을 나에게 떠넘겼다. 이전에 보냈던 이메일을 보여주면서 "이렇게 하라고 지시하셨습니다"라고 하면, 눈앞에 증거가 있음에도 "내가 언제 그렇게 얘기했어?"라는 말과 모르쇠로 일관하며 다시 해오라고 했다. 정말 심하게 괴롭힘이 일어날 때는 "여기 왜 초록색으로 했어? 파란색으로 해!"라는 지시에 파란색으로 해가면 "여기 왜 파란색으로 했어? 내가 초록색으로 하라고 했잖아! 제대로 바꿔!" 이런 일들이 하루에 몇 번이고 반복되는 날도 있었다.

그렇다면 왜 이렇게 뺑뺑이를 돌리는 걸까? 단지 건망증 때문일까?

이건 가스라이터의 특징 중 하나다. 가스라이터는 특별한 이유 없이 거짓말을 해서 상대방이 '내가 잘못 생각한 건가?'라고 자신을 의심하게끔 만드는 것을 좋아한다. 또한 자신의 권력에 상대가 휘둘리는 그 자체를 즐긴다. 상대방을 속이고 통제권을 뺏으려는 목적도 있다. 특별한 상황이나 이유가 있어서가 아니라, 그저 상대방의 인생 자체를 휘두르고 싶어 해서다. 가스라이터의 인생에 결핍이 많기 때문이다. 다른 부분에서 인정을 받지 못하고, 채워지지 않다 보니 직장에서는 권력을 이용해 자신의 결핍을 채우기 위해 상대적으로 자신보다 약한 사람들을 괴롭히며 희열을 느끼는 것이다.

이런 가스라이터의 또 다른 특징은 자신보다 높은 사람들에게는 이런 모습을 절대 나타내지 않는다는 점이다. 실례로 퇴사 당시 회사에 팀장의 만행을 모두 폭로를 했음에도 윗분들은 전혀 믿지 않았고, 절대 그럴 사람이 아니며 오히려 내가 예민한 거라고 정신병자 취급을 했다. 그 또한 가스라이터가 설계한 결과에 해당된다. 나 같은 피해자가 사실을 폭로할 때를 대비해 감정적으로 대응하지 말라며, 성숙하게 행동하라는 말로 피해받은 사람들을 깎아내리는 것이 특징이다. 이런 가스라이터들의 내면을 실제로 뜯어보면, 자기애는 굉장히 강하지만 자존감은 낮다는 점을 알 수 있다. 자신이 부족하다는 것을 인정하지 못하지만, 실제로 자존감이 낮다 보니 자신보다 약한 사람들로부터 끊임없이 자신의 존재감을 인정받고 싶어 하는 것이다.

이렇게 나를 마음껏 휘두르려는 사람들로부터 나를 보호할 수 있는 방법은 스스로 확고한 기준을 가지고 있어야 한다는 것이다. 자존감과도 크게 연관이 있다. 직장 내에서 괴롭힘에 시달리다 보면 자연스럽게 자존감이 낮아질 수밖에 없는데, 그 사실을 빠르게 인지

하고 나 자신을 지켜야 한다. 직장에서 자주 일어나는 상황들을 종이에 전부 적어보고, 이런 상황이 일어날 때 내가 할 수 있는 대처법은 무엇인지 미리 정해놓으면 도움이 된다.

"내가 언제 그렇게 얘기했어?"라는 말에 대비해 이메일로 모든 기록을 남기는 것도 나름의 대처법이었다. 물론 통하진 않았지만. 그래도 내 자존감을 전부 빼앗기진 않을 수 있었다. 적어도 내가 틀렸다고 생각하며 자책하지 않을 수 있었으니까. 특히나 직장에서는 상사와 내가 동등한 관계가 아니기에 모든 상황에 적극적으로 대처하기가 정말 어렵다. 그럼에도 상사가 하는 모든 행동과 말은 옳다는 생각은 하지 않았으면 한다. 그렇게 가정을 세워놓으면 자꾸 휘둘릴 수밖에 없기 때문이다.

쌍방향 소통을 하지 않고, 일방적으로 상대방에게 책임을 전가하고, 죄책감을 느끼게 하는 것은 정신력 폭력이 맞다. 그러한 정신적 폭력을 조직문화로 정당화해서는 안 된다. 조직문화 안에서도 수용 가능한 범위가 있고 그렇지 않은 게 있다. 그렇지 않으면 '회사생활이 다 그런 거지, 뭐'라고 합리화를 하며 스스로를 더욱 괴롭히게 된다.

내가 회사를 다니는 동안에는 전혀 몰랐다. 가스라이팅을 당하고 있다는 것도, 직장 내 괴롭힘도 그 당시에는 알지 못했다. 모두 직장에서 오랫동안 지속된 괴롭힘으로 나 자신을 전부 잃어버리고 다시 나를 찾는 그 과정을 겪는 동안 깨닫게 된 것들이다. 이 책을 읽는 여러분은 나처럼 생계까지 전부 놓아버리고 회사 밖으로 나와, 내 인생은 끝났다는 좌절감을 느끼지 않았으면 한다.

직장 안에서도 충분히 해결할 수 있다. 그러려면 어떤 게 괴롭힘인지, 어떤 게 나를 위한 건지, 내가 어떤 일을 잘했고 잘못했는지 명확한 기준을 잡고 있어야 한다.

넌 내가
팀장으로도 안 보이니?

회사생활 당시 명확하지는 않았지만 시간이 지날수록 무언가 잘못되고 있다는 걸 직감적으로 느꼈다. 이 상황이 유지된다면 커리어에도 문제가 생기는 것은 물론, 정신적으로도 큰 문제가 생길 것이란 느낌이 들었다. 그동안은 시키면 시키는 대로 하던 내가 더 이상은 예스맨이 되어서는 안 되겠다는 판단이 섰다. 커리어와 일자리를 잃고 싶지 않았기에 용기를 내서 아닌 건 아니라고 이야기를 하며 내 생각을 전달하기 시작하자 팀장은 늘 이런 식으로 반격했다.

"넌 내가 팀장으로도 안 보이니?"

가스라이터가 좋아하는 것 중 하나는 상대방에게 죄책감을 씌우는 일이다.

"아니, 그런 의미로 이야기한 것은 아닙니다. 오해하셨다면 죄송합니다."

보통은 이렇게 대답하겠지만 나는 달랐다.

"일에 대해서 올바른 방향이라고 생각되는 것에 대해 이야기한 부분을, 팀장으로 안 보이냐고 물어보시면 제가 앞으로 일에 대해 어떤 의견을 이야기할 수 있을까요?"

뛰는 놈 위에 나는 놈이 있다고, 그 팀장은 나보다 더했다.

"그럼 네가 팀장 해. 난 이제 아무런 신경 안 쓸게. 응, 그래. 다 네 마음대로 해."

가스라이터의 자존감을 채워줬어야 했는데 가장 약점인 부분을 내가 건드렸다. 내가 역으로 공격당하는 건 어쩌면 당연한 일이었다. 그 당시에 가스라이팅을 당하고 있다는 것을 인지하지 못했던 나로서는 '도대체 나한테 왜 이러는 걸까' 하는 생각만 들었고 마음이 너무 힘들었다. 겉으로는 당당한 척했지만 팀장님과 불화가 생기는 걸 좋아하는 직원도 있을까? 어느 누가 직장에서 갈등이 생기는 것을 좋아할까? 나도 마찬가지였다. 모두에게 사랑받고 싶고 모두와 잘 지내고 싶었지만, 의도와는 다르게 자꾸만 발생하는 갈등들이 내 자존감을 팍팍 깎아내렸다. 내 인생은 나만의 인생이 아니었다. 내 인생의 소유권은 회사에 있었다.

직원이 일에 대한 의견을 냈는데 사적인 감정을 담아 "내가 팀장으로도 안 보이니?"라는 말로 공격하는 이유는 간단하다. 이들이 가스라이팅을 하는 목적이 자신의 이익을 위해 주변 사람들을 조종하려고 하기 때문이다. 자신보다 하찮다고 생각하는 직원들에게 의견이라는 게 있으면 안 된다. 부하가 자기 의견을 내고 자신과 충돌하니 목적 달성을 하지 못해 위기감을 느낀다. 이때 가스라이터들은 당연히 더 심한 공격을 할 수밖에 없다. 특히나 직장에서 직위를 이용해 부하직원을 괴롭히는 상사들이 직원들을 통제하려는 행동의 밑바탕에는 사실 인정받고 싶은 욕구가 깔려 있다.

팀장의 의견과 몇 번 충돌할수록 직장 내 갈등은 점점 심해져 갔다. 일을 진행할 수 없도록 협조를 안 해주는 것은 물론, 컨펌을 요청하거나 의견이 필요할 때는 말로 꼬투리를 잡아 괴롭히기 일쑤였다.

"네가 팀장이잖아. 네가 알아서 해."

그렇게 괴롭힘을 당하면서도 일은 진행해야 했기에, 다른 팀원들과 시니어의 도움을 받아 일처리를 했다.

하루하루 지날수록 점점 정신적으로 피폐해져 갔고, 출근을 할 때마다 회의감이 느껴졌다. 나라는 사람은 이 회사에서 쓸모없다는 생각이 가득했고, 아무것도 할 수 없는 무능력자처럼 느껴져서 견디기가 너무 힘들었다. 맡은 일에는 최선을 다했지만, 내 몸과 영혼은 점점 모래가 되어 사라지는 기분이었다.

회사 내에서 팀장의 방해를 이겨내고 일을 처리한다는 건 불가능한 일이다. 나에게는 결정권이 없기 때문에, 아무리 애써도 할 수 있는 일에는 한계가 있다. 그렇게 점점 "싫다", "이건 아니다"라고 내 의견을 표현하는 것 자체에 죄책감을 느끼게 되어갔다. 내 의사를 표현하는 날은 눈에 띄게 줄었다.

죄책감을 느끼게 해서 행동을 중단시키는 것도 가스라이터의 행동 패턴이다. 피해자가 죄책감을 느끼면 더 이상 자신에게 반하는 의견을 제시하지 않을 테고, 그러면 자신의 의도대로 피해자를 조종할 수 있으니 얼마나 편하겠는가?

온갖 노력에도 불구하고 이미 팀장님 눈 밖에 났다. 툭하면 나를 비하하는 말이나 나에 대해 없는 말을 지어내서 퍼뜨리고 다녔다.

"재가 나 팀장으로도 안 보인대. 난 이름만 팀장이야. 아무 권한도 없어."

이런 식으로 자신이 피해자인 것처럼 말했다.

팀장이 너무하니 이상하게 생각할 사람도 있지 않겠나 생각할 수 있지만, 막상 직장 내에서는 그렇지 않다. 직원들은 본능적으로 자신과 더 오래 일한 사람 편을 드는 게 자연스럽다. 내가 읽은 책에서도 이런 말이 나온다. 스테파니 몰턴 사키스의 책 《가스라이팅》에 의하면, 가스라이터는 권력을 이용해 자신에게 복종하지 않는 사람들을 미친 사람으로 망가뜨리는 걸 좋아한다고 한다. 온갖 교활한 방법을 다 동원해 나와 사람들을 갈라놓는 것을 즐기는 것이다. 그런 과정이 반복되면, 피해자는 직장 내에서 정신적으로 약한 사람, 예민한 사람이 되어있을 것이다.

그게 나였다. 회사 내에서 나는 '예민한 성격 탓에, 생각해서 조언을 해줘도 과민하게 받아들이는 직원'으로 낙인찍혀 있었다.

우리 회사 말고
어디서 너를 뽑아줘?

벗어나야 했다. 해결해야 했다. 2년 넘도록 당해오면서 분별력, 자존감, 자신감을 전부 뺏겼기에 처음엔 내가 이상한 건가 의심이 들었지만, 이내 정신을 차렸다. 내가 이상한 게 아니라 가스라이팅을 당하고 있다는 사실을 깨달았다. 가해자와 함께 일하는 것은 말이 안 된다고 생각했다.

회사에 알렸다. 센터장님은 나와 팀장을 불러 삼자대면을 시켰다. 그제서야 팀장의 본모습이 드러났다. 삼자대면을 하는 그 자리에서 1시간 내내 자신의 억울함만 토로하더니, 입도 뻥긋하지 못하는 내 탓을 하기 바빴다.

"얘 싸가지 없는 것 좀 보세요. 얼마나 내가 팀장으로 안 보이면 이렇게 행동을 해요?"

해결책을 찾고자 용기를 내어 팀장보다 더 윗선에 도움을 청했던 것인데, '나는 이 자리에 왜 앉아있을까? 무엇을 얻고자 도움을 청했던 것일까?' 하는 생각으로 자존감만 더 바닥으로 떨어졌다. 이 회사에서의 미래가 전혀 보이지 않았고 절망감만 커져갔다.

'앞으로도 나는 이 가스라이팅의 늪에서 헤어나올 수 없겠구나. 내 커리어 성장은 고사하고 나 자신을 지키면서 회사생활을 하는 건 불가능에 가깝겠구나.'

팀장이 억울하다고 이야기하는 그 1시간 동안 곰곰이 생각하니 내가 그만둬야만 이 상황이 끝나겠다는 판단이 섰다.

"그만두겠습니다."

이야기를 하고 나서야 팀장의 억울한 이야기가 잦아들었다. 대신 기다렸다는 듯이 막말을 쏟아내며 끝까지 나를 짓밟았다.

"야, 너 같은 애 필요 없으니까 당장 나가. 센터장님 걔 내보내요. 걔가 하던 일 내가 할 테니까. 걔가 하는 일 알바생 뽑아서 시켜도 걔보단 잘하겠네."

대책이 있었던 것은 아니다. 회사생활은 내 생계였고, 이 회사를 나가면 또 어디로 가야 하는지 무슨 일을 하며 먹고 살아야 하는지 고민이 컸다. 무엇보다 팀장과의 갈등을 제외하면 일도 나와 잘 맞았고 하는 일에 성취감도 있었기에 오래 다니고 싶었던 회사였다. 그래서 회사에 도움을 요청했지만, 회사는 도움을 주지 않았다.

이러한 경험이 법적으로 보호를 받을 수 있다는 사실을, 퇴사하고도 1년이 지나고 나서야 알았다. 이제는 근로기준법 제76조의 3(직장 내 괴롭힘 발생시 조치)에 의하여 법적으로 도움 및 보호를 받을 수 있다.

"사용자는 직장 내 괴롭힘 발생 사실을 인지한 경우에는 지체 없이 당사자 등을 대상으로 그 사실 확인을 위하여 객관적으로 조사를 실시하여야 한다."

팀장보다 더 높은 직위에 있던 분께 용기 내어 당시 상황을 알렸지만, 아무런 조치를 취해주지 않았을뿐더러 더 윗선의 상급자와 대표님께 보고하지 않고 숨기기에 급급했다. 마치 이 일에 휘말리고 싶어 하지 않는 것처럼 보였다. 내가 그만두면 사람을 또 구해야 하고, 일을 또 가르쳐야 하는 그 자체가 귀찮을 뿐이었다. 내가 겪고 있는 고통에 대해서 공감하고 회사 내에서 일어나는 갈등에 대해 해결해줄 의지는 전혀 보이지 않았다. 회사는 직장에서 발생하는 괴롭힘으로부터 직원들을 보호할 의무를 법적·도의적으로 가지고 있지만 그런 의무를 하는 곳은 드물다는 걸 안다. 앞서 말했듯이 짧게 일한 말단직원보다는 오래 일한 직원의 말을 더 믿고 편을 들어주는 것도 심하다. 조직생활에서 뿌리 뽑혀야 할 안 좋은 관습임에도 불구하고 나아지지 않고 있다. 나 혼자서 이 괴롭힘에 저항하는 것은 계란으로 바위를 치는 것과 같은 것이었다. 계란으로 바위를 치면 바위가 깨지기는커녕 계란만 산산조각난다. 그 계란이 나였다.

그만두겠다는 이야기에도 분이 안 풀렸는지, 회의실에서 따라 나온 팀장은 내 자리로 따라와서는 책상 위에 있던 물건들을 전부 던지며 소리를 질러댔다. 전 직원이 모두 깜짝 놀라서 쳐다봤고, 나는 그저 멍하니 보고만 있었다. 무서웠다. 그 물건이 나에게 날아올까 봐 무서웠다. 내가 예상할 수 없는 범위를 넘어선 행동들이 나올까 봐 무서웠다. 난 아무런 생각도 할 수가 없었다. 그런 내 마음을 알 리가 없는 팀장은 소리를 지르고 울기 시작했다.

"내가 너한테 얼마나 잘해줬는데, 어떻게 네가 나한테 이럴 수가 있어?"

울고 싶은 건 나인데, 물건을 던지고 소리 지르는 모습에 놀라서 울음도 나오지 않았다.

심리학자들은 자신의 본모습을 들켰을 때 소리를 지르고 물건을 던지는 건 가스라이터의 전형적인 행동이라고 말한다. 직장 내에서 당하는 동안에는 이런 자세한 내용들을 전혀 몰랐지만, 책을 쓰기 위해 심리학에 대해 공부를 하며 그동안 얼마나 철저하게 직장 내에서 가스라이팅을 당하고 있었는지, 가스라이터라는 존재는 얼마나 교활하고 영악한 존재인지를 제대로 알게 되었다.

당시에는 이미 정신적으로 종속되어 있었기에 그 상황에서는 내 잘못이 크다고 생각해서 팀장에게 미안하다고 사과를 했다. 지금 생각해보면 한심하기 짝이 없다. 사과를 받아야 하는 건 나였는데, 내가 사과를 했다. 사과를 하기 위해 팀장 팔을 붙잡으며 죄송하다고 말을 했었는데 그때 나에게 했던 말이 잊히지 않는다.

"이 더러운 손 당장 치워!"

잘해줬다는 건 가해자의 착각이다. 자신의 감정대로 피해자를 대한 것은 결코 잘해준 게 아니다. 오히려 잘해줬다고 주장하는 행동들 때문에 내 자신과 인생 전부를 잃고 말았다.

회사에는 그만두겠다고 이야기했지만, 퇴사하고 나가서 내가 당장 할 수 있는 것은 아무것도 없었다. 어디로 이직을 할 수 있을 거라는 생각조차 들지 않을 만큼 자존감이 바닥을 치고 있었다. 무언가를 새롭게 할 수 있을 거라는 희망이 없었다. 솔직히 너무 무서웠다. 이렇게 작아진 내가 안쓰러웠고 안아주고 싶었다. 그런 나에게 사과를 해야 하는 건 팀장인데 오히려 죄 없고 힘 없는 내가 사과를 했다.

사과를 하는 나에게 팀장은 끝까지 잔인했다. 울음도 나오지 않아 영혼이 사라진 채로 멍하니 서 있는 나에게 저주를 퍼부었다.

“네가 우리 회사 말고 어디를 갈 수 있을 것 같아? 어디서 너같이 나이 많은 애를 뽑아줘? 여자 서른세 살이면 아무 데도 못 가. 너 여기서 일한 거 경력으로 인정받을 수 있을 것 같아? 우리 회사 내에서나 인정해주는 거지. 다른 데서는 그 정도로 절대 이직 못 해. 네가 그만둔다고 하면 내가 무서워할 줄 알고? 야, 너 그만둬. 네가 하던 일 그까짓 거 내가 하면 돼. 네가 하던 일들이 얼마나 대단한 일이라고 여기 그거 하나 할 사람 없을까봐?”

그렇게 공황장애가 찾아왔다

그 일이 있고 난 뒤에도 며칠간은 회사에 정상 출근을 했다. 이유가 어찌됐든 사무실 내에서 소란을 일으켜서 직원들한테 미안한 마음이 컸고, 일주일간 고개를 제대로 들고 다닐 수가 없었다. 솔직히 말하자면, 전후 사정 모르는 직원들이 나에 대해 마음대로 재단하고 판단하며 뒤에서 수근거리는 게 무서웠다. 다른 직원들과 눈이 마주칠까 일찍 출근하고 최대한 화장실도 가지 않고 자리에만 앉아 있었다.

그리고 며칠이 지났을까. 평소처럼 출근을 한 날이었다. 자리에 앉자마자 눈앞이 뿌예지기 시작하면서 손이 심하게 덜덜 떨려왔다.

'내가 왜 이러지?'

화장실을 가려고 일어나자마자 휘청하더니 그 자리에 주저앉았다. 다리에 힘이 풀린다는 것을 그날 처음 경험했다. 갑자기 숨이 막

혀왔다. 심장이 조이는 느낌이 점점 심해졌다. 숨이 막히고 이마 쪽부터 시작해서 등까지 서늘해지면서 식은땀이 흘렀다. 손이 떨리고 점점 차가워졌다. 화장실을 가고 싶은데 일어나지지가 않았다. 눈앞은 점점 더 뿌예졌으며 손발이 떨리며 힘이 들어가지 않아 아무것도 할 수가 없었다. 의자에 앉고 싶은데 아무리 노력해도 다리에 힘이 들어가지 않았다. 내가 유일하게 할 수 있는 거라곤 그 자리에서 우는 것밖에 없었다.

불행히도 내가 이 일을 겪을 당시 사무실 자리가 구석에 있어서 사람들이 일부러 내 자리에 오지 않는 이상 나를 발견하기는 힘든 위치에 있었다. 그렇다고 펑펑 울면서 사람들에게 티를 낼 수는 없으니 숨죽여서 울었다. 숨이 막혀오는 그 시간 동안 아무도 내 자리 쪽을 지나가지 않아 그 자리에서 혼자 그 시간을 버텨내야만 했다. 혼자 견딘 게 오히려 다행이었다. 직원들이 본 내 모습이 얼마나 초라했을지 상상만 해도 끔찍하니까.

얼마나 시간이 지났을까. 흐려진 눈이 서서히 또렷해지면서 다리에 힘이 들어가기 시작했다. 일단은 자리에 앉아서 마음을 진정시켰다. 극심한 스트레스로 인해 신체에 문제가 생긴 거라고 짐작했다. 당장 병원을 가야겠다고 생각은 했지만, '정신과'를 먼저 검색한 건 본능이었다. 공황장애일 거라고는 상상도 못 했다. 스트레스 때문에 정신과를 검색했을 뿐 공황장애는 연예인들처럼 악플에 시달리고 대중들에게 관심을 받는 사람에게만 생기는 병인 줄 알았으니까.

공황장애가 대단한 사람들에게만 나타나는 병이라고 생각하는 사람은 나뿐만이 아니다. 스스로도 그런 병을 겪고 있다고 짐작도 못하고 산다.

정신이 돌아오자마자 당장 연차 내고 퇴근을 했다. 집에 오는 길에, 정신이 나갔다 돌아왔다를 수십 번 반복했다. 쓰러질 것 같은 느낌과 함께 세상이 빙글빙글 돌았고 엄청난 두통에 시달려야 했다. 그렇게 한꺼번에 여러 가지 증상이 몸을 습격한 건 처음이었다. 어떻게 해야 이 증상들이 멈추는지 몰랐다. 집 근처에 있는 정신과에 예약도 없이 방문했지만 다행히 바로 진료가 가능했다. 간단한 스트레스 검사를 먼저 진행한 뒤 만난 의사는 내 병명을 공황장애라고 진단했다. 검사지 결과가 나와야 정확하겠지만, 내가 호소한 증상으로 봐서는 꽤 심각한 공황발작이 온 것 같다고도 덧붙였다.

공황장애란 특별한 이유 없이 예상치 못하게 나타나는 극단적인 불안 증상을 말한다. 내가 겪은 시야 흐려짐, 손발 떨림, 어지러움, 숨 막힘, 헛구역질, 다리 힘 풀림, 심한 두통, 식은땀, 얼굴에 열 올라옴, 질식할 것 같은 느낌 등은 공황발작의 증상이다. 대부분의 사람은 공황장애를 '정신질환'으로 알고 있지만, 사실 공황장애는 신체적 질병에 속한다. 스트레스가 신체적으로 이상을 일으키는 것이고, 그것을 진료하는 과가 정신과인 것이다.

공황장애 진단을 받기 전에 받았던 검사는 신체 스트레스를 확인하는 검사였는데, 신경계가 정상으로 작동하는지 아닌지를 판단한다. 신경계가 망가져 있으면 치료가 쉽지 않은데, 다행히 내 경우엔 아직 망가진 건 아니어서 다른 사람들보다는 치료가 빠를 거라고 안심시켜 주셨다. 신경계가 망가져 있으면 약이 제대로 듣지 않기 때문에 다른 치료법을 사용한다고 하니, 공황장애가 의심된다면 스트레스 검사를 진행하는 병원으로 방문하기를 권한다.

처음 병원에 방문한 날이 2021년 7월이었다. "얼마나 오래 치료를 받아야 하나요?"라는 질문에 의사 선생님은 최소 1년 예상해야 한다고 하셨다. 치료가 빠를 거라는 말에 2~3개월이면 완치가 되겠지 기대했는데, 1년이라는 말을 들으니 생각보다 심각한 상태인 걸 알 수 있었다. 현재 2023년으로 두 해가 지났지만 여전히 공황장애 약을 먹어야 한다. 그만큼 완치가 쉽지 않은 병이다. 뒤에서도 이야기하겠지만, 공황장애가 생기는 것은 정신력과 크게 상관이 없다. 정신이 나약해서 생기는 병이 아니다.

공황장애 진단을 받은 후 다음날 출근을 했는데, 숨이 막혀서 사무실에 앉아 있기가 힘들었다. 그다음날도 마찬가지였다. 약을 먹어도 쉽게 가라앉지 않았다. 연차가 많이 남은 상황도 아니었고, 이렇게까지 나를 망가뜨리면서 버티고 싶지 않았다. 다 놓고 싶었다. 생계, 커리어, 그런 거 다 필요없다는 생각까지 들었다. 회사에 병에 대해서 알리고 퇴사 의사를 다시 한번 밝혔지만, 돌아오는 말들은 또 다른 충격을 안겨주었다.

예민한 성격을
좀 고쳐봐

당시 회사에서 여러 가지 업무를 혼자 맡고 있었던 게 많아서 내가 퇴사하면 대신 처리할 직원이 아무도 없었다. 그래서 회사는 나를 쉽게 놔주지 않았다. 내 고통이 어느 정도인지 이해하고 싶어 하지 않았다. 그저 어떻게든 그만두지 못하게 하는 것만이 중요한 사안이었다. 센터장님은 나를 회유했다.

"너무 예민하게 받아들이지 마. 예민하게 생각하니까 공황장애가 생기는 거잖아. 며칠 연차 쓰게 해줄 테니까 쉬고 나와. 그러면 괜찮아질 거야. 요가도 하고, 명상도 하고 그렇게 해봐. 그럼 좀 나아지지 않겠어?"

모든 일은 내가 예민해서라고 치부했다. 그렇게 간단하게 이 상황이 종료되기를 바라면서.

이런 상황이 있을 때마다 대부분 피해자에게 책임을 전가한다. 늘

TV에서 보던 일을 내가 직접 겪고 나니 더욱 와닿았다. 우리 사회가 얼마나 가해자들에게 관대한지, 피해자에게는 엄격한지 말이다. 이와 관련한 에피소드를 인스타그램에 업로드할 때면 어김없이 악플이 달리는 것도 이와 같다. 피해자가 당하는 건 다 그만한 이유가 있어서라고. 툭하면 가스라이팅이라고 합리화한다며 악플이 달린다. 좋은 건지 씁쓸한 건지, 직장에서 이미 겪은 일이기에 그런 악플이 달려도 아프지 않다.

물론 예민한 게 맞다고 받아들이자면 그럴 수 있다. 뇌 구조가 계속해서 반복적으로 일어나는 일에 대해 뇌 안에 저장을 하고, 똑같은 갈등이 일어날 때마다 방어기제를 펼치니까. 직장 내 괴롭힘이라는 경험이 일어날 때마다 방어하기 위해 본능적으로 예민하게 감지하는 건 사실이니까. 내가 예민했던 걸 수도 있다. 나보다 직급이 위에 있는 사람들로부터 무시당하거나 함께 일하는 동안 힘든 일이 잦았다면, 그 경험으로 인해 발생한 무기력, 좌절감, 분노와 같은 감정들이 뇌 안에 저장이 되었다가 비슷한 상황에서 나타나게 된다. 이런 상황을 누군가는 예민이라고 표현하지만, 다른 면으로는 본능이라고 할 수도 있다.

밤늦게 걸어가다가 낯선 사람이 따라오는 듯한 느낌을 받을 때면 발걸음이 빨라지고, 심장 박동수가 올라간다. 이 반응을 예민하다고만 단정 지을 수 있을까? 본능적으로 위험을 감지하고 대처하려는 모습에 더 가깝지 않을까? 이렇게 간단하게만 비교해도 우리 사회가 직장 내에서 일어나는 괴롭힘에 대해 얼마나 관대한지를 알 수가 있다. 직장에서 발생하는 괴롭힘을 전부 예민으로 치부하며 피해자를 탓하고 있는지 알 수 있다.

공황장애는 예민해서 나타나는 증상이 아니라 잦은 위험에 대해 미리 인지하고 방어하는 행동과 같다. 애초에 괴롭힘이 없었다면, 근거 없는 가스라이팅이 없었다면 방어기제를 펼칠 일도 없었다. 어떤 일이 먼저 일어난 건지 순서를 따져본다면 피해자가 예민하다고 손가락질할 수 없을 것이다.

근로기준법 제76조의 3, 1항에는 "누구든지 직장 내 괴롭힘 발생 사실을 알게 된 경우 그 사실을 사용자에게 신고할 수 있다"라는 조항이 있다. 하지만 내가 괴롭힘을 당하는 당시에 주변 몇몇 사람은 이미 인지하고 있었지만 아무도 도와주지 않았다. 혼자라도 해결해 보고자 용기 내어 회사에 알렸지만 그마저도 무시당했다.

또한 동법 3항에 의하면 "사용자는 직장 내 괴롭힘과 관련해 피해를 입은 근로자 또는 피해를 입었다고 주장하는 근로자를 보호하기 위해 필요한 경우 해당 피해 근로자 등에 대해 근무장소의 변경, 유급휴가 명령 등 적절한 조치를 해야 한다. 이 경우 사용자는 피해 근로자 등의 의사에 반하는 조치를 해서는 아니된다"는 조항이 있다. 회사는 선심 쓰듯이 "연차 쓰게 허락해줄게"라고 말할 게 아닌, 직장 내 괴롭힘에 대해 이야기를 한 내용을 토대로 조사에 들어가야 하고, 그 과정에서 필요하다면 가해자와 나의 업무를 분리시키거나 유급휴가를 줘야 하는 법적 의무가 있음에도 이행하지 않았다. 의무를 이행하기는커녕, 업무를 분리시켜 달라는 나의 의견에는 "이렇게 작은 회사(직원이 200명이 넘는 중소기업)에서 어떻게 업무를 분리시키냐"는 말로 내 요구를 거절했고, 예민한 감정을 다스리는 법을 터득해보라고만 강요했다.

나는 더 이상 회사를 다닐 수 없는 상태였기에 퇴사 의사를 밝혔지만, 퇴사 처리마저도 받아주려 하지 않았다. 업무를 분리할 수 없거나 유급 휴가를 제공할 수 없는 상황이라면, 회사 내에서 함께 지내는 것이 어렵다고 판단할 수 있다. 그때 회사는 직원이 퇴사할 때 실업급여를 신청할 수 있도록 도와야 한다.

이 모든 것은 법적인 의무다. 직장 내 괴롭힘을 받았다는 신고를 무시하면 사용자는 3년 이하의 징역 또는 3천만 원 이하의 벌금형을 선고받을 수 있을 정도의 매우 큰 사안이지만, 내가 다녔던 회사는 직장 내 괴롭힘을 적극적으로 알렸음에도 아무 조치를 취하지 않았다. 소극적으로라도 해결하려는 의지조차 보이지 않았으며, 공황장애라는 진단을 받고 식은땀을 흘리며 겨우 출근하는 나에게, 내가 예민해서 겪는 일이라며 끝까지 못을 박았다. 어렵게 퇴사가 승인되었을 땐 실업급여를 신청할 수 있도록 부탁했음에도 전혀 도움을 주지 않았다.

당시의 건강 상태가 실업급여나 법적인 부분들, 혹은 그 이상이 있더라도 내가 하나부터 열까지 모든 것을 챙길 수도 없었다. 당장에 숨 쉬는 것부터가 너무 힘이 든 상태였기 때문에, 퇴사 후 건강을 되찾는 데 집중하는 것이 우선이었다. 몇 가지 상황을 넘기고 결국은 퇴사했다.

퇴사하던 날 직원들로부터 많은 연락을 받았다. 짐을 들고 집으로 가던 버스 안에서도 울고, 집에 도착해서도 울고, 자다가 깨서도 울고, 정말 많이도 울었다.

무엇을 위해서 나를 그렇게까지 희생했을까. 열심과 열정, 노력의 끝이 이렇게 몸도 마음도 만신창이가 된 채로, 공황장애라는 무서운 병까지 얻고 퇴사하는 것이 끝이라면 도대체 나는 왜 그렇게 열심히 달려온 것일까. 밝고 열정적이던 내 모습은 더 이상 찾아볼 수 없었다. 그저 매일 울고, 우울해하고, 희망도 꿈도 없는 서른셋 여자 혼자 남아 있을 뿐이었다. 공황발작이 심해서 새로운 회사에 취직하는 것은 불가능했고, 심하진 않았지만 대인기피증도 생겨서 새로운 사람들을 만나는 게 어려웠다. 위로 다섯 살 많은 언니와, 아래로 다섯 살 어린 동생 사이에서 둘째로 커오면서, 누구보다 독립적이고 자립적이고, 밝고 적극적으로 사람들에게 다가가고, 윗사람 아랫사람에게 한 번도 불편함 느끼지 않고 낯선 사람을 만나도 웃으면서 대화를 이끌어가던 나였다. 그런 내가 사람을 무서워하고 있는 모습이 무척이나 낯설었다. 그마저도 공포감으로 다가왔다.

직장 내 가스라이팅에 맞서 열심히 싸웠다고 생각했는데, 심리적으로 많이 지치고 영혼까지 탈탈 털려 껍데기만 남은 내 모습을 마주하고 있자니, 그동안의 가스라이터들이 원하는 대로 무너져 있는 것 같은 마음이었다.

'내가 졌어. 당신들이 이겼어.'

chapter 2

세상으로부터 빼앗긴 나를 되찾는 방법

병원 치료는
선택이 아닌 필수다

공황장애까지는 아니더라도, 극심한 스트레스로 인해 어느 날부턴가 몸이 계속 아파오고 약 먹는 시간이 늘어났다면 정신과 상담을 받아보는 게 좋다. 나도 처음에는 새벽에 갑자기 구토를 하기도 하고, 배가 심하게 아픈 날도 있었고, 길을 가다가 심하게 어지럼이 있던 날도 있었으며, 위에 구멍이 난 적도 있다. 그렇게 몸에서 보내는 신호들은 실제로 몸에 큰 이상이 있어서 아픈 것이 아니라 마음이 아파서 생기는 일종의 신호이니 절대 무시하면 안 된다.

우울증과 공황장애 진단에 대해서 주변에 알렸을 때, 대부분은 내가 용기 있다며 응원과 위로를 해주었다. 좋은 의미에서 한 이야기겠지만, 씁쓸했던 게 사실이다. 배탈이 나거나 머리가 깨질 듯이 아파서 병원에 다녀온 사람에게 용기 있다고 말하지는 않는다. 몸이 아파서 병원에 가는 것은 유치원생도 아는 당연한 것이니까. 그런데 왜 유독 마음이 아파서 병원에 간 것에 대해서는 용기 있다고 표현을 할까? 그만큼 아직 우리 사회는 정신 치료를 부끄럽고 숨겨야 하는 일로 여긴다는 반증이 아닐까 생각해본다.

마음이 아픈 건 숨길 일이 절대 아니다. 몸이 아픈 것과 동일하게 병원에 가서 치료를 받아야 한다. 유난 떠는 것도 아니고, 정신이 나약해서 생긴 일도 아니다. 자연스러운 일이다. 당연한 일이다. 그나마도 요즘은 인식이 많이 변화되어 용기 있다는 말이라도 듣지만, 10년 전만 해도 심각한 정신병이 있는 취급을 하는 사회적인 분위기 탓에 그 당시엔 병원에 가는 일이 쉽지 않았다. 모두 쉬쉬하는 분위기였다.

우울증을 처음 진단받았던 건 10년 전이다. 자고 있다가 갑자기 숨이 막혀서 잠에서 깨는 게 수차례 반복되었다. 누군가 내 얼굴 위에 베개를 올려놓고 온 힘을 다해 누르고 있는 듯한 답답함과 목을 있는 힘껏 조르고 있는 죽을 것 같은 공포감에 자주 잠을 깼는데, 그때의 기억이 어제 일처럼 생생할 만큼 강렬하게 남아있다.

처음에는 원인을 찾기 위해 내과를 방문했는데, 의사 선생님께서 조심스럽게 정신의학 상담을 받아보는 것이 어떻겠냐고 제안을 해주셔서, 난생처음으로 정신과에 방문했다. 다행히도 처방받은 약을 먹은 뒤부터 더 이상 내 방엔 악마가 찾아오지 않았다.

병명은 우울증이었다. 우울증이 심각했지만 사회적으로 잘 알려지지 않았을 때여서 내가 우울증을 겪고 있는지도 몰랐을 때다. 단순히 몸이 피곤하고 스트레스에 시달리다 보니 가위에 눌린다고만 생각했었다. 내과 담당 선생님께서 정신의학과에 가보는 것을 권하시지 않았다면 더 오랫동안 악몽에 시달렸을 것이다. 다시 한번 강조하지만 마음에 병이 있을 때 치료를 받는 것은 절대 부끄러운 일이 아니고, 숨겨야 할 일도 아니며, 누군가에게 박수받을 일도 아니다. 배가 아파서 내과에 방문하는 것처럼, 마음이 아파서 정신과에 방문할 뿐이다.

부끄럽지 않다는 것도 알고, 치료가 필요하다는 건 알지만 어떤 병원으로 가야 하는지 모르는 사람이 많다. 내과나 외과는 집 근처에 아무 곳에나 가도 된다고 생각하지만, 정신과는 유독 잘 선택해서 가야 할 것 같다. 물론 맞다. 잘 선택해서 가야 한다. 그러지 않으면 오히려 마음의 병이 악화될 수 있기 때문이다. 잘 맞지 않는 의사 선생님을 만나서 마음의 병을 키우기 전에 내가 병원을 선택할 때 고려했던 것들을 공유하고자 한다.

첫째, 집 주변이어야 한다. 정신과 상담은 보통 일주일에 한 번씩 정기적으로 상담이 진행되기에 집과 가까워야 방문하기 편하다. 띄엄띄엄 상담을 받고 약을 제대로 챙겨 먹지 않게 되면 오히려 건강이 악화될 수 있다. 권장기간 동안 약과 상담을 빼먹지 않고 방문하기 쉬운 곳을 선택하는 게 좋다. 약만 복용하는 것이 아니다. 매주 선생님과 만나서 이야기를 나누는 것도 회복에 큰 도움이 된다.

둘째, 평이 좋은 곳이어야 한다. 요즘은 인터넷 검색을 하면 해당

의원의 평까지 다 확인할 수가 있다. 나는 병원을 선택할 때 평균 점수가 높은 곳 중에서도 리뷰를 하나하나 전부 읽어보고 안 좋은 평들이 반복되는 병원은 제외했다. 예약을 했는데도 환자를 오래 기다리게 하는 곳이거나, 의사가 막말하는 곳이거나, 리셉션 직원이 불친절하다는 내용이 있는 병원은 피하는 게 좋다. 마음에 병이 있는 상태에서는 평소보다 마음이 약해져 있는 건 사실이기에 사소한 말 한마디에도 크게 상처를 받고 마음의 문을 닫게 되는 악영향이 생길 수도 있기 때문이다.

병원은 신중하게 선택하는 것이 좋다. 나 또한 마음의 벽을 갖게 된 사건이 있었기에 해줄 수 있는 조언이다. 10년 전 방문했던 정신과 선생님이 우울증이라고 진단을 내리면서 이렇게 말했다.

"정신이 얼마나 나약하면 이런 게 생겨요? 어린 나이에, 어휴."

우울증 진단을 받은 것도 충격이었는데, 이런 일이 생긴 게 전부 나 때문이라는 말을 들으니 사는 것이 지겨워졌을 때가 있었다. 전문적으로 의학을 공부한 분께 그런 이야기를 들으니 나라는 존재 자체가 쓸모없게 느껴졌었다. 그 뒤로 방문은 하지 않았다.

그 일을 계기로 병원 자체가 두려워져서 터놓고 이야기하기가 어려웠다. 그 영향으로 10년 동안 마음이 아프다는 것을 다른 사람들에게는 꽁꽁 숨기고 살았다. 이 일은 내 마음에 트라우마로 남았다. 이런 일을 겪고 나면 내가 스스로 선택한 병원에서 일어난 일이기에 또다시 나를 자책하게 되는 악순환이 일어난다. 다시 한번 말하지만 마음이 아픈 것은 그 누구의 잘못도 아니며, 부끄럽다고 숨길 일도 아니다. 의지가 나약해서 생기는 것도 아니다. 누구에게나 생길 수 있다.

마지막 셋째, 큰 병원보다는 의원으로 선택해야 한다. 특히 대학병원이나 종합병원과 같은 큰 병원들은 환자가 많기 때문에 충분한 상담 시간을 확보할 수가 없다. 의사들은 기계처럼 환자를 대하기 바쁘며, 그 과정에서 더 큰 상처를 입을 수도 있고 오히려 시간 낭비만 했다고 느껴 상처가 커질 수도 있다. 나는 집 근처에 있는 의원에 다녔는데 철저하게 예약제로 운영되어 작은 병원이었음에도 환자 한 명 한 명을 진심으로 대한다는 느낌을 받았다. 충분한 상담 시간이 확보되어 있어서 오히려 나는 짧게 말하고 끝내고 싶을 때도 선생님께서 속 이야기를 터놓도록 유도하시기도 했다. 덕분에 오랜 시간 동안 서서히 마음을 풀어낼 수 있었고, 마음에 있던 트라우마까지 밖으로 꺼낼 수 있도록 도와주셔서 지금은 정말 많이 나아진 상태다.

자존감 상실, 우울증, 공황장애, 대인기피증과 같은 마음의 병은 아무 노력 없이 시간이 흐른다고 해서 저절로 낫는 병이 아니다. 사람들이 나를 나약하게 볼까봐 주변에 말도 못 하고, 병원에도 방문하지 않는 사람들은 속으로 '시간이 지나면 나아질 거야. 조금만 참아보자'라고 다짐하는 경향이 있다. 하지만 시간이 지날수록 더 심해지는 것이 바로 마음의 병이다. '다른 사람들이 나를 어떻게 보든 무슨 상관이야?'라는 마인드로 이겨내야 한다.

자꾸 시선을 바깥쪽으로 돌리면 나를 돌봐줄 마음의 여유가 사라지는 법이다. 공황장애나 우울증과 같은 병들은 의학적인 도움을 받으면서, 차근차근 단계별로 치료해야 똑똑하고 현명하게 이겨낼 수 있다. 이번이 마지막이라는 생각으로, 이번 기회로 완치하겠다는 독한 마음으로 치료에 전념하자. 세상으로부터 빼앗긴 나를 되찾기 위해서라도.

착한 사람 컴플렉스 버리기

이처럼 병원 치료는 선택이 아닌 필수다. 상담과 약물 치료와 함께 근본적으로 이 문제를 어떻게 해결해가야 하는지 이야기해보겠다.

여러분은 내 안에 자아가 1개만 존재한다고 생각하는가? 아니면 여러 개가 존재한다고 생각하는가? 대부분의 사람은 내 안에 자아는 1개만 존재한다고 생각한다. 사실은 그렇지 않다. 내 안에는 셀 수 없이 많은 자아가 있다. 직장 내에서의 알리사, 부모님의 딸로 존재하는 알리사, 형제들 사이에서의 알리사, 친구 알리사 등 어떤 사람과 관계를 맺느냐에 따라서 조금씩 다른 모습이 나온다.

나는 원래 내 의견에 대해 똑부러지게 말하고, 할 말을 다 하는 사람이라 친구들 사이에서는 '지랄이'라는 별명으로 불렸다. 회사에 출근을 할 때면 '지랄이'를 잠시 내려놓고 직장인 알리사의 모습으로 가면을 쓴 채 집을 나섰다. 사회생활 초반엔 평소의 모습이 직장에서도 많이 튀어나왔다. 회사의 업무지시에 대해 나름의 의견을 내면 일하기 싫어서 꼼수 부리는 직원으로 비치거나, 새로운 일에 대한 방향을 제대로 잡기 위해 목적을 물어보면 불만이 많은 직원이 되었다. 그런 오해들이 늘어날수록 본래 모습을 내려놓게 되었다.

회사가 더 발전하는 데 도움이 될 거라는 생각도, 어차피 말해봤자 혼날 거라는 생각으로 바뀌어갔다. 내 의견을 표출하는 일은 점점 줄어들었다. 일하기 싫어서 꼼수 부리는 직원, 불만이 많은 직원이라는 낙인에서 벗어나고 싶어서 '착한 직원'으로 보이도록 가면을 썼다. 아닌 건 아니라고 이야기하지 못하고, 옳은 방향이 아니라는 생각이 들어도 무조건 "네"만 대답하는 'Yes맨'이 되어갔다. 심지어 내 업무가 아님에도 부탁을 거절하지 못하고, 밤새워 일하는 한이 있더라도 힘들다고 내색하지 않게 되었다.

그렇게 지내는 날들이 길어지자 나는 어떤 일을 시켜도 결과를 가지고 오는 직원이 되어있었다. 그 모습을 보고 직원들은 나를 열정적인 직원이라고 평가해주었다. 겉으로 보이는 내 모습은 회사 내에서 인정받는 듯했지만, 결국엔 그것들이 회사에서 일을 지시하기 편하도록 나를 조련시켰던 것임을, 회사에서 10년이라는 시간을 보내고 나서야 제대로 깨닫게 되었다.

자기주장을 하는 직원은 절대 '착한 직원'이 될 수 없다. 회사에서 요구하는 '인재상'에 맞는 좋은 직원이 되기 위해서는 나 자신을 철저하게 숨겨야만 한다. 그 사실을 깨달은 뒤부터는 직장에서 온전한 나로 살아본 적이 없다.

나는 회사생활을 하는 동안 회사에서 튀는 직원이 되지 않기 위해 철저하게 나를 숨기고 조직 문화에 나를 억지로 맞추어가며 살아왔다. 나 자신이 내 의지대로 잘 숨겨지지 않을 때는 '내 인생은 내 것이 아니다. 이 회사 거다'라는 주문을 외우며 노력했다. 궁극적인 목표는 착한 직원이 되는 것이 아니었는데, 착한 직원처럼 보이길 바랐다. 왜 착해야만 했을까? 아니, 왜 회사는 모든 직원에게 착함을 강요할까? 답은 사실 우리 모두 알고 있다. 그래야만 회사의 의도대로 회사가 굴러가니까. 반기 드는 직원이 있으면 잘 굴리기가 힘드니까. 그래서 그렇게 '착해야 한다', '찍소리 말아야 한다', '모두가 그렇게 산다'고 세뇌를 당하는 것이다.

가면을 벗어야겠다고 마음을 먹었던 계기는 공황장애였다. 회사를 열심히 다닌 진짜 이유가 혼란스러워졌기 때문이다. '착한 직원, 능력으로 인정받는 직원'이 되고 싶었던 것은 나를 위한 것인지 회사를 위한 것인지 알 수 없었다. 처음 병원에서 공황장애 진단을 받고 며칠 동안은 마음이 너무 힘들었다. '왜 나에게만 이런 일이 찾아오지'라는 생각으로 삶에 대한 회의감도 심했고, 필요 이상으로 자책하는 날들이 늘어갔다.

퇴사하고 백수로 지내던 어느 날이었다. 매일 규칙적으로 하는 일이 사라지자 나 자신이 이토록 쓸모없는 인간이었나 한심한 생각만 들었다. 회사 다닐 땐 그렇게 쉬고 싶더니, 막상 대책도 없고 돈도 없는 상태로 쉬게 되니까 불안한 마음에 괴롭기만 했다.

하지만 이내 정신을 차리고 객관적이고 냉정하게 상황을 바라보니, 공황장애 덕분에 '나'라는 사람에 대해 진지하게 생각할 수 있는 기회를 얻었다는 걸 알 수 있었다. 여느 때와 같은 일상의 어느 날 거울 앞에 서서 멍하니 나를 바라보는데, 머리는 며칠을 감지 않아 떡져 있고, 반짝반짝 빛나던 눈동자엔 생기가 없었다. 표정은 너무 우울했고, 희망 없는 사람이 거울 속에 있었다. 그런 나를 물끄러미 바라보다 나에게 이런 질문을 던졌다.

"네가 회사생활에서 얻고 싶은 건 뭐였어? 단순히 능력을 인정받아서 좋은 직원이 되는 거였어?"

"아니."

질문을 하자마자 대답이 나왔다. 그다음 질문을 던져 보았다.

"그럼 네가 원하는 건 뭐였어?"

"회사 일을 배우면서 이 업계의 전문가로 성장하는 일이었어."

"회사 밖에서는 네가 말하는 전문가가 될 수 없어?"

어디서 생겨난 자신감인지는 모르지만 생각지도 못한 대답이 입밖으로 나왔다.

"아니, 회사 밖에서도 할 수 있는 일이야."

어느새 자신감을 되찾은 거울 속의 나와 대화를 하고 있자니 어둠 속에 빠져 있던 내 인생에 빛이 보이기 시작했다. 마치 이 길로 가면 된다는 신호를 찾은 기분이었다.

용기를 내어 마지막 질문을 던졌다.

"그럼, 너 자신을 괴롭게 만들면서까지, 너를 숨기면서까지 회사원으로 살아가야 할 이유가 있어?"

"없어. 나는 나를 잃고 싶지 않아."

오랜 시간 동안 가스라이터가 머릿속에 세뇌시킨 나의 이미지가 아닌, 정말 내 속에 있었던 본래의 나를 되찾아오는 것이 미션이다. 망가지기 전 내 모습은 어땠는지 잃어버린 기억을 되찾기 위한 물건을 찾아보는 것도 좋다. 스스로 동기부여를 하는 메모 같은 기록의 도움을 받아도 좋다. 밝게 웃고 있는 사진첩 속 나를 보며 예전의 나를 떠올려보는 것도 좋다.

착하지 않아도 된다. 잠시 잊고 있었던 본래의 내가 되기 위해 어린 시절의 '지랄이'를 찾아오기로 결심했다.

나는 왜 살아가고 있는가

퇴사를 결심했던 그때, 그동안 나는 내 삶을 간신히 붙들고 서 있었다는 게 느껴졌다. 그런 상태에서 회사를 나오니, 모든 것이 무너져 내렸다. 내 인생도, 자존감도, 자신감도, 나라는 사람 자체도.

내 잘못으로 생긴 일이 아니라는 것을 머리로는 알면서도, '나는 왜 이 정도도 못 버티고 회사를 나와야만 했을까'라는 자책에 사로잡혀 나 자신을 용서할 수가 없었다. 한심했고, 비참했다. 고작 이 정도도 못 이겨내는 내가, 어디에서 무슨 일을 해낼 수 있을까. 팀장이 했던 말처럼 '서른셋이나 된 미혼 여자를 어느 회사에서 받아줄까?'라는 생각으로 스스로를 비하하기 바빴다. 끊임없이 내 탓을 하며 지냈다. 이런 생각들이 반복될수록 '무엇 때문에 이토록 열심히 살았을까? 앞으로는 왜 살아야 하는 걸까'라는 생각이 강하게 들었다.

가스라이팅 피해자가 가스라이팅에서 간신히 벗어나고도 나처럼 무너짐을 겪는 것은, 벗어났다는 기쁨보다 왜 바보같이 이런 일을 당했나 하는 생각으로 스스로를 자책하기 때문이다. 진작 알아차리지 못하고 상황을 이토록 악화시킨 모든 원인을 자신에게 돌린다. 이러한 현상은 나만 겪은 것이 아니라 피해자는 누구나 겪는 수순 같은 거였다.

모든 직장인이 이런 고민을 할 것이다.

'회사 밖으로 나오는 순간 죽는다. 어떻게든 버텨야 한다. 하지만 미래가 없는 이곳에서 언제까지 버텨야 할까?'

월급이 끊기는 고통을 이겨내지 못할 것이라 생각하고 나를 잃어가며 회사를 다닌다. '모두가 이렇게 사니까 나도 참아야지' 하고 자기 합리화를 해가면서 말이다. 나도 다르지 않았다. 사람들과 똑같았다. 회사를 그만두고 집에 혼자 덩그러니 있다 보니 '나는 무엇을 위해 살아가고 있었을까?' 하는 생각이 들었다. 그러면서도 한편으로는 '회사를 다니지 않는다고 내 삶의 존재 가치가 사라진다면 너무 슬픈 인생 아닌가?' 싶기도 하고, 33년 인생을 회사원이 되기 위해 살아왔다고 생각하니 화가 나기도 했다.

'마음의 병을 얻은 것에 대해 언제까지 슬퍼만 하고 있을 것이며, 이게 이렇게까지 슬픈 일인 걸까? 내가 그동안 회사만을 위해 살아왔던 걸까? 내 삶의 존재 이유는 회사가 존재하기 위한 부품의 역할이었나?'

회사를 위해 살아가는 게 아니라면 이렇게까지 좌절할 필요도 없는데, 극심한 좌절감을 느끼는 그 원인을 찾아내고 싶었다.

잃어버린 내 모습을 찾기 위해 효과적인 방법은 거울 속의 나 자신과 대화를 하는 것이다. 진짜 되고 싶은 나의 모습은 무엇인지, 내가 원했던 일은 어떤 것인지, 어떤 신념으로 살아가고 있었는지 스스로를 체크해보는 시간이 필요하다. 속으로만 생각하면 효과가 없다. 직접 입 밖으로 질문을 내뱉고, 소리 내어 대답을 해봐야 한다. 자신과 대화하는 것이 도저히 쑥스러워서 하지 못하겠다면 당장 노트를 펼쳐서 글로 적어도 좋다. 객관적으로 나를 파악할 수 있도록 실천하는 것이 중요하다. 회사를 다니기 전에 마음속에 품고 있었던 꿈은 무엇이었는지, 나는 어떤 성격을 가지고 있었는지 상기해보자. 나 또한 나에게 질문을 던졌다.

"그동안 회사를 위해 살았어?"

"아니, 살기 위해서 회사를 다닌 거지."

"생계를 위해서라면 회사에서 월급받는 거 말고도 다른 방법이 있지 않을까? 다른 일을 할 수 있어?"

"무슨 일이든 할 수 있지!"

당찬 대답이 나왔다.

"가보지 않은 길을 갈 용기가 있어?"

"차라리 지금이 좋은 기회가 아닐까? 더 늦기 전에, 새로운 것에 제대로 도전할 수 있는 시간이라고 생각해."

이 대답과 동시에 갑자기 가슴이 뛰기 시작했다.

앞서 말했듯이 20대의 알리사는 잘하는 것을 찾기 위해 겁도 없이 이것저것 도전을 하던 용기 있는 사람이었다. 그렇게 찾은 잘하는 일로 행복하게 돈을 벌고 싶다고 생각했다. 그게 바로 내 삶의 궁극적인 목적이기 때문이다. 그것이 본래의 모습이고 원하는 삶이었다.

태어났으니 어쩔 수 없이 살아가는 인생이 아닌, 보람 있고 의미 있는 인생을 살고 싶었다. 그런 인생으로 가꾸어 나가는 과정에서 하루의 절반 이상을 차지하는 일터에서 보람과 재미를 느끼고 싶다는 내 바람은 어쩌면 너무나도 당연한 것이었을지도 모른다. 늘 바라던 삶이 돈만 벌기 위한 일터에서 하루하루를 버텨내는 것이 아닌, 온전한 나로 성장하기 위함이었으니까. 그러한 이유로 남들보다 유독 연봉보다는 담당하는 업무에 대한 집착이 강했고, 일 자체를 즐겼다. 새로운 분야의 낯선 업무를 접하더라도 큰 불만 없이 이어나갈 수 있었던 건 자아실현 욕구가 유독 강했던 덕도 있다.

이처럼 끓는 열정을 가지고 제대로 전문가로서의 삶에 도전한 게 서른한 살이었는데, 불과 2년 만에 그 다짐을 전부 잃어버린 것이다. 상사의 가스라이팅 앞에서 뭐든 할 수 있다던 용기 있는 내 모습은 산산조각이 나서 모두 사라졌다. 그렇게 나를 전부 잃어버렸다고 생각했는데, 거울 속 나와의 대화 도중 다시 심장이 뛰는 걸 느꼈다. 남들이 모두 늦었다고 말하는 서른세 살에도 새로운 것을 다시 도전할 수 있는 기회가 생겼다며, 부정적인 상황을 긍정적인 부분으로 사고를 전환하자 가슴이 뛰었다. 새로 무언가를 할 수 있다는 상황 자체가 설레기 시작했다.

신기한 것은 무언가를 새롭게 하고 싶다는 생각이 들면서 '이 모든 일이 내가 못나서 생긴 일'이라는 죄책감이 한순간에 사라졌다는 점이다. 내가 나약해서 생긴 일이 아니라 새로운 삶을 살 수 있도록 기회가 생긴 것이라고 생각하니, 더 이상 내 자신이 한심하지 않았다. 오히려 이런 재미있는 인생을 살 수 있다는 것에 감사함까지 느껴졌다. 가스라이팅을 당하지 않았더라면 월급이 전부라고 생각했던 삶에서 지금까지도 헤어나지 못했을 테니까. 책을 써보고 싶다는 생각도 당연히 못 했을 것이다. 다음 해에 연봉이 얼마나 오를까, 2퍼센트가 오를지 5퍼센트가 오를지에 대해, 고작 연 100만 원에 목숨 걸고 있었을 것이었다.

나와 대화하는 시간은 나를 용서하는 시간과도 같다. 나를 용서하는 건 '한심한, 미련한, 나약한, 예민한' 나를 용서하는 것이 아니라, 괴로움에서 허덕이는 나를 꺼내주는 단계다. 나를 구해줄 수 있는 건 오로지 나뿐이다. 이 모든 상황은 내 잘못으로 인해 벌어진 것이 아니며, 누구에게나 벌어졌을 상황이다. 단지 나는 운이 나빴을 뿐이며, 위기를 기회로 만들어가면 된다. 그렇게 부정적인 상황 속에 나를 오랫동안 버려두지 말고, 내 마음을 진지하게 들여다보는 것이다.

나를 잃어가는 기분이 든다면 왜 그런 기분이 드는 건지 이유부터 제대로 생각해보자. 이유를 생각해내기 어렵다면, 어떻게 살고 싶은지 생각해보자. 돈을 많이 벌고 싶었던 삶인지, 행복하고 싶었던 것인지, 이루고 싶은 꿈이 있었던 것인지. 그 속에 답이 있다.

당신의 환경은 안전한가요?

가정 폭력을 심하게 당하는 아이가 있다고 해보자. 그 아이에게 가해지는 가정 폭력을 해결할 가장 좋은 방법은 가해자로부터 물리적으로 떨어뜨려 놓는 것이다. 하지만 불행하게도 다른 집안 환경을 모른 채 폭력적인 부모 밑에서 커온 아이들은 자신이 가정 폭력을 당하고 있다는 사실 자체를 인지하지 못한다. 자신이 겪는 일이 당연하다고 생각하고, 어느 집에서나 흔히 일어나는 일이라고 생각한다. 자기 잘못으로 인해 벌어지는 일이라고만 생각한다. 그래서 주변에 도움을 청하지도 않는다. 도움이 필요한 일인지도 모르는 것이다.

회사에서 정신적 폭력을 당하면서도 벗어나지 못하는 직장인들도 마찬가지다. 해당 폭력에서 벗어나기 위해서 가장 좋은 방법은 가해자와 물리적으로 떨어지는 것이다. 하지만 직장 내 괴롭힘이나 가스라이팅이 만연해 있는 사회 분위기 속에 피해자에게만 손가락질하는 환경에서만 지내던 우리들은 어떤 게 괴롭힘인지, 어떤 게 가스라이팅인지 판단하는 것부터가 어렵다. 그렇기에 근로기준법에도 "직장 내에서 괴롭힘이 발생하였을 때 법적으로 가해자와 피해자를 물리적으로 떨어뜨려 놓으라"는 법 조항을 만들어놓은 것이다. 어떤 식으로 문제를 해결해야 하는지 제시해준 방법이다. 하지만 직장에서의 가해자는 보통 한 명만 있는 게 아니다.

"네가 잘못했겠지."

"네가 좀 더 노력해봐."

"예민한 성격 좀 고쳐봐."

이런 말로 2차, 3차 가해를 가하는 동료 직원 모두 가해자다. 그런 상황에서 모든 가해자와 거리를 두기란 쉽지 않다.

직장 내에서 이런 어려움이 발생했다고 해서 나는 무조건적으로 퇴사를 권장하지는 않는다. 그러나 가스라이터와의 관계는 반드시 끊어내야 한다. 그러지 않으면 괴롭힘에서 절대 벗어날 수가 없다. 회사에서 괴롭힘을 인정하고 가해자와 물리적으로 떨어뜨린다면 더할 나위 없이 좋다. 하지만 그렇게 합리적인 조치를 취해주는 회사가 몇이나 될까?

고용노동부에 따르면 직장 내 괴롭힘 신고 건수는 2019년에 2,130건, 2020년에 5,834건, 2021년에 7,337건으로 매년 무서운 속도로 늘어나고 있다. 그에 반해 신고로 인해 보복 갑질을 당했다는 답변 비율은 80퍼센트나 차지한다. 회사가 피해자들을 얼마나 방치하고 있는지 알 수 있다. 이 말을 살짝 바꿔서 생각해보면 신고를 해도 별다른 변화가 일어나지 않는다는 뜻이고, 신고한 피해자는 오히려 더한 고통을 떠안게 된다는 의미로 받아들일 수도 있다. 즉 회사 시스템에 기대지 말고 스스로 관계를 끊어내는 방법이 어쩌면 더 현명할 수도 있다는 뜻이다.

그렇다면 나 혼자서 어떻게 부서 이동을 할 수 있을까? 결론부터 말하자면 할 수 없다. 부서 이동은 스스로 할 수 있는 방법이 아니다. 회사에서 아무런 조치를 취해주지 않으면 피해자로서는 퇴사 외에 물리적으로 떨어질 방법이 없다. 스스로 할 수 있는 것 중 가해자와 멀어질 방법은 '단호해지는 것'이다. 관계 끊기의 핵심은 단호함이다. 이제부터 나를 지키기 위해서 단호해져야 한다.

가스라이터는 가스라이팅을 하면서 자신이 어떤 행동을 하는지조차도 인식하지 못하는 경우가 많다. 그렇기에 단호하게 알려줄 필요가 있다.

'나는 당신의 정신적 노예가 아니다.'

'당신이 조종하는 대로 움직이는 꼭두각시 인형이 아니다.'

이런 것을 명확하게 인지시켜야 한다. 물론 이 방법은 가해자가 상식 있는 사람이라는 전제하에 가능한 일이다. 상식적인 사람인지 아닌지는 일단 부딪혀봐야 알 수 있다. 비상식적이라면 다른 방법이 있으니, 우선은 상식적인 방법으로 시도를 해보자.

관계를 끊어내기 위해 가장 첫 번째로 노력할 수 있는 것은 가해자와 일대일로 대화하는 것이다. 오해가 있다면 오해를 풀고, 오해가 아니라면 당신의 말과 행동이 나에게 상처가 된다는 것을 인지시켜야 한다. 나도 안다. 가스라이터가 상사라면 말처럼 쉽게 대화를 할 수 없고, 나의 감정에 대해 솔직하게 이야기하기가 어렵다는 것을. 그럼에도 용기를 내야 한다. 실제로 나는 이렇게 일대일로 대화를 해서 괴롭힘을 사과받은 적도 있었고, 전혀 대화가 통하지 않아 오히려 막돼먹은 팀원으로 낙인 찍힌 적도 있었다. 어떤 결과가 나타나는지는 가해자의 성향에 따라 다르지만, 우리는 무조건 이 방법부터 시도해야 한다. 모든 갈등의 해결 시작점은 대화로부터 시작되기 때문이다.

첫 번째 방법이 통하지 않았을 때 할 수 있는 두 번째 방법은 가해자보다 더 높은 직급의 상사에게 도움을 요청하는 것이다. 중간에서 더 큰 오해가 발생하지 않도록 삼자대면을 하는 것이 좋다. 사람은 누구나 자기 입장에서 유리한 것들만 기억하기에, 삼자대면을 해서 대화를 나누다 보면 가해자와 피해자는 당연히 서로 다른 말을 할 수밖에 없다. 그 과정에서 제 3자가 객관적으로 이 상황을 정리해줄 수 있다. 직원 모두를 아끼는 회사라면 가해자에게 적절한 징계 조치 및 피해자에 대한 보호 조치가 이뤄질 것이고, 직원을 그저 노예 정도로만 생각하는 회사라면 개개인의 감정까지 하나 하나 보살피는 정성은 보여주지 않을 것이다.

앞의 두 가지 방법이 통하지 않을 때, 마지막으로 행사할 수 있는 방법은 노동부에 신고를 하는 것이다. 신고를 할 때는 관련자들의 인적사항 및 당사자 간 관계(우위성이 있는지), 사건의 경위가 어떻게 되는지, 문제 행위에 대한 적합한 증거들이 있는지, 피해자의 피해는 어느 정도인지, 피해자의 요청사항은 어떤 것인지 등에 대해 신고를 해야 한다. 직접증거 및 정황증거 모두 인정이 되는데 목격자의 진술, 이메일 내용, 녹음된 파일, 메신저 대화 내용, 개인적으로 작성해온 일기, 치료 기록 등이 도움이 된다.

직장 내 괴롭힘에 대하여 객관적으로 증명하는 것은 굉장히 어렵다. 긴긴 싸움이 되기도 한다. 막상 조사가 들어가면 자신들에게 피해가 올까봐 직장 동료들은 적극적으로 진술을 해주지도 않는다. 혼자서 싸워야 하는 상황이 된다. 노무사의 도움을 받아야 할 수도 있다. 그렇기에 나는 여러분이 이 단계까지는 가지 않았으면 한다. 나 또한 온전치 못한 정신상태에 체력적으로도 많이 약해져 있어서 신고까지는 못 했다. 그렇게 싸워서 나에게 남는 게 무엇인지 알 수도 없었다.

일자리를 잃지 않고 생계를 지키는 그 자체가 너무나 중요한 일임을 잘 안다. 하지만 내가 이 일을 겪으면서 확실하게 깨달은 것은 직장 내 괴롭힘이 일어났을 때 어떻게 법적으로 해결하느냐가 아닌, '나 자신을 얼마나 단단하게 만드느냐'가 싸움에서 이길 수 있는 원동력이 된다는 것이다. 내가 단단하지 않으면 어떤 싸움을 해도 지게 된다. 어딜 가나 나보다 나약한 사람들을 괴롭히는 사람들은 있고, 직위나 직책을 이용해서 권력을 휘두르는 사람들 투성이다. 그 모든 사람을 내가 바꿀 수 없는 게 현실이고, 그 현실에 무너지면 나만 다치게 된다. 정말로 이 싸움에서 이기고 싶다면, 법 조항부터 찾아볼 게 아니라 나부터 단단하게 단련하자. 자존감 회복에 집중하고, 책도 읽고, 명상도 하고, 운동도 하며, 체력과 정신력을 모두 기르는 데 에너지를 쏟아보자.

상대방에게 단호하게 대응하면서도 미안함이 들지 않고, 그 상처가 나에게 되돌아오지 않도록 나부터가 단단해져야 한다. 가스라이터로 인해서 낮아진 자존감을 회복하는 것이 우선이다. 나의 생각과 의견에 100퍼센트 확신을 가질 수 있어야 한다. 이미 정신적으로 많이 휘둘린 상태여서 나의 판단에 의심이 생길 것이다. 의심하지 않았으면 한다. 당신의 생각이 모두 옳다. 그러니 당신을 믿고 단호해져라. 아닌 것은 아니라고, 너와 나의 선은 여기이니 이 선은 넘지 말라고, 권위를 이용해서 괴롭히지 말라고, 인간적으로 대우해달라고, 무시하는 듯한 말투로 이야기하지 말아 달라고, 내 자존감을 깎아내리지 말라고 단호해질 필요가 있다. 환경을 바꾸지 않으면 가스라이팅의 지옥은 끝나지 않는다.

되도록 퇴사를 하지 않았으면 하지만, 나처럼 공황장애, 우울증, 대인기피증 같은 것이 생겼다면 즉시 퇴사를 해야 한다. 버틴다고 버텨질 상황이 아니다. 정신적으로 피폐해져서 모든 것을 다 잃게 되면 되찾기 힘들다. 건강이 우선이다. 죽은 사람을 살릴 수 없는 것과 똑같다고 생각하면 된다. 숨이 붙어 있을 때는 산소호흡기도 끼고 수술도 하고 온갖 노력을 다해볼 수 있지만, 이미 모든 게 끝난 상황에서는 주변에서도 아무런 도움을 줄 수도 없고 스스로도 일어설 수 없다. 몸이 보내는 신호를 절대 무시하지 마라. 퇴사를 해야 하는 순간을 마주했다면, 두려워하지 말고 퇴사하자. 나를 위해서. 나를 사랑하는 사람들을 위해서.

퇴사가 반드시 끝을 의미하는 건 아니다. 내 삶을 180도 바꿔줄 새로운 기회를 맞이하게 될 수도 있다.

철창 속 실험실 쥐는 바로 당신이다

가스라이터는 여러 사람을 사소하게 찔러본 뒤 반응이 있는 사람들만 골라서 공격을 한다. 어떤 식으로 가스라이팅을 해야 자신의 이득을 더 빠르고 쉽게 챙길 수 있는지 피해자들을 상대로 테스트를 한다. 원하는 데이터를 뽑아낼수록 노하우를 터득했다며 행복해한다.

그렇게 실험을 당한 철창 안에 있는 쥐는 어떤 상태일까? 아마 죽기 직전일 것이다. 그런데 왜 쥐는 탈출하지 않는 걸까? 어떻게 해서든 탈출을 감행해야 하는데, 실험이 진행될수록 모든 것을 다 놓아버린 듯하다. 그 실험이 즐거운 것일까?

물론 전혀 아니다. 실제로 실험실 쥐들은 실험이 시작하는 초반에는 탈출하고 싶어 한다. 그리고 시간이 지날수록 모든 것을 포기해버리는데, 탈출을 하려고 해도 할 수 없는 현실을 알고 있기 때문에 시도조차 하지 않는다.

우리도 마찬가지다. 가스라이터에게 실험당하는 피해자는 이런 실험실 쥐와 같은 신세다. 정신적인 폭력을 당하고 싶어서 가만히 있는 것이 아니라, 이미 정신적으로 가해자에게 지배된 상태이기 때문에 벗어나야겠다는 의지가 생기지 않는다. 괴롭힘을 오래 당하면 뇌 구조에 변화가 생긴다. 그렇기 때문에 저항해야겠다는 생각조차 들지 않는 것이다. 그런 일이 반복되면서 내가 적응하면 당연한 일이라고 여기며 살아간다. 누구나 이렇게 살아간다고 위안을 삼으면서 말이다.

가스라이터는 처음부터 실험 강도를 높게 시행하진 않는다. 이것도 해보고, 저것도 해보면서 천천히 우리 삶에 스며든다.

처음엔 의심을 사지 않도록 피해자와 굉장히 친밀한 관계를 맺는다. 의심하지 않고 믿을 수 있도록 피해자에게 신뢰를 심는 단계다. 어느 정도 친해지면 슬슬 가스라이팅의 시동을 건다. 피해자에게 잘못된 기억을 주입시키면서 피해자가 가지고 있던 확신을 흔들고, 피해자의 신념을 무너뜨려서 자존감을 잃게 만든다.

매일 괴롭힘을 주입시키다 보면, 피해자는 무엇이 잘못되었는지에 대한 판단조차도 하지 못하게 되고, 그 이후에는 상대가 나를 무시하더라도 '나는 이런 대우를 당하는게 맞아'라고 생각하거나, 가해자가 자신의 이득만을 위해 피해자를 이용하더라도 '다 나를 위한 것인데 나도 최선을 다해야지'라고 생각하게 된다.

가해자로부터 빼앗긴 나다움과 나의 가치관, 신념 등을 찾기 위해서는 왜곡된 기억부터 올바르게 회복시켜야 한다. 원래의 나는 어떤 생각과 가치관을 가지고 있었는지, 본래 성격은 어땠는지, 나라는 사람은 어떤 사람이었는지에, 일 처리는 어떤 방식으로 하는 게 옳다고 생각했는지, 상대방의 이야기를 어디까지 수용해야 하는지에 대해서 고민하고 또 고민해서 답을 찾자. 오랜 시간 동안 가스라이팅을 당하다 보면 어떤 것이 옳은 것인지, 어떤 것이 잘못된 것인지 혼자서 판단하기는 힘들다. 스스로 되찾기 어렵거나 잘못된 판단을 할까봐 두렵다면, 책 안에서 올바른 정보를 찾거나 주변 사람들에게 조언을 구해보자.

나의 경험을 이야기해보자면 이렇다. 어느 순간부터 팀장이 퇴근 후 밤늦게 또는 주말에도 시간 상관 없이 카카오톡으로 일을 지시했다. 근무시간에 출근해서 처리하겠다고 이야기를 하면 대단한 일도 아닌데 상사의 지시를 거절하는 직원으로 만들어 거절에 대한 죄책감을 끊임없이 주입시켰다.

"나도 주말에 이렇게 일하는데?"

"이거 그냥 잠깐 몇 분이면 하는 거잖아. 그걸 못 해줘?"

팀장도 주말에 일을 하는데 내가 거절할 자격이 없다는 생각이 들면서, 하루 이틀 업무 외 시간에 일을 처리해주다 보니 나중에는 당연한 일이 되어 버렸다. 나중에서야 알게 되었지만, 자신이 다 처리하지 못한 업무 처리를 떠넘긴 것이었다.

"하루 8시간 일하라는 것도 아니고, 잠깐 몇 분 시간 내서 해달라는 건데, 그게 그렇게 억울해?"

처음에는 이상하다는 생각이 들면서도 오히려 내 탓을 하니 내가 잘못인 줄 알았다.

이런 일이 반복되면서 근무시간과 관계없이 시키는 일은 전부 하는 것이 직원의 의무라는 생각이 들었고, 인사고과에 영향을 미칠까 두려워 쉽게 거절할 수가 없었다. 무엇보다 미움을 받는 것도 무서웠다. 이렇게 24시간 대기조 상태로 일을 하다 보니 정신적으로도 피폐해졌지만, 건강이 급속도로 나빠졌다. 밤늦게나 주말에 업무 연락이 오면 안 받을 수도 없고, 받으면 일을 처리해야 하니 스트레스가 되었다.

언제까지고 이런 식으로 휘둘릴 수는 없었다. 나빠지는 건강 회복을 위해서라도 대처가 필요하단 판단이 들었다. 이 당시 기억 회복을 위해 내가 했던 노력은 세 가지다.

첫째, 업무 시간에 대한 기준과 업무 지시가 가능한 기준에 대해 명확하게 설정하는 것이다. 업무 외 시간에 당장 일을 처리해달라는 연락이 오면 어떠한 이유로 지금 당장 처리해야 하는지 설명해달라며 물었다. 상급자로부터 긴급하게 내려와서 생기는 일인지, 아니면 팀장의 개인적인 요청인 건지 명확하게 짚었다. 납득이 가지 않는 이유로 업무 지시가 내려오면 근무시간에 하겠다고 단호하게 거절하는 연습을 했다. 처음엔 쉽지 않았지만, 취업규칙과 근로계약서를 이야기하며 근로 시간에 대한 부분을 단호하게 정리해 버릇하니 점차 나아졌다.

둘째, 내가 이 회사에서 이루고자 하는 최종 목적이 무엇인지 복기해보았다. 입사할 때 이 회사는 내 인생에 어떤 의미였는지, 이 회사 안에서 나는 무엇을 이뤄내고 싶었는지에 대해서 생각해보았다. 내가 바란 것은 단순한 승진도 아니었고, 고액연봉자가 되는 것도 아니었다. 해당 분야에 대해서 보다 더 많은 것을 경험하고 알아가며 맡은 일에 대해서는 전문가가 되는 것이 1순위 목표였다는 걸 상기시킬 수 있었다. 그렇게 되니 더 이상 팀장이 승진이나 연봉을 무기로 나를 휘두르려는 것을 막을 수 있었다. "내가 잘 말해서 연봉 올려주라고 할게"라는 말에 더 이상 속지 않게 되었고, 연봉과 승진에 목매지 않으니 온갖 지시로부터 자유로워질 수 있었다.

"너 승진 안 할 거야?"

"다른 사람들은 1년에 1천만 원씩 올리는데 너만 연봉 그렇게 낮게 받으면서 다닐 거야?"

이런 말에는 상대방 이야기를 완전히 무시하지는 않으면서도 적당하게 선을 그으며 대처했다.

"승진에 욕심 없습니다."

"연봉 협상은 제가 알아서 하겠습니다. 챙겨주셔서 감사합니다."

마지막 셋째는 내가 나를 어떻게 대하고 있었는지에 대해서 생각해보았다. 나부터가 나를 소중하게 여겨주지 않는데, 팀장이 나를 무시하고 막 대하는 건 당연한 일이 아닐까 하는 생각이 들었다. 당사자인 나부터 변해야 사람들이 나를 대하는 태도가 달라진다는 당연한 사실을 잊고 지낸 것이다. 저자세인 태도를 고치려고 노력했고, 당당하게 내 의견을 말하며 회사생활을 하기 위해서는 맡은 업무를 좀 더 완벽하게 끝내야 했다. 꼬투리 잡힐 일 없도록 하면서 시키는 일에 대해서는 확실하게 끝마치니 상습적인 괴롭힘이 줄어들었다. 물론 개인적인 시비까지는 막을 수 없다. 그럴 때 저자세로 나가면 더 괴롭힘을 당하니, 함부로 대하지 않으셨으면 좋겠다고 이야기할 줄 알아야 한다. 나를 공격하는 상대에게 단호함을 보여주는 건, 나부터 나를 사랑하는 방법이기도 하다.

나만의 기준을 세우고 나니 내가 무엇을 놓치고 있었는지, 얼마나 잘못된 길로 가고 있었는지 뚜렷해졌다. 그러자 수시로 카카오톡을 통해 업무 지시를 내리고 빠르게 확인하지 않으면 전화로 다그치는 팀장님에게 말로 대응할 수 있었다.

"급한 일은 회사 이메일이나 전화로 부탁드립니다. 카카오톡은 사적인 메신저여서 근무시간에는 잘 확인하지 않고 있습니다, 팀장님."

사적인 메신저로 근무 지시를 하지 않았으면 하는 바람을 전달하면서도, 근무시간에 딴짓을 하며 시간을 보내지 않는다고 어필이 가능하다.

초심을 지키며 살아가기란 쉽지 않다. 하지만 위기가 찾아올 때 초심을 다시 떠올려보면 위기를 극복하는 데 도움이 된다. 어떤 마음가짐으로 회사를 다니고 있었는지 나를 돌아보는 시간은 나를 지키기 위해 반드시 필요하다. 어느 순간부터 월급의 노예가 되어버리거나, 승진에 목매게 되면 원하지 않아도 직장 내 괴롭힘의 피해자가 될 확률이 높아진다. 가스라이터는 누군가의 간절함을 이용하여 그들을 공격하는 걸 즐기기 때문이다.

이러한 노력으로 철창 밖으로 나오려고 노력하자, 나뿐만 아니라 팀장에게도 변화가 생겼다. 자신의 의도대로 움직이지 않자 어느 날은 잘해줬다가, 어느 날은 갑자기 화냈다가, 어느 날은 울었다가 감정의 변화가 심했다. 가해자에게 감정 변화가 생겼다는 것은 피해자인 내가 올바른 방향으로 나아가고 있다는 뜻이기도 했다. 더 이상 나를 조종할 수 없다는 것을 상대방에게도 인식시켰다는 신호이기도 하니까.

철창 밖으로 나오지 못한 게 아니라, 스스로 나오는 방법을 모르고 있었을 뿐이다. 이제 여러분 차례다. 나와야 한다. 평생 그 안에 갇혀 살지 않았으면 좋겠다. 내가 그랬듯이 여러분도 밖으로 나와서, 본래의 소중한 모습들을 되찾길 바란다.

자존감 도둑을 체포하자

철창 밖으로 나오겠다는 의지로 단호해지는 연습을 하는 건, 나의 의견을 상대방에게 전달할 용기가 생기고 있다는 신호이기도 하다. 이 과정에서 가스라이터는 당신을 세상 밖으로 나오지 못하게 만들기 위해서 더욱 심하게 가스라이팅을 할 것이다. 나의 경우에는, 내 의견을 회사에 표현할 때마다 팀장이 내 모든 의견을 묵살시켜 버렸다.

"윗사람 말에 감히 말대꾸하네? 너무 싸가지 없다."

원래 나는 내 생각을 다른 사람에게 잘 표현하는 편이었고, 아이디어가 떠오르면 회사에 여러 번 제안하기도 했었다. 그럴 때마다 싸가지 없는 직원, 일 만드는 직원, 지멋대로 회사 다니는 직원과 같은 프레임이 씌워졌다. 이런 일이 계속 반복되다 보니 나도 모르게 다른 사람들의 눈치를 심하게 보게 되었다. 누가 사람들에게 미움받고 싶겠는가? 나 또한 모두에게 사랑받진 못하더라도 모두에게 미움받는 직원이 되기는 싫었다. 친구들 사이에서는 별문제가 없었던 말들도 회사에서는 유독 이기적인 직원처럼 비치는 날들도 많았다. 내가 생각할 땐 이 방향으로 가면 더 효율적으로 일을 할 수 있을 것 같아서 한 이야기였는데 그때마다 욕을 먹으면서 점점 의견을 내지 않게 되었다.

나중에서야 알게 된 것이지만, 방법을 제시한 그 자체가 문제였다고 한다. 좀 더 효율적으로 일해서 업무 처리하는 시간이 줄어들면 새로운 업무를 더 해야 하니까. 직원들은 그게 싫었던 것이다. 그러한 이유로 나에게 부정적인 프레임을 씌우면서 괴롭히고 가스라이팅을 해댔다.

이렇게 회사생활을 하다 보니 자연스럽게 자존감이 낮아졌다. 가스라이팅과 자존감은 반비례 관계다. 가스라이팅의 강도가 높아질수록 자존감은 낮아질 수밖에 없다. 자존감이 낮아지면 가스라이팅을 더 쉽게 당하게 되고, 계속해서 나 자신을 잃어버리게 된다. 무한 부정의 늪으로 빠져들 수밖에 없는 굴레에 걸린 것이다.

직장뿐만 아니라 친구 관계에서도, 부모 자식 간에도, 연인 사이에서도 가스라이팅에 걸려들지 않으려면 자존감부터 챙겨야 한다. 스스로 자존감 높이는 행동, 마인드셋을 갖추는 것도 당연히 중요하지만, 그보다 더 우선해야 하는 것은 자존감 도둑들을 잡아내는 것이다. 누가 나의 자존감을 자꾸 빼앗으려 하는지 알아내고 멀리해야 한다. 이 단계가 없이 자존감 높이기에 대한 노력만 한다고 자존감이 완벽하게 회복될 수 없다. 밑 빠진 독에 매일 열심히 물을 붓는다고 물이 가득 찰까? 절대 아니다. 깨진 부분을 완벽히 보완한 다음 물을 부어야 물이 찰 것이다. 자존감도 똑같다. 자존감을 자꾸 훔쳐가는 사람이 있는데 그 사람을 먼저 잡지 않고 채우려고만 한다면 온전하게 채워질 수 없다.

그렇다면 자존감 도둑은 누구일까? 어떤 기준으로 자존감 도둑들을 알아차려야 할까? 자존감 도둑들이 좋아하는 것은 내가 하는 말은 전부 틀렸다고 말하며, 스스로 자신을 믿지 못하는 상태로 만드는 과정 자체를 즐긴다. 한 사람이 자신에 대한 확신과 애정이 사라지고 가스라이터에게 의지하는 것을 원한다. 바로 그 점을 알아차리면 된다.

내가 어떤 말을 하든 매번 내 의견이 틀렸다고 다그치거나 반대하는 사람은 조심하는 게 좋다. 건강한 마인드를 가지고 있는 사람들은 내가 생각하는 의견과 다르더라도 상대방의 의견을 존중해줄 수 있는 포용성을 가지고 있다는 걸 기억하자. 또 상대방의 요구나 주장이 나의 가치관과 맞지 않다면 억지로 죄책감을 가지며 따라 줄 필요가 없다. 마음에서 우러나는 것이 아닌 "나를 위해 그것도 못 해줘?"라는 말로 강요받아 억지 행동을 반복하면, 상대방에 대한 원망이 커지는 것이 아닌 자신을 자책하게 된다. 그런 후회가 반복되면 스스로에 대한 믿음의 힘이 자꾸 사라지게 된다. 그런 일이 계속되면서 판단력이 흐려지는 것이다. 자존감은 하루아침에 빼앗기는 게 아니다. 자존감 도둑들에게 둘러싸여 매일 눈치채지 못할 만큼만 빼앗기는 것이다.

이제부터는 자존감 도둑들과 어떻게 멀어지면 되는지 알아보자. 우선은 거절하는 연습을 꾸준히 해야 한다. '거절하는 데 연습이 왜 필요해?'라고 생각할 수가 있는데, 거절을 할 때면 인간은 본능적으로 죄책감을 느끼게 된다. 평소에 연습하지 않으면 안 그래도 건강한 멘탈을 빼앗아가는 자존감 도둑의 말에 몇 배로 죄책감을 느끼게 될 수도 있다. 죄책감을 느끼지 않으면서도 내가 반드시 해줘야 하는 일이 아니라는 판단이 들면 당당하게 거절할 수 있도록 평소에 연습을 해야 한다.

자존감 도둑과 멀어지는 또 다른 방법은 나의 감정을 상대방에게 구체적으로 알려주는 것이다. 이때 웃으면서 농담으로 가볍게 이야기하면 안 된다. 진지하면서도 무게감 있는 분위기로 말해야 한다.

"너는 농담으로 말했겠지만, 나는 굉장히 불쾌해. 다음부턴 그런 말로 농담하지 말아줬으면 해."

"너의 의견만 강요하지 말고, 나의 의견도 존중해줬으면 좋겠어."

이렇게 명확하게 전달하자. 가스라이팅에서 벗어나는 방법으로 가스라이터와 멀리해야 하는 것처럼, 자존감 도둑과 멀어지는 가장 확실한 방법은 자주 마주치지 않는 것이다. 어쩔 수 없이 매일 마주쳐야 한다면 대화는 최대한 줄이자. 가급적이면 아예 대화하지 않는 것이 좋다. '난 당신과 대화하고 싶지 않아요'라는 신호를 보내는 것이다. 그들과 정상적인 의사소통이 가능할 거란 생각을 버리자. 그들은 변하지 않는다. 하지만 나는 변화할 수 있다. 나의 자존감 챙기기에 집중하면서 자존감 도둑들과 멀어지는 것이 현명하다.

"무슨 말인지는 알겠지만 실제로 그렇게 하기는 너무 어려워요"라고 말할지도 모른다. 가스라이터들이 바라는 것이 그런 약한 모습이다. 그래야만 본인들에게 더욱 더 의존할 테니 말이다. 어려워도 해야 한다. 나를 지켜줄 수 있는 건 나뿐이다. 나만큼 나를 보호해줄 수 있는 사람은 그 어디에도 없다. 본래의 모습을 되찾기 위해서는 왜곡된 기억을 전부 뽑아내고, 그 안에 나의 생각, 가치관들을 채워넣어야 한다.

자존감 도둑들에게 명확하게 알려주자.

"야, 이 도둑들아. 내 앞에서 당장 꺼져."

9개월 동안 4개국을 방문한 후 깨달은 것들

누구에게도 말 못 할 꿈을 가지고 있었다. 바로 해외여행을 가는 것. 누군가는 마음먹으면 훌쩍 떠나면 될 일이지만, 나에게는 가고 싶다는 생각을 하는 것만으로도 사치였다. 해외여행을 가려면 돈이 필요한데, 돈이 없었으니까. 국내여행도 갈 수 없는 형편에 해외여행을 간다는 것은 말도 안 되는 일이었다.

"우리 형편에 여행은 무슨 여행이야."

이런 말을 많이 들으며 커온 탓에 서른 살이 될 때까지 국내여행도 가본 적이 없다. 친구들과 놀이동산을 간다거나, 숙소를 예약해 다른 지역으로 놀러간다거나 하는 건 나에겐 상상도 하기 어려운 일이었다. 없는 형편에 놀러가는 게 죄책감이 느껴졌기 때문이다.

대학생 때 즐겨 하던 SNS인 싸이월드에 올라오는 친구들의 여행 사진을 보면서 자격지심에 시달렸고, 극심한 스트레스가 몰려왔다.

절망감을 내 손으로 만들어내는 것 같아서 싸이월드를 접고, 이후로는 새로 생겨나는 인스타그램이나 블로그 같은 SNS도 일체 하지 않았다.

그렇게 7년이나 내 안의 소리를 애써 무시하며 잘 버텨왔는데, 결국 스물여덟에 다니던 회사를 그만두고 호주로 워킹홀리데이를 떠났다. 먹고살기도 힘든데 여행은 사치라는 가스라이팅을 이겨내고 용기를 낸 것이다. 평생 여권을 만들 거라곤 상상도 못 했고, 워킹홀리데이 비자 신청은 더욱 생각하지 못했던 일이다.

갑작스럽게 이런 파격적인 결정을 내린 건 4년간의 직장생활을 그만둔 영향이 크다. 늘 억압적인 분위기의 조직 생활, 상사 술 시중, 업무로 인정받기보다 여직원답게 하라는 행동들을 강요받다 보니, 다시는 돌아오지 않을 나의 소중한 젊은 날을 이렇게 흘려보내기에 회의감이 들었다. 삶에 대한 의지가 사라져 나도 모르는 사이에 삶을 놓아버릴 것 같았다. 집안 사정이 힘들다는 이유 하나만으로 내 인생을 갈아넣으며 참으려 했는데 더 버텨낼 자신이 남아있지 않았다.

도망치고 싶어서 떠난 것이 아니다. 단순히 여행을 하고 싶어서가 아니었다. 살고 싶었다. 살기 위해서 내린 결정이었다. 부모님은 나에게 이기적이라고 했다. 매달 집에 생활비로 100만 원씩 보태고 있었기에, 내가 호주로 떠나버리면 가계 사정에 큰 구멍이 생긴다는 걸 나도 모르는 건 아니다. 하지만 이렇게 살다간 나뿐만 아니라 가족들 모두가 죽어야만 끝날 것 같단 생각이 많이 들었다. 20대가 끝나가는 시점에 한국이 아닌 남의 땅에서 새롭게 시작한다는 건 웬만한 용기로 될 일이 아니다. 간절하게 살고 싶었기에 고민할 여유도 없었다. 워킹홀리데이를 신청할 수 있는 나이가 얼마 남지 않았기에 부모님의 반대를 애써 모른 척하며 떠나야 했다.

모은 돈도 한 푼도 없었다. 통장에는 호주에 들고 갈 한 달치 생활비 200만 원뿐이었다. 지금까지 희생하며 살아왔어도 남는 건 후회뿐인 인생을 되돌아보며, 다시는 돌아오지 않을 오늘을 위해 내가 할 수 있는 선택이 무엇일까 고민을 하다가 마이너스 통장을 개설했다. 마이너스 통장의 사용 용도는 여행을 위한 것이었다. 워킹홀리데이를 가겠다고 일단 저지르긴 했지만 국내여행 한 번도 해본 적 없었기에 아무런 경험 없이 외국에서 사는 건 말도 안 되는 일이라고 생각했다. 회사를 그만두고 호주로 떠나기 전 8개월의 시간 동안 마이너스 통장으로 열심히 여행을 다니면서 돌발 상황에 대한 대처법을 경험으로 배워보고 싶었다. 처음이자 마지막이라는 간절함뿐이었다. 이성적으로 판단했다면 마이너스 통장으로 여행을 가는 건 미친 짓이라고 생각했을 테지만, 그 당시 나는 정말 간절했다. 돈을 빌려서라도 새로운 경험을 쌓는 게 맞다는 판단이었다.

그렇게 과감하게 8개월 동안 3개국(이지만 같은 나라를 2번 다녀왔기에 해외여행은 총 4번)을 다녀오고, 9개월 차에 호주로 워킹홀리데이를 떠났다. 여행에서 겪었던 돌발상황들이 워홀 생활 동안 얻은 큰 지혜가 되어주었다.

나의 해외여행은 다른 친구들의 여행과는 달랐다. 한국인에게 유명하다는 관광지를 전부 찾아가거나 음식점을 찾아가는 건 하지 않았다. SNS를 하지 않았기에 그럴 필요가 없었다. 사진찍는 걸 좋아하지 않아서 딱히 사진에 집착하지도 않았다. 대신 발 닿는 대로 돌아다니며 지나가는 사람들에게 말도 걸어보며 현지 사람과 자주 대화했다. 현지인에게 추천받은 허름한 로컬식당에 들어가서 영어가 통하지 않아 원하지 않은 메뉴를 먹기도 했고, 계획 없는 여행을 하다가 현지에서 예약한 원데이 여행 프로그램을 통해 유명한 연예인과 하루 동안 좋은 추억을 만들기도 했다. 길을 잃어서 헤맬 때 지나가던 현지 사람의 도움을 받아 가려던 목적지로 무사히 도착한 경험도 있다.

그렇게 빚을 내서 한 여행으로 많은 것을 보고 배울 수 있었다.

늘 빨리빨리 문화 속에서만 살다가, 느긋하게 살아가는 사람들을 보며 여유 있는 삶은 내가 선택하는 것이라는 사실을 깨달았다. 언제나 긴장된 상태로 급한 마음을 가지고 살아가던 건, 회사 문화에 익숙해진 탓도 있겠지만 제일 먼저 내가 나를 다그친 것이 아니었을까 하는 생각이 들었다. 서로에게 인상 찌푸리며 어떻게든 컴플레인 건수를 잡아볼까 연구하며 사는 삶이 얼마나 초라하고 비열한 건지도 반성할 수 있었다. 얼마나 좁은 우물 안에만 있었는지, 그 속에서 이토록 편협한 사고방식을 가지고 부끄럽게 살아가고 있었는지를 경험을 쌓아가며 깨닫고 좀 더 성숙해지는 계기가 되었다.

퇴근 시간에 지하철에서 앉아 가기 위해 질서를 무시하고 끼어들거나, 좌석을 향해 가방을 던지던 한국 지하철과는 다르게 사람이 많을수록 더욱 서두르지 않는 사람들을 보며 놀라웠고, 길에서 어깨를 부딪혀도 "아이씨, 어떤 ××야!" 하고 욕하기는커녕 웃는 얼굴로 "Sorry"가 오고 가는 풍경도 신기했다. 길을 걷다가 눈을 마주칠 때면 웃음을 보내주던 사람들에게도 따뜻함을 느낄 수 있었다.

내가 여행한 나라들은 대부분 한국보다는 경제적으로 뒤지는 곳이었지만, 시민의식만큼은 배울 점이 많았다. 여행지에서 대화를 나눈 현지인들은 자기 인생이 행복하고, 직업도 마음에 들고, 현재의 삶에 만족한다고 말했다. 그때의 나는 내 삶이 불행하다고 생각했고 스트레스만 안고 살아왔는데, 이 사람들은 왜 행복한 건지에 궁금증이 생기면서 더 해외에 나가다 보니 8개월 동안 4번이나 나갔다 오게 된 것이었다.

그들이 행복한 이유는 돈 때문이 아니었다. 돈으로 따지자면 그중에서는 한국인인 내가 제일 행복해야 했다. 굳이 비교하자고 들면 우리나라가 잘사는 편에 속하니까. 하지만 그들은 자신들의 직업에 즐거움을 느끼고 있었고, 가족들과 먹을 것이 있다는 사소한 것 하나하나에도 감사하는 태도를 지니고 있었다. 바쁘거나 치열하게 살지 않아도 되고, 날씨가 더운 시간에는 햇빛을 피해 모두가 낮잠을 자거나 쉬는 시간을 가졌다. 해가 진 뒤에 다시 일할 때를 대비해 에너지를 충전하기도 했다. 그들에겐 마음의 여유가 있었다.

새로운 장소에서 나와는 다른 삶을 사는 사람들을 보며, 내 행복의 기준은 무엇이었는지 뒤돌아보았다. 내가 세웠던 행복의 기준은 돈이었다. 성공하고 싶다는 욕심도 단순히 돈을 많이 벌고 싶어서였고, 돈이 많으면 행복해질 거라고 생각한 것임을 깨달았다. 그렇게 눈앞에 놓인 소중한 것들을 놓치고 살았으며, "나중에, 나중에"를 외치며 현재를 즐기면서 살아가지 못했다. 계획대로 이루어지지 않는 삶을 탓하며, 왜 나에게는 이런 안 좋은 일들만 일어나냐며 세상을 탓하기 바빴고, 돈 때문에 회사에서 갑질당하고, 고객들에게 갑질을 당하면서, 나 자신을 어디까지 지워야 인정받을 수 있는지에 대해서만 고민했다.

내 얼굴엔 짜증이 늘 가득해 하도 미간을 찌푸리고 다녀서 언제나 이마 부근이 저릿저릿했다. 사회가 정한 기준에 나를 맞추려고만 했다. 그 기준들이 올바른 것인지, 정말 다 따라야 하는 것인지 의심조차 해본 적도 없이 말이다. 그저 모든 사람이 가는 곳을 따라가려고만 했다.

그렇다. 두 달에 한 번씩 비행기를 타며 새로운 여행지에서 깨달은 교훈은, 내 삶을 망가뜨리고 있는 사람이 바로 나였다는 것이다.

다른 사람과
비교하지 말자

지금부터는 호주의 삶을 이야기해보려고 한다. 나에게 호주는 다이아몬드다. 내 인생을 반짝반짝 빛나게 해줬으니까. 호주에서 살았던 시간이 없다면 지금의 나도 없다. 그만큼 호주에서 이런저런 경험을 하며 내 인생을 180도 변화시키게 되었다.

호주 사람들도 내가 여행했던 3개 국가의 사람들처럼 웃음이 많았다. 특히나 길거리를 지나다닐 때면 "Hello, how are you?"라는 말이 정말 자주 들려왔다. 호주 국민들은 자기들을 "lazy people"이라고 칭할 정도로 여유 넘치는 생활을 하는데, 그런 여유가 너무 부러운 나라이기도 하다. 한국 문화 중 가스라이팅이 얼마나 만연해 있는지에 대해서 깨닫게 된 계기도 호주 친구들에게서 배운 다른 문화 덕분이다.

호주에 가기 전, 한국에서 몇 번의 이직 경험이 있었다. 그때도 끈기가 없다는 소리를 자주 들었다. 내가 이직을 한 건 어찌됐든 잘못된 일이라며. 사람들이 하는 말에 상처는 받았었지만 모두 내 잘못이라고 생각해서 반박할 수 없었다. 게다가 가계를 책임지던 상황에서 20대 후반에 내 삶을 살겠다고 한국을 떠나왔으니 나 자신이 정말 한심했다. 부모님께도 너무 죄송했고, 나 대신 집안을 책임져야 하는 언니와 동생한테도 미안한 마음뿐이었다. 철없는 어른이 된 기분이었다.

빚도 갚아야 해서 호주에서 알뜰하게 살아야 했는데, 현실은 생각처럼 되지 않았다. 빚은 나날이 이자가 붙어 급속도로 불어나고 있었고, 서양에서 동양인인 내가 번듯한 직장을 잡는 건 어려운 일이었다. 호주에 도착하고 나서야 알게 된 사실이지만, 워킹홀리데이 비자는 불안정한 단기 비자여서 원하는 근무처에 취업하는 건 불가능에 가까웠다. 동양인에게 정해진 일 중에 선택해 일자리를 얻는 것이 최선이었다.

무기력하고 힘든 하루하루를 보내던 중, 호주 친구들과 이직에 관해 대화할 기회가 있었다. 호주 친구들은 이직하는 게 왜 비난을 받아야 하는지, 한국 문화가 이해가 되지 않는다고 했다. 오히려 호주에는 2년마다 직장을 옮겨야 능력이 있는 사람이라고 생각한다며, 이직하지 않는 사람은 제자리에 머무는 사람들이라 비난하는 분위기라고 했다. 이직을 하면서 연봉을 2배로 상승시킬 기회가 생기고, 업무적으로 더 성장할 수 있다는 것이다. 어떻게 한 직장에서 다양한 시선을 배우겠냐며, 여러 분야에서 경험을 해야 많이 배울 수 있고 창의성을 키워가는 거라고 했다. 친구들은 나에게 절대 잘못 살고 있는 게 아니며, 오히려 이렇게 용기 내서 자기 삶을 책임지려고 하는 내가 자랑스럽다고 하였다. 호주 친구들과 이야기하면서 삶을 바라보는 태도, 견해가 이렇게 다를 수 있구나 하고 깨달으며 오랫동안 세뇌 교육에 익숙해져 있었음을 객관적으로 바라볼 수 있었다.

당시 나는 스물여덟이었다. 한국에서의 친구들은 이미 안정적으로 자리를 잡고 승진하며 연봉도 높이고, 결혼 준비도 차근차근 해나갔다. 친구들의 삶과 내 삶을 비교하며, 겉으로는 당당한 도전자처럼 나를 포장했지만 속으로는 자격지심 가득, 두려움 가득한 자존감 낮은 루저였다.

어느 누구에게도 표현하지 못한 채 끙끙 앓던 도중 말라가던 내 삶에 호주 친구들이 물을 주며 생명력을 불어넣어주었다. 그동안 주변 사람들 말처럼 나의 고집만 주장하고, 잘못 살아왔다고 생각했는데, 누구보다 내 삶에 주인 의식을 가지며 살고 있었다는 것을 호주 친구들이 알려준 것이다. 동시에 남과 비교하는 것이 얼마나 나 자신을 갉아먹고 있는지도 알아차렸다. 얼른 그 늪에 빠져나오지 못하면 서서히 빠져 내 모습이 사라질 거라는 것도 예상할 수 있었다.

호주는 직업적인 편견을 깨뜨리게 해준 곳이기도 하다. 호주에서 사무직 포지션으로 회사 3곳에서 근무하며 신기한 경험을 했지만, 회사생활만으로는 생계를 이어가는 게 어려워 세컨 잡, 써드 잡을 해야 했다. 아르바이트로 했던 일들은 대학교 청소, 게스트하우스

청소, 카페 서빙 그리고 식당 설거지였다. 처음에는 하찮은 일을 하는 사실에 부끄러웠던 게 사실이다. 특히 청소하러 출근할 때면 모두가 나를 손가락질하는 것 같아서 부끄러운 마음에 고개를 푹 숙이고 다니기도 했다. 그것 또한 스스로를 비난하는 행위였음을 나중에서야 알게 되었다.

호주는 직업에 편견을 갖지 않는 분위기가 있다. 물론 소수는 극도로 차별하는 건 어디에나 있는 일이다. 하지만 동양권처럼 '공부를 못하니까 저런 일이나 하지' 하는 분위기 자체가 없다. 일을 하지 않으려고 하는 사람을 'lazy'하다고 비난하기도 하지만, 일을 하는 사람에게는 모두가 박수를 쳐주는 나라다. 식당에 가더라도 음식 서빙을 해주며 음식에 대한 모든 것을 설명해주는 웨이터에게 호주 사람들은 이렇게 소중한 시간을 선사해줘서 고맙다는 인사를 건넨다. 네일아트를 해주거나, 속눈썹을 붙여주는 사람들에게는 어쩜 이렇게 멋진 재능을 가지고 있냐며 멋지다는 칭찬을 아끼지 않는다. 청소를 하던 나에게 매일 같이 다가와서 고맙다고 인사를 해주던 친구들도 있었다.

"네 덕분에 우리는 항상 깨끗한 곳에서 공부를 할 수 있어서 너무 좋아. 고마워."

오전에 회사로 갈 때는 당당하게 고개 들고 출근하다가, 저녁에 청소하러 갈 때는 고개를 숙이고 출근을 하던 나 자신에게 또 한 번 실망과 깨달음을 안겨주었다.

이 경험들로 전달하고 싶은 말은 딱 하나다. 남과 내 삶을 비교하지 말자. 다른 사람들이 "너 멋진 회사 다니네?"라고 추켜세운다고 해서 내가 대단한 사람이 된 것은 아니며, "공부 못 하니까 저런 일이나 하지"라고 무시한다고 해서 하찮은 인생이 아니다. 세상의 모든 사람은 소중한 존재이고 모든 직업은 존중받아야 한다. 열심히 공부하고 열심히 살아도 누군가는 어쩔 수 없이 빠르게 취업 전선에 뛰어들어야 할 수도 있고, 선택권 없이 눈앞에 주어진 일자리를 잡아야 하는 경우도 있음을 알아야 한다. 반드시 해야 하는 일들이 존재하고, 그 일을 맡은 사람들이 묵묵히 최선을 다하는 것은 자랑스럽고 감사한 일이며, 그들이 있기에 우리가 보다 더 편하게 먹고살 수 있음을 알아야 한다.

내가 가진 직업 그 자체가 나인 것은 아니다. 겉으로 보이는 조건보다는 내면을 가꿀 줄 알아야 한다. 누가 더 빨리 결승선에 이르는지가 중요한 것이 아니라, 흔들리지 않고 나의 속도대로 나만의 신념들을 지켜가며 앞으로 나아갈 수 있는 단단함이 내 안에 뿌리를 내리고 있는지가 중요한 것이다.

다른 사람의 시선, 기준에 나를 맞추려고 하기보다는 나 자신에게 떳떳한 삶을 살아가기 위해, 나만의 인생 목표를 달성하기 위해 지금 내가 해야 하는 것이 무엇인지에 대해 더욱 집중하는 시간을 가져보았으면 한다. 친구들, 상사들과 비교하며 내 삶을 깎아내리지 말자. 모두 잘하고 있다.

트라우마 치료하기

가스라이팅을 오랫동안 당한 사람에게는 트라우마가 남는다. 트라우마가 내면에 남아 있으면, 원치 않아도 본래의 자신과 자꾸만 멀어지는 삶을 살게 된다. 잃어버린 내 인생을 찾기 위해서 반드시 치료를 받아야 한다.

일단 트라우마에 대한 정의부터 제대로 짚고 가자. 트라우마는 간단히 말해서 정신적으로 남은 상처다. 나의 경우에는 나를 스토킹하던 전 남자친구와 비슷한 성격의 남자를 만나면 정신이 혼미해지고, 심하게 직장 내 괴롭힘을 당했던 회사 근처를 지나갈 때면 심장이 미친 듯이 뛴다. 트라우마로 인한 증상이다. 앞서 이야기한 우울증, 공황장애와 동일하게 트라우마도 정신적인 상처이기 때문에 적극적인 치료가 필요하다. 시간이 지난다고 해결되지 않는다. 고통스러운 환경에서 멀어지면서 괜찮아지는 것처럼 보일 뿐, 비슷한 상황을 마주하면 더 심한 증상들로 나타나면서 자신을 괴롭힌다.

트라우마를 치료하는 것은 말처럼 쉽지 않다. 치료 기간이 생각보다 길어져도 모두 이겨내겠다는 독한 마음가짐을 갖는 건 필수다. 많은 사람이 트라우마 치료를 끝까지 해내지 못하고 중간에 포기하는 이유는, 치료를 위해서는 피하고 싶은 순간을 마주해야 하기 때문이다.

나의 경험을 예로 들면, 전 남자친구에 대한 트라우마를 해결하기 위해서 전 남자친구와 닮은 사람과 계속해서 마주쳐야 했다. 나에게 전혀 위협적이지 않은 사람임을 알면서도 너무 힘들었다. 증상이 더 심각해져서 모든 남자가 나를 죽일 것 같은 공포감이 밀려왔다. 10년 정도는 제대로 된 연애를 하는 것도 힘들었다.

직장 내 괴롭힘을 당했던 회사 근처를 지나갈 때면 숨쉬기가 힘들고, 다리에 힘이 풀려서 걷는 것도 제대로 할 수 없었다. 이런 어려움을 피하지 않고 이겨낼 수 있었던 건 조력자가 있었던 덕분이다. 이 부분에 대해서는 운이 좋았다고 생각한다. 옆에서 도와주는 사람이 없었다면 혼자서 부정적인 늪에 빠져서 그 어떤 노력을 해야겠다는 생각도 못 했을 테니 말이다. 그 당시엔 책을 읽지도 않았었고, 새로운 사람을 만날 때도 아니어서 스스로 트라우마를 인지하고 치료에 전념하기란 쉽지 않았다. 하지만 지금 이 책을 읽는 여러분은 나보다는 나은 셈이다. 주변에 조력자가 없더라도 내가 하는 이야기로 도움을 받을 수 있으니까.

비슷한 상황을 겪을 때 다시 똑같은 고통을 느끼지 않으려면 이겨내기 위한 연습을 꾸준히 해야 한다. 중간에 포기하면 증상은 더욱 심해진다는 걸 꼭 기억하자.

내가 노력한 트라우마 치료 방법은 총 네 가지다.

첫째는 신체적인 노력으로, 가벼운 산책을 하는 것이다. 산책을 하다 보면, 나 자신과 자연스럽게 대화하는 시간이 많이 생긴다. 그렇게 대화를 하면서 내 속에 있는 아픔은 무엇인지, 어떻게 해결할 수 있는지, 앞으로의 삶은 어떻게 살고 싶은지, 지금 하고 싶은 것은 무엇인지, 어떤 점을 어떤 식으로 발전시킬 수 있는지 등 삶의 본질적인 부분에 대해서 질문들이 떠오른다. 내면의 질문에 귀 기울이고 대답을 하다 보면 그 안에서 생각지도 못했던 아이디어를 얻을 수 있다. 산책을 하는 것은 몸 자체를 건강하게 하기 위함도 있지만, 정신을 강화시키는 데 엄청난 도움이 된다. 격한 운동이 아니므로 누구나 쉽게 할 수 있다. 또한 기분 좋은 날 솔솔 불어오는 바람을 맞으며 한적한 길거리를 걷다 보면 여유가 느껴지며 사소한 일상에 감사함과 행복함을 느낄 수 있다. 산책을 먼저 권하는 이유는 정신적인 고통을 이겨내기 위해서는 체력이 뒷받침되어야 하기 때문이기도 하다. 신체가 건강해야 마음도 건강한 법이다. 본격적인 트라우마 치료에 들어가기 전, 산책을 열심히 해보자!

둘째는 정신을 단련시키는 방법으로, 독서를 하는 것이다. 아무리 노력을 해도 한 번씩 패닉이 오고, 모든 것을 다 내려놓고 싶고 포기하고 싶고, 이 삶으로부터 도망가고 싶었던 적이 수차례다. 그런 감정을 몇 달이나 겪으며 여러 번 무너지다 보니 정신력은 점점 더 약해지기만 했다. 더 이상 무너질 곳이 없다 싶을 정도로 바닥 끝까지 내려왔을 때, 우연히 새벽에 접했던 유튜브 영상에서 독서를 하라는 말을 들었다. 아침에 해가 뜨자마자 바로 서점으로 달려가 베스트셀러 코너에 있는 책 3권을 구매해왔다. 사오자마자 미루지 말고 바로 읽는 것이 중요하다. 책은 정말로 큰 도움이 되었다.

당시 나를 가장 힘들게 했던 건 지인들의 편견 가득한 말들이었는데, 책 안에는 그런 나를 위로해주는 글귀들이 가득했다.

"괜찮아. 너무 속상해하지 마. 네 인생이 잘되려고 그러는 거야."

"너는 이렇게 열심히 했는데 인생이 자꾸 꼬이는 것 같지? 괜찮아. 인생이 크게 뒤바뀌기 전에 일어나는 필수적인 현상이야."

이런 말들이 큰 위로로 다가왔고, 내 생각이 틀리지 않았다는 생각에 자신감도 서서히 올라갔다. 어떤 분야의 책을 읽는지는 중요한 게 아니다. 당시 나는 에세이, 자기계발서, 경제경영서, 뇌과학, 심리, 인문학, 철학 책을 읽었는데 각각의 다른 분야 책들이 서로 다른 방식으로 도움되는 말들을 건네주었다. 어떤 책을 읽어야 하는지 고민하다가 시간을 보내지 말자. 그냥 읽으면 된다. 내 손에 집히는 어떤 책이라도 좋다.

셋째는 정서적인 부분을 달래주는 노력으로, 일기를 쓰는 것이다. 초등학교 때 담임 선생님께 검사 맡던 그런 일기 말고, 한 줄이어도 좋으니 매일매일 내 감정과 오롯이 마주하는 시간을 가져보자. 오늘은 어떤 생각을 했고, 어떤 감정을 느꼈는지, 그래서 어떤 행동을 했는지. 힘들었는지, 아팠는지, 슬펐는지, 기뻤는지, 행복했는지, 뿌듯했는지 등 정확한 감정을 마주하는 것이다. 뇌과학 책에서는 감정을 주관적으로만 생각하고 정리하려고 하면 부정적인 감정으로만 커진다고 한다. 반면 글로 정리해서 객관적으로 마주하면 생각보다 별것 아닌 감정도 있고, 어떤 감정을 자주 느끼는지 확인이 가능해서 그 감정을 집중적으로 케어하기도 쉽다. 하루 한 줄의 힘을 느껴보기를 바란다.

마지막 넷째로 영적인 면을 맑게 해주는 치료로서 명상을 해보자. 운이 좋게도 공황장애가 찾아오기 전 나름의 스트레스 해소법으로 운동을 시작했는데, 수많은 운동 중 요가를 선택했다. 앞서 나에게 조력자가 있었다고 언급을 했었는데, 가장 큰 영향을 주었던 분이 바로 요가 선생님이다. 갑작스럽게 퇴사하고 나서도 삶을 크게 놓지 않고 버틸 수 있었던 건 명상과 스트레칭, 운동이 큰 도움이 되었기 때문이라고 자신할 수 있다. 무엇보다 명상을 하면 나의 숨소리, 심박수, 현재의 감정, 태도에 대해서 집중할 수 있고, 내면의 소리에 집중할 수 있다.

요가 수업을 하지 않을 때도 평소에 화가 끓어오를 때마다 명상으로 바로 진정시킴으로써 나 자신을 덜 망가뜨릴 수 있었다. 1년 동안 명상을 해보니 감정을 진정시키는 데 끝나지 않고 모든 일에 차분해질 수 있게 되었다. 부정적인 감정을 멀리하게 되었으며 안 좋은 생각이 떠오를 때마다 끊어낼 수 있는 단단한 근력도 생겼다.

당장 하루 이틀 만에 치료가 되진 않는다. 한 달, 두 달이라는 기간도 보장할 수 없다. 퇴사 3년 차인 나도 아직 노력 중이니 생각보다 오랜 시간이 걸릴 수밖에 없다. 하지만 노력하는 만큼 빠른 속도로 회복하는 게 느껴진다. 그러니 트라우마에 시달리고 있다면 나를 믿고 이 네 가지를 실천해보길 권한다.

모든 건 다 괜찮아질 거다.

하루 5분,
긍정일기의 힘

하루아침에 회사를 나오고 나서 망가진 정신을 회복할 틈도 없이 생계를 책임져야 했다. 쉴 여유 같은 건 없었다. 공황장애, 우울증, 대인기피증 때문에 다른 회사로 이직할 수도 없었다. 다른 일에 야심 차게 도전을 했지만 결과는 폭망이었다. 한번 무너져 내린 자존감은 다른 위기가 찾아오니 이전보다 더 심하게 무너졌다. 이 경험으로 깨달은 건 정말 독한 마음으로 내면을 단단하게 가꾸지 않는다면 앞으로도 이런 무너짐이 계속 반복된다는 것이다.

돈보다, 직업보다, 하는 일보다 더 늦기 전에 나 자신을 좀 더 돌봐야겠다고 생각하게 된 결정적인 계기는 요가 선생님의 선물 덕분이다. 내 인생을 180도 바꿔놓은 선물은 바로 감사 일기다. 이 자그마한 노트 하나가 어떻게 인생을 180도 바꾸었다는 것일까?

이 노트에는 감사한 일 3가지와 기분 좋은 하루를 위해 할 수 있는 행동 3가지에 대해 적을 수 있는 칸이 있다. 이 6가지를 적는 데 하루 5분이면 충분하다. 고작 이 하루 5분으로 인생을 바꿀 수 있었던 건, 이 노트 안에는 무조건 긍정적인 내용만 써야 하기 때문이다. 긍정의 힘은 경험해본 사람만 안다. 단 5분으로 어떻게 인생을 바꿀 수 있는지 여러분도 직접 경험해보면 좋겠다.

하루 긍정일기를 쓰면서 정신적으로 회복이 되니 몸도 아프지 않게 되었고, 몸이 아프지 않다 보니 매일매일 기분이 좋아졌다. 사소한 긍정 하나가 몇백, 몇천, 몇억의 긍정을 불러오고 있다. 부정의 늪에서 헤어 나오지 못하던 내가, 이 5분 일기를 한 달 동안 열심히 쓰고 나니 바로 변화를 느낄 수 있었다. 사소한 일상 하나하나가 감사함으로 다가왔고, 부정적으로 받아들일 수 있는 일을 긍정적으로 바라보기 시작했다. 나에게 안 좋은 일이 일어나는 건 모두 나를 괴롭힌 팀장 때문이라고만 생각하며 마음이 정말 힘들었는데, 감사일기를 쓰면서부터는 새로운 일에 도전할 수 있는 기회가 왔다는 태도로 바뀌었다. 출근해 있는 동안 함께할 수 없었던 반려견, 반려묘와 하루 종일 추억을 만들 시간이 있다는 것도 감사함으로 다가왔고, 현재는 규칙적으로 하는 일이 없더라도 일할 수 있는 건강한 신체를 가지고 있다는 것도 감사하게 다가왔다.

이런 식으로 모든 일을 긍정으로 바라보기 시작하니 힘든 일이 자연스레 하나 둘 사라져갔다. 사고방식의 변화뿐만 아니라 텅 비어 있는 내면이 촘촘하게 채워지는 것을 느낄 수 있었다. 자존감이 한

계단씩 올라갔고, 자존감이 올라간 상태로 무언가를 성취하게 되니 자신감도 높아졌다. 그렇게 되니 사람과의 만남이 무서웠던 게 조금씩 사라졌고, 용기를 내어 밖을 나갈 수 있게 되었다. 새로운 사람들을 만나다 보니, 스스로 나 자신을 가두고 있다는 생각을 다시 한번 하면서 더 자주 밖으로 나가게 되었다.

하루 5분 긍정일기의 힘은 유명하다. 하루 5분으로 긍정적인 생각과 행동 패턴을 만들 수가 있다. 5분이라는 시간은 누구에게나 짧은 시간이다. 그 짧은 시간이 기적을 불러일으킨다. 매일매일 긍정적인 일이 있어야만 이 긍정일기를 쓸 수 있을까? 아니다. 나도 이 일기를 쓰면서 알게 된 점이지만, 긍정적인 일을 보는 눈은 내 안에 있다. 오늘만 해도 나는 안 좋은 일들을 몇 개 겪었다. 하지만 내 일기장에는 좋은 일들만 담겨 있다. 부정적인 기운은 애초에 현관문 안으로 들어오지 못하게 바깥에서 다 털어내고 왔다. 처음 감사 일기를 쓰기 시작할 때는 마냥 어색하고 어렵게만 느껴질 것이다. 부정적인 사고회로가 발달돼 있을수록 그렇다. 그래서 더더욱 감사일기를 써서 긍정적인 사고방식이 발달되도록 훈련해야 한다.

요가 선생님의 선물을 시작으로 용기와 힘을 얻어 새로운 꿈을 향해 도전하게 되었다. 이 꿈의 시작은 지금 여러분이 읽고 있는 이 책이다. 대학교를 졸업하기 전부터 취업 시장에 뛰어들어 서른셋에 회사를 나오기까지 내가 가진 경력은 오로지 회사생활 10년이 전부였다. 그런 내가 감사일기를 쓰면서 새로 가지게 된 꿈이 작가다. 직장 내 괴롭힘을 당해 회사에서 쫓겨날 때만 해도 회사 밖으로 나가서 무엇을 할 수 있을지 막막하기만 하고 좌절하기만 했던 1년 전과는 전혀 다른 인생을 살고 있다.

회사 월급이 아니면 스스로 돈을 벌 수 없을 거라고 생각했는데, 어느 새 내 이름으로 된 책도 내고, 내 이름을 내세운 사업체도 있고, 내 이름으로 운영하는 독서 습관 모임과 글쓰기 습관 모임도 있다. 아무 조건 없이 나와 늘 함께해주시는 분들이 있는 나만의 커뮤니티도 생겼다. 첫 책을 출간하지도 않았는데 두 번째 책까지 출간 제의를 받았으며, 유명한 온라인 플랫폼에서는 강의 제작 제안도 받았다. 작가가 되겠다는 노력을 시작한 지 6개월 만에 80명 앞에 서서 첫 강연을 하게 되었고, 그 뒤로 오프라인 유료 강의도 진행할 수 있었다. 이 모든 일은 감사일기를 쓰고 새로운 꿈을 가진 지 8개월 만에 일어난 일이다.

요가 선생님께서 감사일기를 나에게 건네주실 때 이런 말을 해주셨다.

"저도 10년 전쯤 힘든 일을 겪으면서 우울증을 심하게 앓아서 얼마나 힘드신지 알아요. 하지만 지금보다 더 무너지지 않고 알리사님 자체를 잃어버리지 않았으면 좋겠어요. 이 일기 꼭 매일 써보세요. 힘이 될 거예요."

누구보다 나를 걱정해주고 응원해주고 있는 마음이 느껴졌기에 선생님의 정성을 위해서라도 매일 써야 한다고 생각했다. 내가 직접 구매했다면 이렇게까지 열심히 작성하지 않았을 수도 있다. 나를 응원해주는 누군가를 생각하니 무너지고 싶을 때마다 힘을 낼 수 있었다.

나는 여전히 매일 아침 5분씩 감사 일기를 쓰고 있다. 이제는 혼자가 아니라 습관 모임 분들과 함께 쓰고 있다. 나의 변화에 가족, 친구, 지인들이 함께해주었듯이 내 커뮤니티에 있는 분들에게도 내가 겪은 경험의 노하우를 공유하는 중이다. 다른 사람들에게 받았던 도움을, 이제 내가 도움이 필요한 사람들에게 나누어줄 수 있게 되었다.

지금까지 내가 이야기한 10가지를 따라오면 어떤 변화들을 경험할 수 있는지 구체적인 결과물을 보여주려고 한다. '이렇게 노력한다고 정말로 내 삶이 변할까?' 하는 의문을 품은 분들은 꼼꼼하게 봐주셨으면 좋겠다. 10개월 동안 100퍼센트 직접 경험한 나의 이야기다.

독서 1~2개월의 변화:
경력 없이도 작가가 될 수 있다

직장 내 괴롭힘, 가스라이팅의 고통은 생각보다 오래 지속되었다. 퇴사를 하고 1년이 지났음에도 팀장님의 목소리가 매일 환청처럼 들려왔고, 악몽을 꾸는 등 남들에게는 평범한 일상이 나에겐 큰 고통이었다. 시간이 지나면 회복될 거라며 품었던 희망이 오히려 절망으로 다가오며 내 삶은 더 피폐해졌다.

이대로 아무것도 하지 않으면서 소중한 시간을 낭비하면 안 된다는 생각에, 할 수 있는 것부터 해보기로 했다. 가장 먼저 매일 30분에서 1시간씩 집 앞 산책로를 걸었고, 나머지 시간 동안은 책을 읽었다. 책을 원래 좋아하지 않았는지 궁금해하는 분들을 위해 말하자면, 학창 시절에는 글을 읽는 자체가 너무 싫어서 만화책도 읽지 않았고, 1년 독서량은 늘 0권이었다. 말할 때마다 무식함이 탄로나서 부모님이 제발 좀 책을 읽으라고 말할 정도였다. 그렇게 살아왔다고 해서 계속 똑같이 살면서 달라지기 위한 노력을 하지 않으면, 내 인생도 지금처럼 쭉 똑같을 수밖에 없다는 생각에 정신을 차렸다.

독서는 나와의 약속이며, 이 약속도 지키지 못하면 앞으로는 직장 내 괴롭힘보다 더 한 일들을 당해도 이겨낼 수 없을 거라고 독하게 나를 채찍질했다. 그때 나와 했던 약속은 바로 매일 100페이지씩 읽는 것이었다. 페이지 수가 기준이 되면 좋은 점은 두꺼운 책이든 얇은 책이든 상관없이 매일 일정하게 수행할 수 있다는 점이 좋다. 핑계를 댈 수도 없다. '오늘은 벽돌 책이니까 나눠서 읽어야지' 하며 자기 합리화를 할 만한 점을 아예 차단하고 시작하는 것이다. 100페이지로 목표로 잡은 또 다른 이유는 책 1권을 최대한 빠른 시간 내에 읽고 싶어서였다. 매일 10페이지 정도로 쉽게 정하면 매일 수행하기엔 수월하겠지만, 성취감은 덜할 거라고 생각했다.

잃어버린 자신감을 회복하기 위해서는 무언가를 할 수 있다는 걸 경험하는 것이 중요하다. 집에 있는 책의 페이지 수를 확인해보니 대부분 200페이지에서 250페이지 정도 되는 것을 확인했고, 매일 100페이지씩 읽으면 3일이면 1권을 완독할 수 있겠다는 판단이 들었다. 그렇게 용감하게 2022년 4월 13일, 100페이지 습관 만들기를 시작했다.

정말 매일 100페이지씩 읽었을까? 그렇다. 하루도 빠짐없이 매일 100페이지를 읽었고, 책을 읽기 시작한 지 한 달이 지나자 15권을 완독하게 되었다. 15권은 나에게 아주 큰 변화를 가져다주었다. 내가 처음 예상한 것처럼 1권씩의 완독은 엄청난 성취감을 안겨주었고 새로운 도전을 하고 싶다는 원동력이 되어주었다. 이렇게 읽어가는 책을 그저 내 머릿속에만 저장하면 너무 아깝다는 생각이 들어, 기록하기 위해 인스타그램과 유튜브를 시작했다. 인스타그램에는 읽은 책에 대해 간략하게 정보만 정리해서 올리고, 유튜브에는 책에서 가장 인상 깊은 하나의 구절을 소개하는 형식으로 촬영했다. 첫 달에 느낀 가장 큰 변화는 도전에 대한 두려움이 크게 사라졌다는 것이다. 쑥쑥 성장한 자신감을 가지고 두 번째 달에도 즐겁게 독서를 했다.

책을 읽기 시작한 지 두 달이 안 되어 더 많은 변화가 생겨났다. 완독한 책은 36권으로 늘어났고, 그렇게 읽은 책의 기록이 늘어나는 만큼 출판사로부터 책 협찬 요청이 점점 들어오기 시작했다. 유료 광고는 아니었다. 무료로 책을 제공받아 읽고 솔직한 서평을 남겨달라는 요청이었지만, 버는 돈이 한 푼도 없는 백수에게는 신간을 무료로 받을 수 있다는 기회 자체가 소중했다. 읽은 책을 기록하는 것 자체만으로도 무상 협찬을 받을 수 있다는 신세계를 보게 된 시기이기도 하다.

그뿐만이 아니다. 책을 읽고 서평을 남기면서 저자분들께서 읽어줘서 고맙다는 댓글을 남겨주시기 시작했고, 그중 한 작가님의 북토크가 열린다기에 신청해서 운 좋게 참석하게 되었다가 '나도 이런 위로가 되고 좋은 영향력을 줄 수 있는 책을 쓰는 작가가 되고 싶다'는 새로운 꿈을 가지게 되었다. 북토크에 다녀온 다음날부터 무작정 원고를 썼다. 책 쓰는 방법이나 어떻게 하면 작가가 될 수 있는지 전혀 모르는 상태였다. 그냥 썼다. 작가님께서 말씀해주셨던 방법은 목차를 먼저 잡고 내용을 채우라는 것이었다. 그래서 그냥 그렇게 썼다. 목차를 먼저 만들고, 내용을 채워 나갔다. 그렇게 매일 글을 쓰다 보니 북토크를 다녀온 지 한 달 만에 첫 책의 초고를 완성했다. 완벽하진 않았다. 하지만 초고를 완성했다는 그 자체만으로도 나는 이미 작가가 되었다. 당장 출판사들에 메일을 돌려도 되는 양이었고, 전자책으로 만들어서 판매를 할 수도 있는 상태였다. 독서를 시작하여 얻은 용기로 만들어낸 최고의 결과물이다.

다른 변화도 있었다. 처음으로 팬들이 생겼고, SNS상에는 진심으로 응원해주는 분들이 많아졌다. 게다가 북토크에서 만난 작가님과 함께 일할 수 있는 기회도 주어졌다. 자기계발서를 읽으면서 배웠던 대로 내가 먼저 용기 내어 함께 일하고 싶다며 PPT로 제안서를 11장이나 써서 제안을 드렸고, 흔쾌히 수락해주셔서 많은 것을 배울 수 있었다. 작가가 되기 위한 부분들, SNS 글 쓰는 방법들, 썸네일을 좀 더 잘 만드는 방법, 콘텐츠 질을 높이는 법 등 많은 도움을 받을 수 있었고, 그 기회로 짧은 시간에 엄청나게 성장할 수 있었다.

이 모든 일이 독서를 시작한 지 두 달 만에 일어난 일이다. 더 정확히 말하면 책을 읽기 시작한 지 58일 만에 생긴 변화다. 여러분에게도 충분히 똑같은 변화가 일어날 수 있다는 뜻이다. 한 달, 혹은 두 달은 도전해볼 만하지 않은가?

독서 3~4개월의 변화:
인생에 확신을 가질 수 있는 최고의 방법

독서를 시작한 지 3개월이 되자 사고가 확장되는 것이 체감되었다. 사고가 확장되는 걸 어떻게 느낄 수 있을까? 논리적인 글쓰기가 좀 더 수월해졌고, 사람들과 대화를 나눌 때 좀 더 조리 있게 말을 할 수 있게 되었다. 무언가를 바라볼 때 단편적으로만 보지 않게 되었고, 좀 더 깊이 집중하게 되었다. 늘 얕고 빠르게만 보던 버릇이 있었는데 그 버릇을 고치게 된 것이다. 무언가를 깊게 본다는 것은 진심으로 그 대상을 바라볼 수 있다는 힘이 생겼다는 뜻이기도 하다.

주변을 좀 더 둘러보게 되었고, 모두가 각자의 방식으로 다르게 살아가고 있다는 것도 차차 받아들이게 되었다. 이 점이 중요한 것은 책을 읽기 전에는 모두가 이렇게 살아가고 있다고 하니 나도 거기에 맞춰 살아야 한다는 강박이 심했고, 남들과 비교하며 살아가기 바빴는데 책을 읽고 다양성을 인정하게 되면서부터는 마음이 한결 편안해졌다. 마음의 여유도 생겼다. 이 모든 것이 책을 통해 일어난 변화들이다.

세 달이 지나니 출판사에서 진행하는 서평단에 응모를 하면 100퍼센트 당첨이 되었다. 내가 읽고 싶은 책은 전부 무상으로 읽을 수 있게 된 것이다. 특히나 신간이 세상에 나오기도 전에 서평단으로 미리 읽어볼 수 있는 기회가 주어지는 건 늘 설레는 일이었다. 어떻게 보면 간단한 이벤트에 당첨되는 소소한 일상 같지만, 나에게는 큰 의미가 있다. 무언가를 시도해서 100퍼센트 성취를 할 수 있다는 사실은 자신감 향상에 엄청난 도움이 된다. 그런 사소한 것들이 모여 도전을 할 수 있는 용기를 만들어주기 때문이다.

나는 그 용기로 새로운 도전을 시작했다. 인스타그램 팔로워가 1천 명밖에 안 되지만 독서 모임을 열기로 한 것이다. 처음으로 모집을 했던 독서모임 1기 신청자는 딱 4명이었다. 그동안 받은 댓글 반응으로 봐서는 최소한 20명은 지원할 줄 알았는데, 단단히 착각했나 보다. 하지만 좌절보단 감사함이 먼저 다가왔다. 네 분이나 나와 함께 독서모임을 하며 성장하고 싶다는 생각에 또다시 가슴이 뛰었다. 그렇게 그분들과 2주 동안 매일 정해진 양을 함께 읽으며, 서로 가진 생각들을 나누고 또 한 번 성장해갔다.

한 달, 두 달, 세 달이 지나며 눈에 보이는 변화를 겪었지만, 독서를 시작한 지 120일인 네 달이 지나자 무서운 성장세가 보이기 시작했다. 일단 유료로 책 광고가 들어오기 시작했다. 이 당시 광고 세계를 잘 알지 못해서 1건밖에 진행하지 못했지만, 나에겐 의미 있는 경험이었다. 맨날 책만 읽고 올리다가 돈을 받고 서평을 올린다는 것은 계정의 힘이 점점 커지고 있다는 뜻이니까.

게다가 공황장애와 우울증이 많이 회복된 걸 느꼈다. 더 이상 약을 먹지 않아도 우울하지 않았고, 새로운 사람들을 만날 수 있었다. (하지만 그 뒤로 크게 재발해 현재는 약을 먹고 있는 중이다. 약은 임의 중단하면 절대 안 된다!) 자존감이 정말 많이 회복되었고, 눈이 빛난 다는 말을 다시 듣게 되었다. 만나는 사람들마다 얼굴이 편안해 보인 다는 칭찬을 해주었고, 사람들의 고민상담을 해줄 만큼 마음이 많이 편안해졌다.

게다가 평소에는 만나기 어려운 인플루언서들과의 만남이 잦아졌다. 먼저 만나자고 연락을 주신 분도 있었고, 내가 만나보고 싶은 분들에게 먼저 제안을 하면 흔쾌히 수락해주셔서 만날 수 있었다. 내가 가고자 하는 길을 앞서 나간 분들을 만나서 이야기를 나눈다는 건 그 무엇과도 바꿀 수 없는 귀한 기회다. 인플루언서 분들을 만날 때마다 힘들 때 어떻게 이겨내셨는지, 어떤 마인드로 하루하루를 살아가시는지, 앞으로 위기가 찾아오면 어떻게 하실 생각인지, 지금 그 자리에 가기까지 실제로 도움이 되었던 습관들은 무엇인지에 대해서 최대한 많이 물어보고 그분들의 행동을 배우고자 실천으로 옮겼다. 그렇게 계정의 영향력이 커지고, 유명한 사람들과 교류하는 시간이 늘어나면서 인생에 대한 확신이 생겼다.

이전까지만 해도 걱정이 많았다.

'지금 잘하고 있는 건가?'

'회사로 돌아가지 않고 작가가 되겠다고 결심한 건 잘한 일일까?'

'잘 안 되서 후회하게 되진 않을까?'

'이 일도 결국은 아무 성과 없으면 어떡하지? 그땐 너무 늦은 게 아닐까?'

이런 생각들로 앞이 캄캄하고 답답하기만 했는데, 마치 내 머릿속을 스캔한 것처럼 읽는 책마다 나의 고민에 대한 명확한 대답과 해결책을 제시해주었다. 만났던 분들에게서는 내가 찾던 해답을 얻을 수 있었다. '잘하고 있는 건가?'라는 생각은 '너무 잘하고 있어! 고지가 얼마 안 남았어!'라는 확신으로 연결되고, '회사로 돌아가지 않은 게 잘한 일일까?'라는 불안감에는 '이제 회사원 알리사는 잊는 거야. 내 인생에 회사에서 일할 일은 절대 없어!' 하고 자신감이 생겼다.

그렇게 확신을 얻게 된 배경에는 팔로워 분들의 덕도 크다. 내가 올리는 피드에 응원 댓글이 하나씩 달리기 시작하면서, 이제부터는 절대 내 꿈을 포기해서는 안 된다는 책임감도 생겼다.

"알리사 님 보고 책 읽기를 시작했어요."

"알리사 님 따라서 책을 읽어보니 정말로 우울증에서 회복되는 게 느껴져요."

많은 사람이 나를 보며 용기와 위안을 얻고, 희망을 품고 있는데 내가 포기해버리면 그 절망감을 그들도 느낄 테니. 이제부터는 나 혼자만의 인생이 아닌, 많은 사람이 지켜보고 있다는 책임감으로 반드시 잘 해내야 했다. 이러한 마음가짐이 압박감이나 부담감이 아니라 앞만 보고 나아갈 수 있는 힘이 되어주었다.

책을 읽은 지 4개월 만에, 나는 1만 명의 팔로워 분들과 꿈을 향해 나아갈 수 있게 된 것이다.

독서 5~6개월의 변화:
이제부턴 꽃길만 걷자

책을 읽은 지 5개월이 지나고 여태까지 읽은 책 80권을 벽 한 편에 쌓아봤다. 내 키가 160센티미터인데, 내 키를 넘어선 높이의 책탑이 완성되었다. '5개월 만에 80권 완독'이라는 타이틀은 인스타그램에서 도서 인플루언서로 만들어주기도 했다. 인스타그램을 한 지 4개월 만에 2만 2천 팔로워가 생긴 것이다.

전달에 완성한 원고를 약 50곳 넘는 출판사에 투고했다. 100퍼센트 거절당했고, 그중 한 곳에서는 이런 말을 남겼다.

"알리사 님 원고는 좋은데 인지도가 없어서 계약을 해도 될지 모르겠어요. 3주라는 시간을 드릴 테니 인지도를 높이고 오세요."

이 말을 듣고 인스타그램을 좀 더 열심히 운영한 것도 있다. 이런 말을 한 출판사와는 절대 계약하고 싶지 않아서다. 분노를 동기부여로 활용하여 좋은 결과를 얻은 덕에, 현재 출판사와도 계약을 할 수 있었다. 나는 이를 '독기부여'라고 부르기로 했다.

여기서 끝나면 너무 시시할 테니 지금부터 제대로 이야기해보고자 한다. 꽃길은 이제부터 시작이다. 출간 계약을 하고 나니 다양한 강의 제안이 들어왔다. 대부분은 인스타그램 관련 강의였다. 하지만 그 당시 강의 요청은 전부 거절했다. 책에 좀 더 집중하고 싶었고, 작가로서 좀 더 전문성을 키우는 데 집중해야 한다는 생각이었다. 퀄리티 좋은 콘텐츠를 만드는 데 시간을 쏟고 싶었다. 그리고 유명한 작가님께 동업 제안도 받게 되었다. 돈 한 푼 못 벌고 있던 상태여서 나에겐 더할 나위 없이 좋은 기회였다. 특히나 내가 최종적으로 가고자 했던 길은 작가였고, 글과 관련된 인생을 살고 싶었기에 더 기뻤다. 결과적으로 동업은 좋은 결과로 이어지진 않았지만 이걸 계기로 내 사업을 만들 수 있었기에 나에겐 너무너무 귀한 기회였다. 이 제안이 없었다면 혼자서 무언가를 해야겠다는 생각조차도 못 했을 테니 말이다.

모든 경험의 결실은 결국 언젠가 돌아오게 되어 있다. 어떤 모습으로 나타날지 몰라서 그렇지, 반드시 내 인생에 플러스가 되어준다. 그러니 최대한 많은 경험을 하는 여러분이 되었으면 좋겠다. 기회가 찾아와도 그걸 기회인지 알아보려면 많은 경험치가 쌓여 있어야 한다. 그렇지 않으면 기회가 찾아와도 기회인지도 모른 채 다른 사람에게 넘겨주게 되어 있다. 스무 살 때부터 열심히 쌓아온 경험들이 서른셋이 되고 나서야 그 포텐이 터지기 시작한 나처럼 말이다. 무려 15년간 결과가 없음에도 묵묵히 과정만 걸어왔다. 이제 하나씩 결과들이 나타나고 있는 걸 보면서 '그동안 아무것도 눈에 보이지 않는다고 포기했으면 어땠을까?' 하는 생각이 들곤 한다.

도서 인플루언서가 되고 나서 인생의 전환점이 찾아왔다고 해도 과언이 아니다. 책을 내고 싶다는 생각을 한 지 몇 달 지나지 않아 출간 계약을 했고, 원하던 강의 제안도 받았으며, SNS에서만 보던 유명한 분들과 일대일로 만나 식사를 했고, 출판사들로부터 신간을 협찬받았다. 백수였던 나에게 일자리 제안이 들어오고, 하고 싶던 나만의 모임과 커뮤니티를 만들어 운영하고, 반대로 인플루언서 모임에도 참석하면서 또 다른 인플루언서 분들과 인연을 만들어 한 번 더 나를 업그레이드 시킬 수 있었다.

이때까지는 직접적으로 수익이 생겼던 것은 아니지만, 반년 전과는 상상도 할 수 없는 나만의 인생을 살아간다는 그 자체가 나에겐 감격이었다. 그렇게 살 수 있을 거라고 기대도 못 했는데, 더 이상 싫은 사람들과 마주하지 않아도 되고, 하루 종일 일터에서 싫은 일을 붙잡고 있지 않아도 되는 일상을 보냈다. 기분이 울적할 때면 책 한 권 들고 동네 카페로 가서 커피를 마시며 느긋하게 여유를 즐길 수 있고, 좋아하는 일을 잘하는 일로 보람을 느끼며 일을 할 수 있게 된 것이 너무나도 신기하고 감사했다.

책을 읽기 시작한 지 반 년이 지난 뒤, 임의로 약을 끊은 탓에 공황장애가 다시 찾아왔지만 더 이상 무섭지 않았다. 차분하게 병원에 다시 방문해서 약을 받고 힘든 마음을 책으로 달랬다. 이때를 계기로 한 번도 읽어보지 않았던 뇌과학, 철학 책을 접한 덕분에 내 사고는 더욱 확장하게 되었다. 뇌과학 책을 읽으며 객관적인 사실을 알게 되니 나와 다른 생각을 하는 사람들을 만나도 더 이상 스트레스를 받지 않게 되었고, 오히려 사람들을 이해할 수 있는 힘이 생겼다.

갑자기 성장한 인스타그램에는 악플이 정말 많이 달렸는데, 뇌과학 책과 철학 책으로 인간의 본성에 대해 공부할 수 있게 되면서 마음 그릇을 넓힐 수 있었다. 그동안은 내가 성장한 만큼 그 모든 걸 담을 수 없는 작은 마음 그릇을 가지고 있다는 느낌에 힘들고 벅찬 느낌도 있었는데, 책을 통해 마음 그릇을 넓히는 게 느껴지니 오히려 마음이 편안해지고 더욱 여유가 생겼다.

이런 시간이 지날수록 지인들에게 점점 얼굴이 밝아졌다, 점점 더 좋아진다는 말을 많이 들었다. 가족들도 나에게 더 이상 불평불만하지 않고 많이 긍정적으로 변했다고 말해주었다. 내가 변하고 나니 내 주변 사람들도 변했다. 내가 더 이상 부정적인 말을 입에 담지 않으니 주변 사람들도 긍정적인 말만 하려고 노력을 했고, 내가 변화하는 것을 보며 지인들도 책을 읽기 시작했다. 함께 책을 읽게 되니 더욱 좋은 말만 하게 되고, 나누는 대화도 예전과는 비교도 안 될 만큼 성숙해졌다.

비로소 살아가는 느낌이 났다. 늘 '왜 살고 있을까?'에 대한 의문만 가득했는데 책을 읽을수록, 마음이 편안해질수록 '삶은 그 자체로 살아갈 가치가 있구나'라는 결론이 내려졌다. 반드시 살아가야 할 마땅한 이유가 있어서 사는 것이 아니다. 함께 살아가는 지금, 이 자체가 너무 소중한 시간이고, 나라는 사람은 존재 자체로 빛이 나는 사람이라는 걸 독서를 시작한 지 반년이 지나고 나서 얻게 된 선물 같은 사실이다.

독서 7~8개월의 변화:
남들이 부러워하는 인플루언서의 삶

인플루언서가 되고 싶은가? 사실 주변 사람들에게는 인플루언서의 안 좋은 점에 대해서 이야기를 많이 하지만, 좋은 점이 많은 건 부정할 수 없는 사실이다. 인플루언서로서 얻어가는 이익이 있는 대신 그만큼 감당해야 할 책임이 많다는 것도 알아야 한다. 감당해야 하는 악플, 목적 없는 비방 글과 루머, 이유 없이 받아야 하는 미움, 이미지에 대한 강요 등과 같은 것들이 있다.

그럼에도 난 남들이 부러워하는 인플루언서의 삶을 살고 있다. 내가 선택한 일이며, 앞으로는 나의 직업 중 하나가 될 포지션이다. 꾸준히 7개월간 독서를 하자 강연을 준비하게 되었다. 그 강연도 인플루언서가 되었기 때문에 설 수 있는 무대였다. 주제도 내가 하고자 하는 내용으로 자유롭게 말하면 되는 자리였다. 강연이라고 해서 전부 내가 하고 싶은 이야기만 하는 건 아닌데, 첫 강연으로 좋은 기회가 주어진 것이다.

어느덧 완독한 책은 100권이 넘어 총 104권이 되었다. 이때쯤 되니 겉으로 보이는 변화보다 내면의 변화가 많아졌다. 책을 많이 읽고 사람들에게 정보를 나누다 보니 100권은 생각보다 많지 않은 양이라 느껴졌다. 책으로 인생을 변화시키기 위해서는 단순한 독서가 중요한 것이 아닌, 실천이 중요하다는 것도 깨달았다. 가치는 나눌수록 배가 되고 책은 읽을수록 읽는 속도가 배로 빨라진다. 처음에 100페이지 읽을 땐 3시간이 걸렸는데 지금은 30분에서 1시간 정도밖에 안 걸린다. 책 1권을 읽는 데도 익숙한 내용의 책이라면 1시간이면 충분하다.

또 깨달은 점은 그동안 내가 독서할 여유가 없었던 것이 아니라, 내가 책을 읽을 마음이 전혀 없었다는 걸 알게 되었다. 책 읽을 시간이 없다고 말하는 사람들은 자신을 다시 되돌아보아야 한다. 하지만 이 글을 보는 사람이라면 최소한 책을 읽는 사람이니 잔소리는 여기까지!

책 안에는 모든 답이 있다. 그러다 보니 더 이상 지인들을 붙잡고 하소연하지 않아도 된다. 답답한 게 있을 때마다 책을 펼치게 되었고, 최소한의 에너지로 최대의 효율을 얻게 되니 나도 체력을 아끼고 정신적으로도 좋고, 감정 쓰레기통이 되지 않아도 되는 지인들과의 관계도 부쩍 좋아졌다. 책은 이처럼 무언가를 배우고 깨닫는 것에 있어서 엄청난 가성비를 가지고 있는 물건이다.

책을 읽기 전인 7개월 전으로 돌아가보자.

그때의 나는 삶을 포기하고 싶은 마음뿐이었다. 새로 도전했던 것에 사기를 당하고, 돈도 신용도 모두 날렸을 때였다. 내가 하는 모든 일은 잘 안 풀리는 절망감에 빠져 살아가야 할 이유를 찾지 못했을 때였다. 우울증은 나날이 심해졌고, 계속 재발하는 공황발작에도 많이 지쳐 있었다. 그런 상태에서 나를 꺼내준 건 사람도 반려동물도 아닌 책이었다. 책만큼 나를 잘 알아주는 게 없었다.

마음이 힘든 사람들에게 나는 지금도 무조건 책을 읽으면 괜찮아진다고 말하지는 않는다. 책에서 말하는 내용들을 받아들일 준비가 되어 있지 않다면 아무리 좋은 글귀가 나와도 마음속에 새겨지지 않기 때문이다. 오히려 시간만 낭비했다는 생각에 더욱 좌절감에 빠질지도 모른다. 그런 사람들에게는 그저 책으로 내 인생이 어떻게 변했는지 이야기만 해줄 뿐이다. “책을 읽어야 괜찮아져요!”라고 말하는 것이 아닌, 왜 책을 읽어야 하는지 나의 경험과 결과를 말해주고 보여주며 지금 당장 달려가 책을 사서 읽고 싶게끔 감정을 전달해주고 있다.

이런 내 마음이 전해져서일까? 책을 읽은 지 8개월이 지난 시점에서 유료 습관 모임을 오픈해보았다. 책 읽는 습관을 함께 만드는 모임이다. 금액은 저렴하지 않았다. 그럼에도 정원의 4배 이상으로 신청이 들어왔다. 모든 분과 함께 하면 좋았겠지만 유료 독서모임을 오픈한 게 처음이라 미숙할 거라는 생각에 소수로만 운영을 했다.

모임을 운영하면서도 배우는 게 정말 많았다. 그동안은 혼자서만 책을 읽고 깨닫고 실천했는데, 함께 습관을 만들고, 같은 책에 대해서도 서로 다른 의견을 나누고, 사람들의 고민은 무엇인지도 들어보며 세상에 좀 더 발을 들여놓은 기분이었다. 무엇보다 혼자가 아니라는 느낌이 너무 좋았다. 회사를 그만두고 프리랜서로 일하면서 늘 혼자인 기분에 무섭고 나만 뒤로 가는 것 같았는데, 나와 같은 사람이 이렇게나 많았다니! 큰 위로가 되고 서로 동기부여가 되어주었다.

8개월 동안 총 113권을 읽었는데, 집에 책을 마땅히 놓을 공간이 없어서 책상 위에 쌓아놓은 게 결국 사고가 나기도 했다. 책의 무게를 견디지 못하고 책상 유리가 갈라진 것이다. 그런데 나는 그게 왜 그렇게 행복한지, 기념으로 사진도 찍었다. 약간 훈장 같은 기분이었다. 더욱 놀라운 점은 아직 첫 책을 출간하지도 않았는데 두 번째 책 출간 제안을 받았다는 것이다. 강연을 본 출판사 대표님께서 강연 내용에 대해 책을 내고 싶다고 제안해주셨다. 작가로서 내 이야기를 세상에 널리 알리고, 책을 자주 쓰고 싶은 내 꿈이 이렇게 하나하나 이루어지는 게 감격스러웠다.

오프라인 강의도 할 수 있었다. 미뤄두었던 인스타그램 강의였는데, 오로지 나만 가지고 있는 내용으로 하는 강의였기에 뿌듯하고 행복했다. 100퍼센트 나의 경험으로만 구성한 강의이기에 그 어떤 인스타그램 강사도 절대 따라 할 수 없는 내용이다. 그런 강의를 해보고 싶었는데 책을 읽은 지 8개월 만에 이뤄냈다.

그리고 여전히 100페이지를 매일 읽고 있다.

독서 9~10개월의 변화:
실직자에서 1인 사업가로

이제 한 사업체의 대표가 되었다. 공황장애, 우울증을 앓던 실직자 백수에서 1인 사업가가 된 것이다. 수입은 월급의 3~4배 정도로 수입이 많은 달은 월급의 5배가 된 적이 있다.

앞으로 본격적인 경제 활동을 하기 위한 출발을 한 셈이다. 다른 인플루언서들과 협업 강의를 추가로 진행하고, 습관 모임도 추가로 늘렸다. 현재는 독서 습관 모임과 글쓰기 습관 모임을 운영하고, 모임원 분들만 총 190명 가까이 되어 간다. 새로운 도전을 한 지 1년도 안 되어 진심으로 소통하는 사람이 100명이 넘는다는 건 내가 넘치게 사랑받고 있다는 뜻이 아닐까? 가스라이팅으로 자존감, 자신감 다 잃고 상실감에 헤매던 내가 이렇게 사랑받을거라고 생각이나 했을까? 전부 책으로 일어난 변화들이다.

나를 믿고 함께해주는 분들에게 나의 지식과 통찰력을 조금이라도 더 알려주고자 더 다양한 분야의 책을 읽었다. 2023년부터는 고전과 경제 책도 좀 더 많이 읽어볼 생각이다. 경제에 대해서는 개념도 잡혀 있지 않아서 어렵지만 열심히 읽어보고 있다! 또 그렇게 몰랐던 분야에 새롭게 눈을 뜨게 되면서 많은 걸 배우고 있는 단계다.

책을 읽은 지 10개월이 지나자 크게 느껴지는 변화는 어딜 가나 인정받고, 내가 무슨 일을 하는 사람인지 구구절절 설명하지 않아도 된다는 점이다. 물론 나를 팔로우하는 분들을 만나는 건 자주 있는 일은 아니지만, 나에 대해 추가 설명이 필요한 것과 그렇지 않은 것은 정말 큰 차이다. 작년까지만 해도 나도 다른 사람을 롤모델로 삼으며 그분이 하는 것들을 분석하고 공부해서 닮고 싶은 부분들을 내 것으로 만들려 노력하며 살았는데, 이제는 많은 분이 나에게 "알리사 님처럼 되고 싶어요", "알리사 님이 제 롤모델이에요"라고 말해주신다. 1년도 안 되어 내가 느꼈던 감정 그대로를 누군가로부터 느낀다는 게 신기한 경험이 아닐 수 없다. 이런 경험을 누가 이렇게 해보겠는가?

나와 습관 모임을 함께하는 190여 분의 변화도 많이 있었다. 우울증이 정말 심각하던 분은 병원 치료를 시작하고 책을 읽으며 자존감을 회복해가는 중이고, 나처럼 갑작스럽게 퇴사를 당한 분은 좌절하지 않고 자신만의 일을 찾아 노력하고 있다. 공통적으로 느껴지는 변화는 화나는 일이 많이 줄었으며, 자신감이 회복되는 게 느껴지고, 다른 사람들을 좀 더 이해할 수 있게 되어 갈등이 많이 줄었다고 말해주셨다. 언제나 가방에 책 한 권씩은 넣고 다니며, TV나 유튜브 볼 시간에 책을 한 페이지라도 더 읽게 되었고, 책을 읽으며 저자와 대화하듯 생각하는 습관이 생기거나 글을 쓰며 나에 대해 알아가는 시간이 늘어났다고 해주셨다. 나에 대해 생각하는 시간이 많아지다 보니, 삶에서 어떤 게 중요한지 본질을 들여다보기 시작했고, 어떤 게 중요한 일이고 어떤 것에 에너지를 덜 쏟아야 하는지 목적을 찾아가는 분들도 많다. 인간관계도 이전보다 좋아지고, 더욱 좋은 직장으로 옮기시는 분들도 생겼고, 책 읽는 즐거움을 느끼고 나처럼 한 달에 10권 이상 읽고 SNS에 기록하는 분들도 생겼다. 나를 보며 작가의 꿈을 키우는 분도 생겼고, 늘 부정적인 사고가 지배하던 삶을 긍정으로 가득 채운 분도 있었다.

내가 독서를 오래 한 것도 아니고 습관 모임으로 몇천 명 이상 함께한 것도 아니지만, 약 200명과 함께하며 확신을 얻은 건 누구라도 좋은 방향으로 발전할 수 있다는 점이다. 스스로가 변화하고자 하는 의지만 있다면, 포기하지만 않는다면, 정말 누구나 멋진 삶을 만들 수 있다. 나를 괴롭히는 생각들을 버릴 수 있고, 시궁창 같은 삶을 남들이 부러워할 만큼 멋지게 변화시킬 수도 있다. 진짜다. 이런 이야기를 해서 내가 억만장자가 되는 것도 아니고, 내가 앞으로 하고자 하는 일과 관련도 없는 이야기다. 그저 세상의 가스라이팅과 편견에 지친 여러분들이 좀 더 현명하게 이겨낼 수 있는 방법을 제시할 뿐이다.

독서 11~12개월의 변화:
싫은 건 이제 그만해도 돼

나는 항상 '나다움'을 강조한다. 나는 세상에 나의 스토리를 알리고 나답게 살자고 이야기한다. 나는 늘 그렇게 살고 싶었다. 나답다는 게 막연한 표현이라 나다움이 무엇일까 곰곰이 생각해본 뒤 내가 내린 결론은 이렇다.

'좋아하는 사람들과만 함께 시간을 보내며, 좋아하는 일만 하고 즐겁게 살아가는 인생.'

이게 나다움이 아닐까? 물론 세상을 살면서 100퍼센트 내가 좋아하는 일만 하며, 좋아하는 사람들과만 시간을 보낼 수는 없다. 상대적으로 싫어하는 것과는 멀어지자는 뜻이다.

매일 책을 100페이지씩 읽고 실천하니 내 인생이 가장 크게 변했다. 이 일의 핵심을 한 줄로 정리해보자면, 싫은 것을 그만하게 되었다는 것이다. 매일 아침 울면서 출근하지 않아도 되고, 월요병에 시달리지 않아도 된다. 손바닥 크기밖에 안 되는 반려견이 내가 나가는 걸 아쉬워하며 가지 말라고 보채는 모습을 두고 매일 집 밖으로 나서지 않아도 된다. 자존감 팍팍 깎아 먹는 자존감 도둑들을 만나지 않아도 된다. 상사의 눈치를 보지 않아도 되고, 일하다 답답하면 카페에 가서 책을 읽거나 집 앞 공원을 산책할 수 있는 여유가 생겼다. 무언가 풀고 싶은 문제가 있으면 모임 사람들과 토론을 하며 해결책을 찾아가기도 하고, 콘텐츠를 만들다가 아이디어가 막히면 같은 일을 하는 사람을 만나 아이디어를 얻을 수도 있다.

얼마 전 《일놀놀일》이라는 책을 읽었다. 일을 놀듯이 하고, 놀 때는 일에 대한 아이디어를 떠올리는 것, 늘 내가 꿈꿔왔던 삶이었다. 나는 워라밸이 싫었다. 일에 푹 빠져 살고 싶었다. 회사를 위해서 강요로 이루어지는 것이 아닌, 오로지 나의 성장을 위해서 말이다. 지금은 일을 하며 나를 성장시키기도 하지만, 돈도 벌 수 있다. 그렇게 번 돈을 배우고 싶은 공부에 투자할 수도 있고, 주변 사람들에게 베풀 수도 있다. 이게 행복이 아닐까?

이 모든 변화는 책으로부터 시작되었다. 아니, 더 정확히 파고들자면 직장 내 괴롭힘과 가스라이팅으로부터 시작된 것이겠다. 그 괴롭힘 덕분에 공황장애가 생겼고, 퇴사를 해야 했고, 새로운 시도를 하다가 사기를 당해서 완전히 무너진 상태에서 접한 게 책이었으니 말이다.

한 치 앞을 모르는 게 인생이라지만, 이제는 더 이상 두려운 게 없다. 행복이 있으면 위기도 곧 찾아올 것이다. 그래서 나는 일희일비 하지 않는다. 행복한 순간이 와도 심하게 들뜨지 않고, 조용히 행복을 즐긴다. 그러다가 힘든 시간이 오면 '이 또한 지나가리라' 하는 마음으로 기다린다. 그러다 보면 또 어느샌가 거짓말처럼 좋은 일이 찾아온다. 이제는 약간 인생의 공식을 알아버린 것 같기도 하다.

인생에서 일어나는 수많은 위기, 절망, 고통, 좌절은 잘 살기 위해 반드시 필요한 요소들이다. 한약을 먹고 사탕을 먹으면 단 것처럼, 쓴맛을 먼저 봐야 단맛을 접했을 때 그 소중함을 깨닫게 된다. 나의 20대, 그리고 30대 중반까지 '내 인생은 이렇게 고생만 하도록 되어 있나 보다' 하고 생각하며 체념을 할 때쯤 희망이 찾아왔다. 평생 직장생활만 하던 나에게 작가라는 새 삶이 주어졌다. 작가가 되겠다고 시작한 일들에서, 강연과 강의 제안이 들어오면서 인스타그램 강사 일도 하게 되고, 사업자도 되었다. SNS에서는 인플루언서로 활동도 가능하다.

나에게 일어날 거라고는 상상도 못 했던 일이다. 책 읽는 걸 워낙 싫어했기에 처음 가족들에게 작가가 된다고 했을 때 "네가 마음이 얼마나 힘들면 이런 허황된 꿈을 꾸겠냐"며 조금 더 쉬라고 할 정도였다. 별로 친하지 않은 지인들에게 책 쓴다고 밝혔을 땐 "개나 소나 책 쓰냐"며 비웃었다. 그럼에도 전부 이겨내고 작가가 되었다.

새로운 꿈을 향해 나아가는 원동력은 분노였다.

"작가는 아무나 해?"라는 말에 나를 증명하고 싶은 마음이 부글부

글 끊었다. 그래서 작가가 되었다.

"영향력이 없어서 계약하기 싫어요"라는 말을 듣고 영향력을 만들어 인플루언서가 되었다.

"책 100권 읽었다고 자랑하기는"이라는 악플에 나의 성장을 보여주고 공유했다. 그 덕분에 습관 모임 대표가 되었다.

지금 내 삶이 너무 힘들다고 모든 걸 내려놓지 않아도 되는 이유, 지금까지의 내 경험으로 충분한 답변이 되었을까? 지금 시작해도 늦지 않았다. 내가 했으면 여러분도 할 수 있다. 진짜다. 학창 시절 늘 전교 꼴찌만 했고, 인문계 고등학교도 간신히 입학했다. 이름도 모르는 4년제 지방대학교를 나와서 이 회사, 저 회사 이직만 수없이 하다 서른셋에 회사에서 쫓겨났다.

1년에 1권도 읽지 않던 책을 읽고 하라는 대로 실천했더니 인생이 바뀌었다. 이제 그만 절망 속에서 나오자. 용기를 내자. 용기만 내면 50퍼센트는 실행한 거나 다름없다.

그럼 이제, 가스라이팅을 하는 사람들을 골탕 먹여주러 가보자!

chapter 3

가스라이팅을 역이용해보자

가스라이팅?
피할 수 없으면 즐기지, 뭐

어릴 때부터 나는 승부욕 같은 건 없었다. 누가 나를 이기든 앞서 나가든, 그런 건 관심없었다. 경쟁하는 걸 좋아하지 않는 성향이다. 다만 지금까지도 유독 잘 참지 못하는 한 가지가 있는데, 그건 바로 가스라이팅이다.

승부욕이 없는 나를 이 자리까지 성장시킨 건 바로 가스라이팅이었다. 대부분의 사람은 가스라이팅은 정신적 학대라고만 생각하고 이 감정을 활용하는 법을 잘 모른다. 하지만 이 부정적인 기운을 역이용하면 나를 움직이는 에너지가 될 수 있다. 어느 날 우연히 그 방법을 터득한 나는, 그 뒤로 지금까지 계속해서 가스라이팅을 자기계발하는 것의 동기로 삼았다. 그러다 보니 가스라이팅은 내 삶에 좌절과 고통을 안겨주면서도 한층 더 성장할 수 있는 기회가 되어주었다.

지금부턴 내가 어떻게 가스라이팅을 무기력이 아니라 동기부여로 바꿀 수 있었는지, 앞으로 여러분이 비슷한 상황을 겪게 된다면 어떻게 헤쳐 나가면 되는지에 대해 몇 가지 에피소드들로 이야기해보겠다.

처음으로 가스라이팅을 역이용하여 나를 성장시켰던 일은 친구의 컨닝 사건이었다. 대학교 3학년 때의 일이다. 많은 학생이 컨닝을 하고 있다는 사실을 짐작하고 있었지만 나는 동조하고 싶지 않았다. 아무리 그런 분위기가 형성되어 있어도 옳은 일이 있고 그른 일이 있는 거니까. 대학생이나 돼서 그 정도도 판단 못 하는 것은 말이 안 된다고 생각했다.

그러던 중 친하게 지내던 친구가 대놓고 컨닝하는 모습을 보고 충격을 받았다. 부끄러워하거나 숨기려고 하지도 않고, 너무 당당했다. 그걸 보고도 모르는 척할 수 없었기에, 시험을 치르고 나와 시험장 앞에서 친구를 기다렸다가 그 자리에서 바로 따져 물었다.

"아무 노력도 없이 컨닝으로 성적을 높이는 건 열심히 한 사람들에 대한 예의가 아니지."

친구는 어이없어하며 이렇게 대꾸하곤 떠나버렸다.

"컨닝도 실력이야. 네가 그렇게 사니까 좋은 성적을 못 받는 거야. 다른 사람들도 다 컨닝하는 데 왜 나한테만 뭐라고 해? 억울하면 너도 따라서 해."

처음 이 말을 들었을 땐 너무 충격을 받아 오래도록 그 자리에 서 있었다. 어릴 땐 어려서 그럴 수 있다고 생각했다. 하지만 성인이 된 이후에도 이런 생각을 가지고 있다는 건 부끄러워할 일임에도 당당한 태도를 가진 친구를 보며 이건 아니다 싶었다. 그동안 좋은 성적을 받기 위해서 하루 8시간 동안 아르바이트를 하고 나머지 시간에 학교 수업을 들으면서도, 밤새가며 공부해 받아낸 떳떳한 성적표였다. 친구는 "모두가 잘못된 행동을 하는 건 잘못됐다고 말할 수 없다. 오히려 그 분위기 속에 어울리지 못하는 네가 틀린 거다"라는 말로 나를 비난했다. 당시에 컨닝하는 친구들이 워낙 많다 보니 교수님들조차 크게 제재하지 않았다. 친구 말이 합리화될 수밖에 없는 분위기가 형성되어 있었다.

그럼에도 친구의 말이 틀렸음을 증명하고 싶었다. 컨닝을 하는 무리가 옳은 것이 아님을 정정당당하게 보여주고 싶었다. 모두가 다른 사람의 성적을 도둑질한다고 해서 그 도둑질이 정당화될 수 없음을 확실하게 인증하고 싶었다. 최소한 나에게 틀렸다고 말한 그 친구에게만큼은 성적으로는 질 수 없다는 생각이 들었다. 그날 이후로 밤낮없이 공부에 매진해서 얻어낸 결과는 학점 4.5 만점에 4.5라는 성적이었다. 부정의 에너지를 활용하여 얻어낸 첫 번째 성취였다.

이 사건으로 나는 두 가지를 배울 수 있었다. 하나는 부정적 에너지를 역이용하면 긍정적인 결과를 얻어낼 수 있다는 것, 또 다른 하나는 인간관계를 정리하는 법이다. 이 사건이 있은 뒤 이 친구는 더 이상 가까이하지 않았다. 이전에는 친구라고 하면 친구가 잘못된 길로 가고 있으면 옳은 길로 인도해주고, 친구의 잘못도 덮어주는 것이 진정한 우정이라고 생각했다. 그 또한 세상이 만들어놓은 프레임이라는 생각이 들었다. 자신이 바뀌고 싶지 않는데 억지로 내 방향으로 끌고 오면 그것 또한 가스라이팅이 될 수도 있다.

이때 배웠던 감정을 활용하여 남은 학기 동안에도 계속해서 학점 만점을 받을 수 있었다. 잘못된 가치관을 가지고 있던 친구 덕분에 만점 성적표과 장학금을 받을 수 있었다. 친구 때문에 내 성적이 밀려났다고 친구 탓만 하며 주저앉을 상황이지만, 나는 친구 덕분에 만점 성적표와 장학금을 얻어낼 수 있었다. 이 모든 건 "네가 틀렸어"라는 친구의 가스라이팅을 역이용한 결과였다.

나와 이 친구의 3년 후 미래는 어땠을까? 취업을 한 이후에도 나는 세상의 선입견이나 가스라이팅에 부딪힐 때마다 그 상황을 역이용해서 나에게 득이 되는 결과를 만들었다. 하지만 그 친구는 여전히 똑같이 살고 있었다. 자신은 열심히 했음에도 세상이 인정해주지 않는다고 말했다. 다른 사람들의 노력은 멍청한 방법이며, 자신의 방법이 옳은 것이라고 말했다. 그로부터 10년이 더 흘렀다. 지금은 연락하지 않지만 그 친구는 여전히 자신을 합리화하며 잘못된 길로 가고 있다고 전해 들었다.

이처럼 같은 상황에 놓여있어도 어떤 마음가짐으로 대처하느냐, 변화하고자 하는 의지가 있느냐, 성장을 위해 어떤 노력을 하느냐에 따라 미래는 달라진다. 사소하게 흘러가는 하루하루는 큰 변화가 없는 것 같지만, 그 사소한 하루들이 모여 1년이 되고 10년이 된다. 그렇게 흐른 세월이 모여 나의 정체성을 만드는 것이다.

이 글을 보고 있는 여러분은 부정적인 감정을 부정으로만 받아들이며 세상이 잘못된 거라고, 내가 옳은 거라고만 주장할 것인가, 아니면 세상이 잘못되었음을 받아들이고 그 감정을 역이용하여 자기계발의 부스터로 활용할 것인가?

네 수준으로는 절대 취업 못 해

이 사건 또한 대학생 때의 일이다. 당시 일곱 살이나 차이 나던 선배와 연애를 하고 있었다. 연애라고 쓰긴 하지만 철저한 상하관계였다. 연인이었지만 나이 차이가 많이 난다는 이유로 말도 못 놓게 했다. 그가 늘 입버릇처럼 하던 말은 “넌 어려서 아무것도 몰라. 그러니 내 말을 들어야 해”였다. 사소한 모든 것을 지적했다.

법대를 다니고 있었던 나는, 선배들이 졸업하고 어느 분야로 취직을 하는지 눈여겨봤다. 대부분 법과 관련된 일을 하지 않고 공무원이 되거나 일반 기업으로 취직을 했다. 나는 어느 쪽으로 진로를 잡아야 하나 고민이 많았다. 내가 무엇을 잘하는지, 무슨 일을 하고 싶은지, 어느 분야로 가고 싶은지조차도 전부 모르던 시절이기에 준비할 게 많았다.

그런 나에게 전 남자친구는 입버릇처럼 폭언을 쏟아냈다.

"야, 공부 좀 해라. 네 수준에 지금 어딜 취업할 수 있겠냐?"

미리 말하자면, 그와는 취업 관련해서 대화를 잘 나누지 않았다. 그조차 취업한 지 얼마 안 되어 굳이 도움받을 것도 없었다. 게다가 나는 스스로 찾아보고 해나가는 걸 좋아하는 성격이어서 다른 사람의 도움이 크게 필요하지도 않았다. 무엇보다 공부는 그보다 내가 더 잘했다.

"네 성적으로는 아무 곳에도 취업 못 해."

"네가 취업 시장을 몰라서 그런 거야. 그렇게 만만한 곳이 아니야."

이런 말로 매일 나를 깎아내리기 바빴다. 계속되는 폭언을 듣고 있자니 자연스럽게 자존감이 낮아졌다. 왜 그런 사람과 연애를 했냐고 물어보면 할 말이 없다. 어렸기에 사람 보는 눈이 없었던 것을 인정한다. 그런 정신적 학대에 시달리다 보니 이 관계에 문제가 많다는 걸 깨달았다. 헤어지자고 하자 또 온갖 폭언과 막말을 쏟아냈다.

"적반하장이네. 너 걱정해서 하는 소리인데 네가 감히 헤어지자고 해?"

가스라이팅을 역이용해 얻어낸 두 번째 결과는 취업이었다. 전 남자친구의 가스라이팅 덕분에 졸업하기도 전에 취업에 성공할 수 있었다. 엄청나게 좋은 일자리는 아니었다. 하지만 스스로의 힘으로 서류와 면접까지 통과할 수 있었던 건 "네 수준으로는 안 돼"라는 말을 매일 되새기며 "아니야, 나는 할 수 있어"라고 매일 되뇌었다. 스스로 이런 에너지를 만들어낸 것이 나에겐 큰 성취감이었고, 졸업

전에 취업을 했다는 것 자체가 대단한 성과였다.

전 남자친구는 내 소식을 듣고 바로 연락을 해왔다. 끝까지 무시하는 말만 쏟아내더니, 취업했다는 소식에 잘못했다며 매달렸다. 다 너를 위한 거였다며, 자극받아서 열심히 하라는 의도였다고 합리화했다. 결국 자신의 잔소리 덕분에 내가 잘된 게 아니냐며, 그래서 우리는 다시 만나야 한다고 말도 안 되는 소리를 하며 말이다.

연인 간의 가스라이팅으로도 자신을 잃어버리는 사람이 많다. 나 또한 몇 년이나 전 남자친구들에게 가스라이팅을 당했기에 잘 안다. 가스라이팅에 시달리던 당시에는 가스라이팅이라고 생각을 못 한다는 게 가장 큰 문제다. 연인은 나에게 가장 가까운 사람, 나를 가장 잘 아는 사람이라는 착각에 빠져서, 나를 위해 하는 말이라는 현혹에 빠져 '설마 나 잘못되라고 하는 소리겠어?' 하고 스스로 합리화해버린다. 그래서 더욱 잘못된 것을 바라볼 수가 없는 게 현실이다. 한창 가스라이팅에 시달리다 보면 어느새 나의 본모습은 다 사라지고, 가해자에게 의존하게 된다. 점점 더 스스로 결단하는 것이 어려워진다. 또한 상대방과 헤어지는 것이 두려워 상대방의 폭언을 견디게 되는 경향이 있다.

하지만 온전한 나를 위해서라도, 내 삶을 위해서라도 가해자의 가스라이팅을 끊어낼 용기를 가져야 한다. 현실을 객관적으로 바라볼 수 있어야 한다. 내가 전 남자친구의 가스라이팅을 알아차리지 못하고 의존했다면 어떤 결과로 나타났을까? 단언컨대 남자친구의 말만 믿으며 '맞아, 나는 지금 취업할 때가 아니야. 나는 무능력해'라는 생각으로 스스로를 망가뜨리고 있었을 거다. 그러다 보면 아무 성과도 없이 졸업을 하고 백수가 되었다는 사실에 자신감도 전부 잃어버리고 부정적인 기운에 휩싸여 더더욱 아무것도 하지 못했을 거다.

지금 와서 그때를 바라보면 내가 얼마나 어리석었는지. 7년이나 더 산 사람이었다면 나를 그렇게 대하면 더더욱 안 되는 거였다는 사실이, 이 나이가 되어보니 보인다.

이 사건을 통해서도 두 가지를 배울 수 있었다. "너는 절대 안 돼"라는 말에 분노가 생길 때, 그 분노를 열정의 에너지로 바꾸어 나에게 적용시키면 무언가를 얻을 수 있는 동기부여가 된다는 것, 나를 갉아먹는 인간관계는 단호하게 끊어내야 온전한 내가 될 수 있다는 것이다.

연인이라고 해서 그가 나를 100퍼센트 아는 것은 아니다. 그의 말이 100퍼센트 옳은 것도 아니다. 나에 대해 가장 잘 아는 사람은 바로 나 자신이다. 그 누구도 나보다 나를 잘 알 수는 없다. 어느 누구도 나보다 나를 더 사랑해줄 수는 없다. 그렇기 때문에 내가 가장 올바른 판단을 내릴 수 있는 사람이라는 걸 기억해야 한다.

"네가 나 없이 뭘 할 수 있을 것 같아?"라는 말로 나를 조종하려 든다면 보여줘라. 너 없어도 많은 것들을 해낼 수 있다는 것을. 그 과정에서 나는 한층 더 성장하고 원하는 것들을 얻어낼 수 있다. 그렇게 되면 똥차 가고 벤츠 올지 누가 알겠는가?

억울하면
영어를 잘하든가

사회 초년생일 때 회사에서 겪은 일이다. 계약직이지만 공개채용으로 기업 시험, 인·적성 및 면접을 보고 입사한 곳이었다. 동기만 30명 정도 되는 큰 회사였고, 이름만 대면 모두가 아는 대기업이다. 모두 같은 조건으로 입사했기에 나이가 많든 적든, 경력이 있든 없든 연봉과 근무 조건이 동일했다. 연봉을 공개적으로 안내를 받고 계약서에도 다 함께 같은 공간에서 동시에 사인을 했다.

그러던 중 충격적인 사건을 접했다. 동기 중에 몇 명이 원래 통보받은 연봉보다 120만 원 높다는 점이었다. 매월 10만 원씩 더 받는 셈이다. 왜 그런가 하고 회사에 물어보니 영문학과를 졸업했다는 이유에서였다. 혹시 모를 영어 업무를 대비해 보너스처럼 나가는 돈이라고 했다. 당연히 이해되지 않는 규칙이었다. 추가로 영어 업무를 담당한 것도 아니고, 자격증이 있는 것도 아니며, 단순히 영문학과를 졸업했다는 이유로 혜택을 받는 건 말이 안 된다고 생각했다.

회사에 물어보니 토익이나 토익스피킹 같은 공인 자격증과는 상관없는 회사 복지라고 답변을 들었다. 입사할 때는 듣지 못했던 이야기였다. 이 소식을 들은 동기는 나에게 와서 "억울하면 네가 영어를 잘하든가"라고 비아냥거렸다.

맞다. 당시 나는 토익 점수도 없었고, 영문학과를 나온 것도 아니었으며, 영어로 작문이나 스피킹을 할 수 있는 능력이 없었다. 영어 업무는 나에게 불가능한 일이었다. 그래도 억울했다. 단순히 영어업무를 할 수 있다는 가능성만으로 연봉에서 차이가 난다는 건 받아들일 수가 없었다. "억울하면 영어를 잘하라"는 말에 바로 영어 학원을 등록했다. 읽고 쓰는 것보다 유용하게 써먹을 수 있는 건 말하기라고 판단해 스피킹 학원을 등록했다. 강제성을 위해 공인 자격증 취득을 목표로 삼았다.

그때 나의 목표는 월급 10만 원을 더 받는 게 아니었다. 영어를 잘하면 다른 더 좋은 기업들에 취직할 수 있다. 아무리 대기업이라고 해도 더 좋은 곳에 갈 실력이 되는데 여기 남아있을 필요는 없다고 생각했다. 그렇게 또 사소한 이유로 시작한 영어 공부는 이직 목표를 갖게 해주었다. 한 달 만에 바로 시험을 치르고 좋은 성적을 받았다. 더 높은 점수를 받고 싶었다. 또 한 달을 더 공부해 원하는 점수를 받았다. 꽤 높은 점수여서 이직을 시도해볼 수 있었지만, 이 과정을 해보니 새로운 꿈이 생겼다. 내 생각보다 나는 스피킹에 재능이 있었고, 무엇보다 내가 즐기고 있었다. 회사에서 쌓인 스트레스를 한 방에 풀어줄 수 있는 신선한 취미 생활이 되었다. 단순히 월 10만 원을 더 받는 것이나 다른 회사 이직에 대한 욕심은 사라지고, 외국에서 살며 새로운 문화를 경험해보고 싶다는 생각이 들었다. 그 생각이 들자마자 이번엔 회화공부에 집중했다. 그렇게 회화공부를 한 지 6개월 만에 기본적인 대화는 가능한 수준이 되었다.

영문학과 출신 사원에게 월급 10만 원을 더 주는 보너스 제도가 있다는 사실을 받아들였다면 나는 아무 발전이 없었을 것이다. 월급 10만 원이 큰 금액일 수도 있지만 사실 그냥 지나칠 수도 있다. 단순히 봐도 학원비가 더 많이 들었을 것이고, 취업 이후부터는 돈보다 더 귀한 자유시간을 투자해가며 공부하지는 않을 것이다.

그런데 나는 했다. 억울했으니까. 그 10만 원을 더 받기 위해 대학교를 다시 입학할 수 없다는 사실이 억울했다. 회사가 말도 안 되는 시스템을 갖고 있다는 불만이 생겼다. 그래서 그대로 지나칠 수 없었다. 그 덕분에 내 인생을 변화시킬 수 있었다. 영어를 한마디도 못했던 내가, 외국인 친구들을 사귀게 되었고 그렇게 다른 문화를 접하다 보니 시야가 넓어지고 사고방식도 바뀌었다. 영어를 할 수 있게 되니 담당할 수 있는 업무의 범위도 달라졌다. 밋밋한 일상에 재미 가득한 취미 생활도 생겼다. 이직할 때 선택할 수 있는 분야도 많아졌다. 10만 원 덕분에 시작한 영어 공부가 해외 거주라는 새로운 꿈을 이뤄주기도 했다.

이 사건은 가스라이팅을 역이용하여 발전한 나의 세 번째 경험이다. 그때마다 '아! 이건 가스라이팅이야! 그러니까 이걸 활용해야 해!'라는 생각을 가졌던 건 아니다. 그저 당시에 속에서 끓어오르던 분노를 자기계발로 풀어냈을 뿐이다. 억울하다는 생각이 들면 그 억울함을 해소하기 위한 노력을 하면 된다고 생각했다. 억울하다며 제자리에서 발만 동동 구르고 있어 봤자 아무것도 변하지 않는다고 생각했다.

하지만 그땐 몰랐다. 그런 사소한 노력들이 내 삶을 이렇게나 바꿔놓을 거라고 말이다.

불만을 갖는 건 좋다. 단지 불만만 가지고 있으면 안 된다. 불만이 생겼을 때 일단 뭐라도 새롭게 도전하는 습관이 중요하다. 뭐가 되었든 무언가 잘못되었다는 생각이 들면, 그것을 올바른 방향으로 이끌어가기 위해 할 수 있는 노력을 해야 한다. 아무것도 하지 않고 "세상 참 그지같다"는 말만 되뇌면, 정말 그지 같은 일들만 몰려온다.

반대로 사소한 노력이라도 시작하면 결국 결과가 온다. 먼지 한 톨을 청소하는 노력이라도 하면 나도 모르는 사이에 모든 게 청소되어 있는 현실을 마주할 수 있다.

"원래 그런 거야. 받아들여."

이런 말에 지지 말자. "원래 그런 게 어디 있어?"라는 마인드로 살아야 한다. 그래야 성장한다. 그래야 내 삶이 조금씩 바뀐다. 세상의 가스라이팅에 지지 말자. 바뀔 수 있다.

호주 워홀 갔다 오면 인생 망하던데?

영어 공부를 시작하면서 새롭게 생긴 목표는 바로 해외 거주였다. 큰 목표가 해외 거주이고, 그 밑에 딸린 작은 목표는 영어 실력 향상과 호주 회사 사무직 경험이었다. 최대한 빨리 출국하고 싶었고, 알아보다 보니 빠르게 갈 수 있는 나라는 호주뿐이었다. 당시 스물일곱이었기에 다른 나라에 워킹홀리데이 서류를 접수하고 합격할 때까지 느긋하게 기다릴 여유가 없었다. 그렇게 호주로 떠나기로 했다.

호주로 떠나기 전 준비 기간은 1년이었다. 해외에서 살고 싶다는 생각이 들자마자 한 달 이내로 비자 신청 및 건강 검진까지 모두 끝마쳤지만, 그 이후로는 단단히 준비하고 싶었기에 서두르지 않았다. 1년 동안 영어 공부에 매진하고 호주에 대한 정보를 더 쌓고 싶었다. 그렇게 준비하는 사이 주변에서 안부를 물어올 때마다 호주 워홀 준비하고 있다고 대답했다. 다들 "호주 워홀 별로라던데?"라는 반응을 건넸다. 극단적으로 말하는 게 아니다. 정말 그랬다.

“여자가 호주 갔다 오면 뻔하지 않나?”

“호주 갔다 오면 인생 오히려 망하던데?”

“시간 낭비만 하는 거 아니야?”

“서른이나 먹고 왜 굳이 외국을 가?”

초반엔 이런 말에 많이 휘둘렸다. 인종 차별이 심하다는 말에 무서웠고, 동양인은 구할 수 있는 일이 한정되어 있다는 말에 잘 적응할 수 있을까 걱정이 생겼다. 성적인 편견을 받는 것도 걱정되었고, 가서 정말 오렌지만 따다 오면 어쩌지 하는 두려움이 계속 커졌다.

하지만 늘 그랬듯이 이러한 감정을 역이용하기로 했다. 그러한 가스라이팅 혹은 잘못된 편견을 한 방에 잠재울 수 있는 건 성공적인 워킹홀리데이 생활을 하는 것이다. 나의 워홀 목표는 돈이 아니었기에 오직 호주 회사에 다니는 것에 집중했다. 그 덕분에 영어 실력은 더욱 빠르게 향상되었다.

현실은 정말 녹록지 않았다. 막상 호주로 떠나보니 사람들 말이 맞았다. 인종 차별은 정말 심했고, 동양인으로서 일을 구한다는 것은 불가능에 가까웠다. 가끔 친절한 호주 사람들은 인터뷰 도중 나의 비자 상태가 워킹홀리데이 비자라는 것을 듣고 조언을 해줬다. 한국에서 3년이라는 시간의 사무직 경력이 있고 영어도 잘하기 때문에 비자만 바꾸면 어렵지 않게 취업할 수 있을 거라는 팁도 들을 수 있었다.

“그 비자로는 우리나라에서 사무직 구하는 건 어려울 거야. 비자가 너무 불안정하고 단기 비자여서 아무도 너를 고용하고 싶어 하지 않을 거야. 취직을 하고 싶다면 비자 컨디션을 바꿔보는 걸 추천해."

문제는 워킹홀리데이 비자에서 바꿀 수 있는 건 학생 비자뿐이라는 사실이다. 돈도 많이 들어간다. 이미 워킹홀리데이를 준비하는 것에 있어서 1천만 원이 넘게 들어갔는데, 학생 비자에 그 큰 금액을 추가로 들일 수는 없는 상황이었다. 더군다나 일생에 단 한 번밖에 받지 못하는 워킹홀리데이 비자를 이런 식으로 포기할 수는 없었다. 아무도 안 될 거라고 했다. 불가능하다고 했다. 워킹홀리데이 비자를 가진 한국인은 절대로 호주 회사에서 사무직으로 근무할 수 없을 거라고 했다. 그 말에 또 내면에 화가 차오르고 있었다.

이 부정적인 에너지를 활용할 때라고 생각했다. 또다시 '나는 할 수 있다'라는 마음을 가지고 호주 구직 사이트에 있는 모든 사무직 구인공고에 이력서를 넣었다. 한인 사이트에 올라와 있는 사무직에도 전부 이력서를 돌렸다. 워킹홀리데이 기간 동안 지원한 이력서는 약 200개가 넘는다. 대면 면접 및 전화 면접 모두 포함하여 50번 정도의 면접을 보았다. 이러한 각고의 노력으로 호주 회사 세 곳에서 새로운 경험을 쌓을 수 있었다. 처음 일한 회사는 직원의 90퍼센트가 서양인들이었는데, 한국 사람 중 워킹홀리데이 비자를 가지고 입사한 사람은 내가 처음이라고 했다. 모두가 안 된다고 했지만 해낸 것이다!

지금에서야 이렇게 웃으면서 말할 수 있는 좋은 추억이지만, 당시에는 정말 힘들었다. 포기하고 싶은 날이 하루 이틀이 아니었다. 타국에서의 삶은 본국에서 살아가는 것보다 몇 배 힘든 일이었고, 돈이 없어서 한국에서 카드론을 빌려 하루하루 버텨갔다. 돈만 생각했으면 벌써 포기해야 했다. 중간에 의지가 흔들려서 내가 원하던 일이 아닌 청소, 식당, 카페, 판매 등 한국 사람이 흔히 거치는 일을 하기도 했다. 하지만 그렇게 시간을 보내다 보니 다시는 오지 않을 소중한 기회를 놓치고 있다는 생각이 들어, 다시 정신 차리고 끝까지 도전했다.

호주 회사의 경험은 돈을 가져다주지는 않았다. 힘들게 들어간 회사는 하루아침에 나를 해고하기도 했다. 하지만 이러한 경험으로 쉽게 배울 수 없는 것들을 몸으로 깨달을 수 있었다. 모두가 안 된다고 했던 목표를 이뤄냈다는 성취감은 그 이후로도 '모든 일의 성과는 전부 나의 의지에 달렸다'는 것을 늘 상기시키며 살아가도록 해주었다.

누군가에겐 이러한 내 삶이 해피엔딩이 아닐 수도 있다. 왜냐하면 결국에 나는 3천만 원이라는 큰 빚을 지고 한국에 돌아왔기 때문이다. 그러나 나는 이때의 경험을 성공적이라고 말한다. 내가 목표했던 영어 실력 향상과 호주 회사의 사무직 경험은 달성했기 때문이다. 하나를 얻으면 하나를 잃는 건 당연하다고 생각한다. 애초에 돈을 벌려고 간 게 아니었기에 많은 것을 배울 기회였다.

모두가 가는 길로 똑같이 가지 않았던 그 자체로 만족스럽다. 다른 사람들이 만든 길로 편하게 갈 수도 있었지만 그러고 싶지 않았다. 편하게 살 거였다면 애초에 한국을 떠나지도 않았을 테니. 나의 한계를 시험하고 싶었다. 어디까지 이룰 수 있나 나 자신을 테스트해보고 싶은 마음도 있었다. 사람들의 근거 없는 반대에 반항심이 가득했고, 나는 꼭 이룰 수 있다는 것을 증명해내고 싶었다. 이처럼 가스라이팅은 늘 나에게 좋은 연료가 되어주었다.

까라면 까, 뭔 말이 많아

회사생활 10년 동안 견디기 힘들었던 말 중 하나다. 예전부터 그랬던 건 아닌데, 사회생활을 시작하면서부터 "왜?"에 대해서 많이 생각하게 되었다. 나는 새로운 일이 주어지면 질문을 자주 했다.

"회사에서 바라는 최종 목적은 무엇인가요?"

"이 일을 해야 하는 이유가 무엇인가요? 방향성을 잡기 위해 알고 싶습니다"

그때마다 상사는 이렇게 대답했다.

"까라면 까는 거지, 뭔 말이 그렇게 많아? 일하기 싫어?"

대표로부터 돈을 받고 하라는 대로 하면 된다. 그것도 맞는 말이다. 하지만 우리는 명령만 입력하면 그대로 결과를 내뱉는 기계 부품이 아니다. 생각을 하는 사람이다. 동료들은 회사가 이런 식으로 대할 때마다 받아들였다.

"그래, 하라면 그냥 하는 거지. 우리가 뭐 비전 같은 걸 생각해?"

하지만 나는 생각이 달랐다. 어차피 하는 일, 내가 어디로 가고 있는 건지는 알고 일을 처리하고 싶었다. 새로운 일을 하기 싫어서가 아니라 어떤 부분에 내가 더 노력을 하고, 어디를 더욱 중점적으로 신경 써야 하는지 알고 시작해서 시행착오를 줄이고 싶었다. 물론 말단 직원 나부랭이가 생각을 해봤자 얼마나 큰 생각을 하겠냐마는, 현재 나의 위치에서 발전할 수 있는 부분이 있다면 노력하고 싶었다. 내가 발전하는 건 곧 회사의 발전이고, 회사가 성장하면 나 또한 같이 성장한다는 생각이었다.

하지만 내가 처음 직장생활을 하던 때인 10년 전이나 10년 후나 회사라는 조직은 크게 바뀌지 않았다. 앞으로도 드라마틱하게 변화할 거라고 기대하지 않는다. 예전보다는 사람들의 인식이 많이 변화하고 있지만, 그건 개개인의 차이일 뿐이다. 전체적으로는 더욱 후진국으로 가고 있다는 생각이 든다. 회사 발전을 위해 책임감과 사명감을 갖고 일하는 사람이 적어지고 있다. 이제는 다들 회사생활, 사생활을 철저히 나누어 회사 발전은 회사 몫이고, 나의 발전은 내 것이라는 생각이 강하다. 이런 슬픈 현상 또한 사회가 만들어낸 결과가 아닐까 생각해본다. 회사는 시키면 시키는 대로 하는 직원을 채용하고 싶어 하고, 직원은 최대한 적게 일하고 많이 받기를 원한다. 더군다나 회사에서 일을 배우고 싶어 하지 않고, 자기계발은 개인 시간에 별도로 하는 추세가 강해졌다. 서로의 최종 목적이 다른데 어떻게 결과가 좋을 수 있을까?

회사가 “왜?”에 대해서 알려주지 않을수록 나는 점점 더 알고 싶어졌다. 이건 회사 다닐 때부터 생겼던 습관 중 하나인데, 새로운 일을 접하거나 해야 할 일이 생기면 “왜?”부터 생각하고 분석하는 버릇이 있다. “까라면 까”라는 가스라이팅을 역이용해 “왜 까라면 까야 돼?”라는 태도가 생겨 일에 접근하는 방향성이 달라진 것이다. 일을 잘하는 사람들은 “왜?”를 생각하고 그다음 “무엇을”, “어떻게” 순서로 일 처리를 한다고 한다. 반대로 일을 못하는 사람들은 “무엇을” 먼저 떠올리고 그다음 “어떻게” 순서로 일을 처리한다고 한다.

쉽게 말하면 왜 이 일을 해야 하는지 목적을 먼저 생각하고 그다음 이 일의 목적에 가장 가까운 결과가 나올 수 있는 방법을 정하는 것이 시행착오를 줄이고 효율성을 높이는 방법이다. 반대로 어떤 일을 먼저 할 것인지를 생각한 다음 이 일을 하기 위한 이유를 설정하는 것은 방향성을 잘못 잡아 일을 처리하기까지의 시간이 더욱 오래 걸린다. 안타깝게도 대부분의 회사는 일을 시키는 방식이 “이거 해와! 방법은 네가 생각하고!” 하는 식이다. 정작 알아야 할 목적이나 이유에 대해서는 잘 알려주지 않는다. 꼭꼭 숨겨야 하는 1급 비밀처럼 여긴다.

나는 이때 배운 태도 덕분에, 1인 사업가로 홀로서기를 하게 됐을 때 크게 헤매지 않을 수 있었다. 아무것도 정해지지 않았을 초창기 시절, 가장 중요하게 생각했던 것은 “왜?”였다. 내가 책을 쓰는 이유, 작가가 되고 싶은 이유, 이 사업을 하고 싶은 이유, 이 사업으로 이뤄내고 싶은 목표를 생각하며 하나씩 체계를 만들어 나갔다. 중간에 길을 잃을 때도 늘 "왜?"를 떠올리며 빠르게 옳은 방향으로 되돌아올 수 있었다. 이 또한 회사생활 10년 동안 "까라면 까"의 가스라이팅에 시달리지 않았다면 배울 수 없을 태도다. 동료들처럼 "회사에서 하라니까 해야지" 하는 태도로 임했다면 갑작스럽게 퇴사하고 세상 한가운데 내던져졌을 때 아무것도 하지 못했을 거라 생각한다. 그동안 회사에서 배운 게 "무엇을"부터 설정하고 "어떻게"를 찾는 것이었기에 그런 식으로 접근했을 거다. 그럼 지금보다 훨씬 더 돌아와야 했을지도 모른다.

이처럼 우리가 일상에서 겪고 있는 잘못된 인식들, 사회가 만든 틀 안에 갇혀 그대로 받아들이고 생활하기보다는, '이건 아닌데?'라는 생각이 들면 그 에너지를 바꿔서 좋은 방향으로 흘러갈 수 있도록 하는 태도가 중요하다. '모두가 이 길로 가니까 나도 이 길로 따라가야지'가 아니라, '모두가 이 길로 간다고 왜 나까지 이 길로 가야해?'라는 반항적인 태도가 중요하다.

우리는 모두가 가스라이팅을 당하며 산다. 하지만 가스라이팅에 익숙해지면 아무것도 성장하지 않는다. 속지 말자. 세뇌당하지 말자. 분명 더 나은 삶을 만들 수 있다.

요즘은 개나 소나
다 책 쓴대

책을 쓴다고 하는 내 면전에 대고 설마 지인이라는 사람이 했을까 싶은 거친 말이지만, 실제로 들었던 말이다. 퇴사하고 사람들이 근황을 물어볼 때 당당하게 책을 쓰고 있다고 했다. 처음 글을 쓰기 시작했을 때, 책을 내고 싶다고 마음을 먹었을 땐 어떻게 원고를 써야 하고, 투고를 어떻게 해야 하는지도 몰랐을 때였지만 무조건 된다는 자신감이 있었다. 다만 "요즘은 개나 소나 다 책 쓴대"라는 말을 듣기 전엔 막연히 '언젠가 책을 내겠지'라는 생각이었다면, 이 말을 듣고 난 이후엔 '1년 안에 무조건 내 이름으로 된 책을 출판해서 내 가치를 증명해 보이겠어!'라는 독한 마음을 먹게 되었다.

"개나 소나" 덕분에 내 이름으로 된 책을 출판하게 되었다. 경험도 경력도 없지만 스스로에 대한 믿음 하나만으로 이뤄낸 결과이다. 정식으로 글을 써본 적도 배운 적도 없다. 원래부터 작가가 꿈이었던 것도 아니다. 그저 내가 겪은 아픔에 대해서 세상에 공유하고 싶었다. 나의 이야기가 누군가에게 꿈과 희망이 된다는 것을 알게 되면서부터는 사명감도 가지게 되었다. 나의 경험이 다른 사람에겐 유용한 정보가 된다는 점도 책을 쓰는 것에 동기부여가 되었다. '이런 게 무슨 정보가 될까?'라고 생각하며 글을 쓰지 않았다면 생기지 않았을 일이다. 주변에서 상처를 줄 때도 멈추지 않았다. 이런 뾰족한 말들이 내 꿈에 날개가 되어주었다.

"네가 무슨 책이야?"

"책은 아무나 써?"

"네 책 내주는 그 출판사는 알 만하다."

작가가 될 수 있었던 이면에는 다른 가스라이팅도 있었다.

"네가 우리 회사 나가서 무슨 일을 할 수 있는데? 어느 회사에서 널 받아주는데? 우리 회사니까 너 받아주는 거야."

끊임없이 무시하고 짓밟던 팀장 덕분에 새로운 꿈을 꿀 수 있었다. 이런 괴롭힘이 있기 전까지는 나름대로 나 자신에 대한 자부심이 컸다. 회사에서 책임감을 가지고 열심히 살아가고 있다는 사실에 만족하며 월급 200만 원에 불만 없이 잘 살고 있었다. 하지만 나날이 심해지는 팀장의 괴롭힘과 가스라이팅은 나 자신을 다시 돌아보게 되는 계기가 되었다.

'맞아, 내가 이 나이에 나가서 어떤 일을 할 수 있을까?'

이런 생각에 작아지던 시기도 있었지만, 이내 분노가 일었다.

'도대체 저 사람이 뭔데 나의 가치를 판단하는 거야? 억울해서라도 저 사람보다는 잘 살아야겠어!'

늘 그랬듯 이번에도 그 분노를 역이용하기로 했다. 역시나 나의 공식은 맞아떨어졌다. 이런 상황이 계속 반복되니 이제는 분노를 이용해 목표를 이루는 방법에 대해 완벽하게 터득했다. 앞으로도 이런 상황이 오면 얼마든지 활용할 자신이 있다.

어떤 상황에서도, 어떤 가스라이팅을 마주하더라도 우리에겐 그 가스라이팅을 이겨낼 힘이 있다는 걸 자세하게 알려주고 싶었다. 사소한 상황이라 하더라도, 누군가 나를 짓밟거나 무시하는 경험을 마주할 때 기분 나쁘다고 피하지 말고 '저렇게 말하는 사람에게 내가 얼마나 대단한 사람인지 보여주겠어'라는 마음을 가졌으면 좋겠다. 나이기에 이런 결과들을 이뤄낸 거라 생각하지 않는다. 누구든지 억울하고, 분한 마음이 들 때 앞으로 나아가는 발만 내딛는다면 해낼 수 있는 결과다.

"개나 소나 다 책 쓴대."

"그럼 너는 개도 소도 안 되는 거야? 그건 개와 소에 대한 모욕이야."

이렇게 되받아칠 깡따구는 가지고 있어야 한다. 아무나 쉽게 할 수 있는 일을 왜 너는 안 하는지 짚어줄 수 있어야 한다. 사람들에게 나의 에너지를 뺏길 게 아니라 사람들의 에너지를 내 쪽으로 가져와야 한다. 그래야 내가 쑥쑥 클 수 있다. 상대방이 늘 나를 배려해줄 거라고 착각하지 말자. 세상은 그렇게 친절하지 않다. 본능적으로 누군가가 잘되는 모습을 보면 배가 아프기 마련이고, 앞에서 축하해 주며 뒤에 가선 욕하는 게 인간이다. 나보다 잘되는 게 싫은 마음에 자존감 무너뜨리는 이야기를 서슴없이 하고, 상처 되는 말들을 팍팍 꽂는 사람들이 더 많은 게 현실이다. 그런 사람은 모두 멀리하고 싶지만, 모두를 차단할 수 없다면 내가 바뀌는 게 가장 빠르지 않을까? 그렇게 제자리에 머무르는 사람들을 제치고 앞으로 나아가면 그게 진정한 위너가 아닐까?

꼭 굳이 상처되는 말들을 돌려줄 필요가 없다. 시간이 지나 어디까지 와있는지 잠시 뒤를 돌아봤을 때, 내 뒤에 줄줄이 서 있는 그 사람들을 보며 여유 있게 웃어주면 그게 이기는 거다. 그렇게 우아하게 갚아주기 위해서는 가스라이팅을 역이용하는 방법을 깨달아야 한다. 자존심에 상처 입고 나를 잃어버리게 하는 그들의 악의적인 감정을 반대로 활용해보자.

열심히만 살아서는 답이 없다

스무 살 때부터 마지막 회사를 퇴사하던 서른세 살까지, 14년 동안 '열심히'로는 어디 가서도 빠지지 않을 정도로 잠도 줄여가며 정말 열심히 살아왔다. 대학교 4년 내내 명절, 주말, 크리스마스, 공휴일에는 쉰 적이 없다. 취업하고 처음으로 주말에 쉬었을 때 너무나 행복했다. 그만큼 치열하게 대학 생활을 했고, 남들보다 취업에 일찍 성공하고도 가난한 집안 사정을 메꾸기 위해 생활비를 보탰다. 호주 워홀, 유학 생활도 전부 내 돈으로 다녀올 만큼 부모님에게 아무런 지원도 받지 않고 하루하루 낭비하는 시간 없이 정말 열심히 살았다.

그렇게 열심히 살아온 결과로 남은 것은 서른세 살 퇴사 그리고 마이너스 통장이 전부였다. 그마저도 퇴직금으로 나온 돈으로는 빚을 갚기에 빠듯했다. 무려 14년이나 달려왔는데 나에게 남은 거라곤 마이너스 통장과 30대 중반 백수 타이틀이라니.

비참했지만 무너지고 싶지 않았다. 문득 그런 생각이 들었다.

'열심히 산 결과가 이렇다면, 열심히만 살아서는 안 된다는 게 아닐까?'

열심히 사는 것과 잘 사는 것은 크게 관련이 없다고 느껴졌다. 그래서 다짐했다. 이제부턴 열심히 살지 않겠노라고. 대신 잘 살도록 노력할 거라고. 그 시작으로 책을 읽기 시작했고, 성공한 사람들의 이야기를 들으며 매일 공부했다. 그렇게 성공한 사람들의 공통점을 발견했다. 그들은 열심히 살지 않는다는 점이다. 대신 똑똑하게 산다. 남들보다 적게 일하지만 돈은 훨씬 많이 벌면서, 돈이 돈을 버는 시스템을 여러 개 가지고 있다. 그러니 돈으로부터 자유로우면서도 자신이 원하는 삶을 산다.

이 사실을 깨닫고 열심히만 사는 것은 정말 바보 같은 일이라는 생각이 들었다. 열심히 사는 사람들을 욕하려는 건 절대 아니다. 하지만 보통의 평범한 사람들은 "열심히 살아야 한다"라고 생각하고, "돈은 노동으로 땀 흘려 벌어야만 정직한 거야"라고 합리화한다. 그것도 일종의 사회적인 가스라이팅이다. 그러한 분위기에 익숙한 나도 직장인으로서 하루 종일 내 시간을 직장에 헌납하고 한 달 내내 노예 생활을 해서 받는 대가가 월급이라고 생각했다. 여태껏 이런 논리에 불만이 없었다.

하지만 이제는 다르다. 현실을 알고 보니 내 시간만 헌납하는 것이 아니라 내 인생 전체를 회사에 바쳐야 했다. 그것도 평생. 정신적인 구속과 폭력을 당하고도 다 견뎌내야 한다. 그러지 않으면 퇴사라는 낭떠러지로 밀려 떨어지니까. 월급을 받는 존재라는 이유로 마음이 갈기갈기 찢기고, 칼에 찔리고, 화살이 심장에 꽂혀도 참아내야 하는 게 직장인이다. 우리 모두 그렇게 열심히 살아낸다. 하지만 결과는 어떠한가? 여기서도 가스라이팅을 깨부숴보면 어떨까 하는 생각이 들었다. 꼭 돈을 직장에서만 벌어야 하는 것일까? 다른 방법이 있는지부터 알아가기로 했다.

계속 강조하지만 나는 반드시 퇴사해야 한다는 메시지를 전하려는 게 아니다. 직장을 떠나는 것이 정답이라고 말하는 게 아니다. 하지만 언젠가 퇴사할 날을 생각하며 나만의 삶을 준비할 필요는 있다. 정말 아무 탈 없이 운 좋게 정년까지 회사생활을 한다고 한들 매달 받는 월급으로 노후를 준비할 수 있을까? 평생 하나의 일에만 매달리던 상태에서 정년퇴직을 하고 난 뒤 어떤 일을 할 수 있을까? 누구나 나이를 먹고 퇴직을 해야 하는 시기가 온다. 그렇다면 지금부터 미리 준비한다면 추후 있을 도전에 큰 도움이 되지 않을까? 퇴사에 초점을 맞추기보다는 나만의 삶을 살아갈 준비라고 생각해주었으면 한다.

직장의 의미가 과거와는 많이 달라졌다. 예전에는 땀 흘려 돈 버는 것이 전부였다면, 요즘의 직장은 커리어 향상을 위한 아카데미 같은 느낌, 혹은 나의 사업을 오픈을 위한 중간 단계 정도로 개념이 바뀌었다. 평생직장이라는 것은 더 이상 없다. 직장에만 인생을 올인하고 다니는 것은 매우 위험하다. 그럴수록 가스라이팅을 더 쉽게 당한다. 내 인생을 갈아서 쏟아부은 만큼 보상에 대한 간절함도 커지지만, 회사가 나의 욕구나 욕망을 모두 채워줄 수는 없다. 그럴 의무도 없다.

차라리 그 열정을 나의 삶을 위해 써보면 어떨까? 근무시간 내에 다른 일을 하라는 것이 아니다. 회사에서 일해야 하는 시간 동안에는 당연히 근무에 집중하고, 나머지 시간에 내 삶을 위해 투자하라는 것이다. 점심시간을 활용하면 매일 30분씩 확보할 수 있다. 나는 도시락을 싸들고 다녔기에 1시간을 다 활용할 수 있었다. 매일 30분씩 나를 위해 책만 읽어도, 일주일에 1권은 읽을 수 있다. 그 책 1권이 어떻게 내 인생을 다른 곳으로 데려다줄 것이라고 의심하는가? 의심하는 시간에 책을 읽어보면 된다. 그럼 어떻게 되는지 알게 될 테니.

퇴근 후 사이드 프로젝트를 시도하거나, 자기계발 공부를 하는 등 도전하는 시간을 매일 2시간씩만 잡아도 평일 기준 10시간을 확보할 수 있다. 그렇게 1년을 모으면 730시간을 나를 위해 쓸 수 있다. 그 730시간 동안 이뤄내는 것이 단 하나도 없을까? 실력은 복리로 불어나기 때문에 성장 속도가 투자한 시간에 비례하지 않는다. 어마무시하게 성장한다.

그렇게 나를 위해 집중하면 나 자신을 좀 더 단단하게 만드는 기반이 된다. 조그마한 것부터 성취감을 느끼고, 자신감을 얻은 후엔 자존감이 올라가게 된다. 그렇게 차근차근 쌓아올린 자존감은 쉽게 무너지지 않는다.

직장에서 사람들이 가스라이팅을 하는 것을 역이용하는 것부터 시작해보자. "넌 왜 그렇게 멍청하니?"라고 하면, 똑똑해지기 위해서 해당 분야에 대해 공부부터 시작해보자. 나중엔 회사에서 제발 퇴사하지 말라고 매달릴지도 모른다.

이 세상에 열심히 살지 않는 사람은 없기에, 열심히만 살아서는 변화할 수 없다는 현실을 받아들여야 한다.

나이가 많아서 안 된다면, 저는 오늘부터 한 살입니다

무언가 새로 시작하려고 할 때마다 "그 나이에 뭘 한다고 그래?"라며 사람들은 나를 끌어내렸다. 그 말을 들을 때마다 유독 스트레스를 심하게 받아 몸이 아플 정도였다.

'내가 하겠다는데 왜 다른 사람들이 난리지?'

나중에는 주변에 알리지 않고 혼자서만 하는 일도 종종 있었다.

사람들은 무언가를 새로 도전하는 것을 두려워한다. 대부분 일의 결과가 좋지 않아 그동안 들인 노력과 시간이 무의미해지면 어떡하나 하고 걱정한다. 하지만 새로운 목표를 향해 달려가는 동안 새롭게 배우는 무수한 경험이 전부 나의 경험치로 쌓인다. 당장 눈에 띄는 성취는 없더라도 나중에 언젠가 그 힘을 발휘할 때가 온다. 그러니 과정이 무의미해질까봐 걱정하지 않아도 된다.

그런 두려움을 깨뜨리기 위해서는 처음부터 목표를 낮게 잡는 것도 도움이 된다. '무조건 실패할 거야!'라고 생각하든 '무조건 성공할 거야!'라고 생각하든 둘 다 위험한 것은 마찬가지다.

작가가 되는 도전 앞에 내 나이는 한 살이다. 아직 1년이 안 되었으니, 내가 쓴 글이 세상에 나오는 것만으로도 행복할 일이다. 그렇다고 해서 책 자체에 만족하면 끝일까? 아니다. 기왕이면 베스트셀러가 되었으면 좋겠다. 돈을 많이 벌기 위해서보다는 10년 동안 가스라이팅을 겪어보았던 당사자로서 나의 이야기가 많은 사람에게 전달되어 조금이라도 세상이 바뀌는 데 영향을 미쳤으면 좋겠다. 가스라이팅을 하는 사람들에게도, 가스라이팅을 당하는 사람들에게도 나의 메시지가 전달되어 모두가 세상을 조금씩 바꾸는 노력을 하게 되었으면 좋겠다. 한 살치고는 꿈이 너무 크지 않은가? 한 살이라고 해서 걸음마에 실패할 것이라는 생각은 안 하고 싶다.

회사를 퇴사한 후 1년 동안은 온라인 마케팅 일을 하며 생계를 이어갔다. 회사에서의 10년 동안 마케팅의 '마' 자와 관련된 일은 해본 적도 없다. 사람들에게 마케팅 일을 하고 있다고 하면 작가가 된다고 했을 때보다 더 놀랐다. 일단 사람들은 '안 해본 걸 어떻게 직업으로 해?'라고 생각하기 때문이다. 우리 모두 처음 취직할 때는 경력이 없다. 그래도 시작하지 않았는가? 우리가 지금까지 경험한 모든 일의 처음은 늘 있었다. 익숙해져서 기억하지 못할 뿐이다.

이렇게 접근해보면 어떨까? 익숙해지면 되는 거다. 지금 하는 일의 처음이 기억나지 않을 정도로 익숙해져 있는 것처럼, 새로운 도

전도 익숙해지면 좀 더 쉬워지지 않을까? 그러한 마음으로 도전하면 조금 덜 무섭지 않을까? 이러한 사고방식으로 접근하는 건 나만의 도전법이기도 하다.

나는 10년 넘게 새로운 일에 도전하며 살아왔다. 그럴 때마다 사람들은 똑같은 반응을 보여왔다. 정말 재미있는 건 매년 나이를 먹어갈수록 그 말을 들었다는 거다. 10년 전에도, 지금도 매번 똑같은 반응이다.

"넌 나이도 많으면서 뭘 또 새로운 걸 해? 나이는 더 먹어갈 텐데, 이제 자리 좀 잡지 그래?"

이런 말을 매년 듣다 보니 자연스럽게 도전의식이 생겨났다.

"그럼 지금이 내 인생에서 가장 젊은 날이라는 거네? 아주 좋아!"

그래서 어떤 일을 하든 나이 때문에 해도 될지 걱정은 전혀 하지 않는다. 이런 사고방식이 생긴 것도 사람들의 가스라이팅을 역이용한 덕분이다. "난 나이가 많아서 안 돼"라고 말하는 사람들을 보며 "한 살이라도 어릴 때 해봐야지!"라는 마음을 먹게 된 것이다. 그 덕분에 뒤처지는 사람들 사이에서 계속해서 앞으로 치고 나갈 수 있게 되었다.

최근에 한 사진 작가님과 이야기를 나누게 된 일이 있었다. 그분께서 해주신 말이 너무 인상 깊어서 내내 맴돈다. 아이가 자라는 모습을 보면 처음엔 기어다니는 것도 어려워한다. 그러다가 어느 날 뒤집기를 시도하더니, 제자리에 두 발을 딛고 선다. 하지만 다리에 힘이 없는 아기는 금방 털썩 주저앉으면서도 계속 두 발을 딛고 서려고 노력한다. 우리가 새로운 도전을 할 때 이런 모습이 아닐까. 제자리에 서지도 못하던 아이가 어느 순간 자기의 마음대로 걸어다니고, 뛰어다닌다. 그 모습을 보며 나도 더 이상 늦지 않았다는 생각을 하셨다고 한다.

그리고 이런 말도 덧붙이셨다. 이렇게 사람들은 어렸을 때 기어다니고, 뒤집기를 하고, 제자리에 서는 그 과정이 있었다는 것을 잊고 산다. 그리고 무언가 새로운 것을 할 때 이 앞의 과정을 전부 넘기고 처음부터 뛰어다니고만 싶어 한다. 그러니 자꾸 넘어지고 다치기 마련이다. 그 당연한 원리를 기억하지 못한다고 하셨다.

그 이야기가 너무 마음속에 들어와서 잊히지 않는다. 나도 늘 새로운 도전을 할 때면 넘어지는 걸 당연하게 생각하며 부딪혔다.

"난 오늘부터 한 살이다!"

나이가 어리다고 무조건 성공하는 것도 아니며, 나이가 많다고 무조건 실패하는 건 더더욱 아니다. 오히려 나이가 많을수록 인생의 경험이 많고 통찰력이 쌓여 있기에 어릴 때보다 성공으로 발전시킬 가능성이 높다. 자신을 믿고 앞으로 나아갔으면 한다. 우리는 생각보다 어마어마한 힘을 가지고 있다. 무엇이든 이뤄낼 수 있는 능력을 가지고 있다.

세상이 가스라이팅 하면, 가스라이팅 당해주자. 그리고 그 에너지를 바꾸어서 나의 성장에 활용하자. 그렇게 딱 1년만 살아봐도 이전과는 180도 달라진 인생을 보게 될 것이다.

chapter 4

가스라이팅으로 성공한 사람들

가스라이팅 당해도 성공할 수 있다

'코끼리 사슬 증후군(엘리펀트 신드롬)'에 대해 들어본 적이 있는가? 인도에서는 어린 코끼리를 훈련시킬 때 다리에 굵은 쇠사슬을 묶어 말뚝에 걸어놓고 키운다고 한다. 어린 코끼리는 답답하니 어떻게든 그 쇠사슬을 풀어보려고 하지만, 어린 코끼리의 힘으로 풀리지 않는다. 처음엔 벗어나려 몇백 번, 몇천 번을 시도하지만 이내 포기하고 만다. 이런 과정이 반복되면서 코끼리의 머릿속엔 '이 사슬은 풀리지 않는다'는 인식이 생긴다. 게다가 이 어린 코끼리가 다 자라서도 도망갈 생각을 하지 않는다. 어릴 때 배웠던 불가능이 학습되었기 때문이다.

코끼리 사슬 증후군과 비슷한 '벼룩 효과'에 대한 이야기도 있다. 벼룩은 본래 1미터 이상 뛸 수 있는 능력을 가지고 있다. 그래서 한 과학자가 실험을 했는데, 30센티미터 높이의 컵 안에 벼룩을 가두고 뚜껑을 덮어 벼룩이 나오지 못하도록 했다. 1미터를 거뜬히 뛸 수 있는 벼룩은 탈출하기 위해 몇 번이고 뛰어보지만 계속해서 뚜껑에 부딪힌다. 벼룩은 점점 낮게, 30센티미터보다 낮게 뛰기 시작했다. 이후 과학자는 벼룩이 나올 수 있도록 뚜껑을 치웠지만 이미 여러 번 실패를 경험한 벼룩은 1미터는커녕 30센티미터 컵을 넘는 높이로는 절대 뛰지 못했다. 코끼리와 마찬가지로 벼룩도 불가능이 학습된 것이다.

이 두 가지 이야기에서 얻는 교훈은 무엇일까? 우리의 모습과 너무 닮지 않았는가? 무기력도 학습된다. 부정적인 사고방식도 오래되면 나의 사고를 지배하게 된다. 우리는 아주 어렸을 때부터 "안 돼, 하지 마, 위험해, 그만해, 조용히 해, 가만히 있어"처럼 무언가를 제한하는 부정적인 말을 많이 들으며 자란다. 이런 이야기를 20년 넘게 들으면서 커온 우리의 모습이 발목에 쇠사슬이 채워져 있는 코끼리와 닮지 않았을까? 처음에는 외부 환경으로 인해 불가능을 경험하지만, 환경이 바뀌었음에도 불가능은 가능으로 바뀌지 않았다. 자신의 가능성을 제한하고 포기하는 것은 결국 '나 자신'이라는 걸 깨달아야 한다. 이처럼 가스라이팅에 지배당하지 않기 위해서 나의 마음가짐이 중요하다.

SNS에 직장 내 가스라이팅에 대한 글을 쓰고 나서부터 이러한 질문을 많이 받는다.

"회사에서 괴롭힘을 당해서 결국 퇴사했는데, 과연 제가 홀로서기를 할 수 있을까요? 자신이 없어요."

"회사 밖으로 나와보니 내가 원래 어떤 사람이었는지 기억나질 않아요. 나를 되찾을 수 있을까요?"

물론이다. 당연히 홀로서기 할 수 있다. 당연히 본래의 나를 되찾을 수 있다. 팩트는 이렇다. 할 수는 있지만, 오랜 시간이 걸린다. 많은 사람이 가스라이팅을 당하던 환경에서 벗어나면 바로 본래의 모습과 일상을 되찾을 거라 생각한다. 그런 생각으로 변화하려고 하면 한계에 부딪히게 된다. 죽을 만큼 노력하고 있는데 아무것도 변하지 않는 현실에 좌절하고 섣부르게 판단해 과거로 돌아간다.

'내가 그렇지 뭐. 살던 대로 살아야겠다.'

자기 스스로 가스라이팅 소굴에 다시 들어간다.

우리가 당한 가스라이팅은 고작 1~2년이 아니다. 아주 어렸을 때부터 집에서, 학교에서, 친구들로부터, 세상 속에서 학습한 무기력이라는 걸 기억하자. 이렇게 살아온 게 20년 이상인데, 고작 2주 노력하고 아무것도 변하지 않는다고 좌절하지 말자. 20년 동안 학습된 뇌 구조를 변화시키기 위해서는 최소한 몇 년은 걸릴 거라는 각오로 싸워야 한다. 변하기로 마음먹었다면 포기하지 않고 싸워야 한다.

나만의 방식으로 맞서 싸운 것이 가스라이팅을 역이용하는 방법이다. 나만의 방식으로 이겨내는 중이었지만, 이대로 하는 게 맞는 건지 확신이 필요했다. 이제는 정말 벗어나고 싶었다. 다시는 과거로 돌아가지 않기 위해서, 같은 실수를 반복하지 않기 위해서 독하게 공부하고 변하기로 결심했다. 정말 가스라이팅을 당하고도 성공할 수 있는 것인지, 노력만 하면 이겨낼 수 있는 것인지 좀 더 명확한 근거가 필요했다. 그래서 지난 11개월 동안 가스라이팅을 당하고도 이겨낸 사람들의 성공담을 공부했다. 그렇게 알게 된 그들의 공통점이 있다. 모두가 "넌 안 될 거야"라는 말을 들으며 살아왔다는 것, 우리의 삶과 크게 다르지 않게 시작했다는 것이다. 이 공통점을 알게 되니 더 열린 마음으로 이분들의 이야기를 받아들일 수 있었다. 이분들이 지나온 길을 나도 따라가면 같은 결과를 얻을 수 있지 않을까 기대감도 가질 수 있었다.

나와 같은 경험으로 힘든 시간을 보내고 있는 여러분에게, 나의 경험뿐만 아니라 이미 세상으로부터 인정받는 사람들의 이야기를 소개하는 것이 더 큰 용기를 줄 수 있을 거라는 생각이 들어 이 책에 수록했다. 나뿐만 아니라 누구나 알고 있는 성공한 사람들도 가스라이팅을 이겨내고 성공을 거머쥘 수 있었다. 그들 중에는 나처럼 가스라이팅을 역이용하는 방법도, 또 다른 그만의 방법으로 이겨낸 사람도 있다. 핵심은 방법이 아니라, 이겨낼 수 있고 또 이겨낸 사람들이 있다는 것이다. 그러므로 당신도 할 수 있다.

내가 나에게 가스라이팅을 한다면?
: 흙수저에서 천억 부자로, 패트릭 벳 데이비드

'다른 사람이 가스라이팅 하는 것도 말이 안 되는데, 내가 나한테 가스라이팅을 하라고요?'

대부분의 사람은 가스라이팅을 부정적인 의미로만 알고 있지만 긍정적인 방향으로도 사용을 할 수가 있다. 내가 어떤 마음가짐이냐에 따라 다른 것이다. 내가 어떻게 활용하기 나름이다. 내가 나에게 가스라이팅을 하면 어떤 결과가 나타날까? 여기 자신에게 가스라이팅을 해서 성공한 사람이 있다. 패트릭 벳 데이비드Patrick Bet David의 이야기다.

패트릭 벳 데이비드가 열 살 때, 이란 혁명이 일어나 난민으로 이란을 탈출한 부모님을 따라 미국으로 이민을 갔다. 고등학교 졸업 후 미군에 입대하여 101공수부대에서 복무하고 금융 서비스업에 종사한 이력이 있다. 몇 개의 회사에서 근무한 뒤 보험 영업, 마케팅,

그리고 유통 회사인 PHP에이전시를 설립했고, 현재 금융 시장에서 빠르게 성장하고 있는 기업의 CEO가 되었다. 현재는 천억 원 이상의 자산을 가진 부자로 꼽힌다.

이렇게 기업가, 작가, 투자가로서 다방면에 성공하기까지 패트릭 벳 데이비드에게 가장 큰 영향을 준 것은 '가스라이팅'이라고 말한다. 그가 어릴 적부터 부모에게서 들었던 말 중에 가장 기분이 나빴던 말은 "패트릭, 넌 너무 게을러"였다고 한다. 그 말을 수백 번, 수천 번을 들으니 어느 날부터는 자신이 정말 게으른 사람처럼 느껴져서 화가 났고, 그런 자신의 정체성을 스스로 만들겠다는 다짐을 했다. 이후부터는 자신에게 "하겠다고 다짐한 일은 반드시 끝내는 사람"이라고 계속해서 가스라이팅을 했다. 이 말을 스스로 계속 되뇌다 보니 '이 일을 하겠다고 했는데 끝내지 못하면 난 정말 게으른 사람이 틀림없어!'라는 생각이 패트릭을 지배하게 되었고, 자신와의 약속을 지키기 위해서라도 주어진 일은 책임감 있게 끝내는 습관이 들게 되었다.

이 과정에서 패트릭은 거절하는 방법도 배울 수 있었다. 누군가 부탁을 해오면 자신이 할 수 있는지 없는지 먼저 판단을 해보고, 할 수 없다는 결론을 내릴 때는 이렇게 말하며 거절했다.

"내가 하겠다고 하고 못 끝내게 되면, 나는 못 하는 사람으로 평판이 생겨버리잖아. 끝까지 못 하게 되는 일은 시작부터 하지 않겠어. 나는 '한다면 무조건 하는 사람'으로 기억되고 싶어."

이런 말을 들으면 거절당한 상대방도 충분히 납득하고 오히려 응원해주었다고 한다. 패트릭의 군은 신념에 박수를 보내게 된다.

그날부터 패트릭은 '한다면 무조건 하는 사람'이 되기 위해 몇십 년간 스스로를 가스라이팅하면서 무섭게 성장했다. 거짓말처럼 그가 가스라이팅한 대로 원하는 결과를 얻어낼 수 있었다. 스스로에게 가스라이팅을 해서 성장하는 방법을 터득한 패트릭은 좀 더 나아가 "서른 살에는 이런 사람이 되겠어"라는 식으로 자신의 목표 달성에 활용했다. 점점 목표를 달성해가자 앞으로 자신이 이뤄낼 구체적인 인생 목표까지 설정하게 되었다.

어릴 적 부모님에게 게으르다는 이야기를 듣는 것에 화가 나 "나는 한다면 무조건 하는 사람이 될 거야!"라고 한 결심이 세계를 움직이는 거물을 탄생시킨 것이다.

우리는 어릴 적부터 끊임없이 타인과 비교당하며 자란다.

"넌 그렇게 공부 안 하면 커서 뭐가 되려고 그러니?"

"옆집 애는 서울대 간다는데, 너는 어쩌려고 그래?"

이런 이야기를 계속 듣다 보면, 잠재의식 속에 가스라이팅을 당해온 만큼만의 능력치 한계가 형성된다. 스스로 인지하지 못하더라도 내면 깊숙한 곳에는 '난 이건 못 하는 사람'이라는 한계가 세워지는 것이다. 이렇게 만들어진 가스라이팅에 익숙해지는 건 정말 무서운 일이다.

학창시절에는 무조건 알아주는 인문계 고등학교, 서울에 있는 4년제 대학교에 입학해야만 성공하는 인생이라 배웠다. 막상 대학교에 들어가니 안정적인 대기업, 공기업에 취직하거나 공무원이 되는 것이 최고라며 새로운 것을 배운다. 그러지 않으면 실패한 인생이고, 무능력하다고 무시당한다. 스스로 돈을 버는 일은 나의 시간을 기업에 내어주고 하루 종일 직장에 얽매여 매달 정해진 월급을 받는 것만이 옳다고 배웠다. 자기 사업을 하는 건 결국 직장에서 적응하지 못한 사람이 어쩔 수 없이 하는 일이라는, 시스템에서 낙오된 사람이 하는 거라는 인식을 만들어냈다. 직장에서 내 가치를 인정받지 못하더라도, 기업의 부품 취급을 받더라도 다른 가능성은 생각도 못한 채 이것보다 나은 삶은 없다고 생각하며 꿋꿋이 버텨왔다.

하지만 지금은 패트릭이 그랬듯 나에게 가스라이팅을 하며 더 나은 모습으로 살아가는 방법을 터득하게 되었다. 이 방법으로 하고 싶은 일을 하나씩 해나가며 늘 그려왔던 모습으로 성장하는 중이다. 자꾸만 회사로 돌아가려는 익숙함을 없애기 위해 스스로를 다그쳤다.

"회사로 돌아가면 너는 정말 바보 멍청이야. 평생 그렇게 살아라."

이런 말을 매일 스스로에게 하니 회사로 돌아가지 않고도 돈을 버는 방법들을 찾아냈다. 이후 작가의 꿈을 갖게 된 이후엔 또 다른 가스라이팅을 시작했다.

"나에겐 사람을 움직이게 하는 글을 쓸 수 있는 능력이 있다."

이런 생각으로 매일 글을 쓰기 시작하고, 3개월 만에 첫 책 출간 계약을 해냈다. 바로 지금 여러분들이 읽는 이 책이, 나 스스로를 가스라이팅하며 만들어낸 결과물이다. 이것 말고도 많은 도전을 하고 있고, 성공시키기 위해 여전히 내가 나에게 가스라이팅을 하고 있다.

가스라이팅은 정신적으로 누군가를 조종하는 것을 의미한다. 내가 나의 정신을 조종하는 것은 왜 불가능할 것이라 생각하는가? 가스라이팅이 없는 세상은 없다. 한국뿐 아니라 전 세계 어디에서도 가스라이팅에서 벗어날 수 있는 안전지대는 없다. 그렇다면 누군가로부터 가스라이팅을 당하는 삶보다는 그걸 역이용하여 내가 성장할 수 있는 방법으로 사용하는 것이 현명하지 않을까? 최소한 내 인생은 내가 결정할 수 있을 테니 말이다.

세상은 원래 불공평하다는 걸 인정해
: 마이크로소프트 창업자 마인드, 빌 게이츠

마이크로소프트 사를 모르는 사람들은 없을 것이다. 그렇게 유명한 회사의 창업자인 빌 게이츠Bill Gates 또한 모르는 사람은 없다. 그의 명언 중에 이런 말이 있다.

"인생은 원래 공평하지 못하다. 그 사실에 빨리 익숙해지는 것이 좋다. 인내심을 가지고 살아야 한다. 그러니 공평이라는 착각에서 빨리 벗어나라."

이 말을 마음속 깊이 받아들이고 불공평 속에서도 성장하려고 하는 사람과, 불만만 가지고 폐쇄적인 태도로 살아가는 사람의 삶은 매우 다를 것이다. 그렇다면 세상은 원래 불공평한 것이라는 가스라이팅을 어떻게 활용해야 성장하는 삶을 살 수 있을까?

나는 어릴 때부터 늘 돈에 시달리며 살아야 했다. 덕분에 사고 싶은 게 있더라도 마음껏 살 수 없었고 20대 중반이 될 때까지도 친구들과 여행을 가본 적이 없었다. 고등학교 때까지는 그럭저럭 버틸만 했는데, 대학생이 된 이후로는 밤낮없이 아르바이트를 하며, 집안일도 하며, 동생도 보살피고, 내 학교 성적까지 챙겨야 했다. 정말 떳떳하게 살았다. 평일이고 주말이고 늘 일을 해야 했고, 아르바이트는 한 달에 한 번밖에 쉴 수가 없었다. 잠이 많았던 나는 잠을 줄여가며 학교 공부를 해서 높은 성적을 유지했다. 다른 친구들이 부모님 용돈으로 여행을 다니며 내게 말했다.

"넌 왜 맨날 일만 하냐? 인생이 정말 불쌍하다."

"너네 부모님은 너 일하게 놔두셔?"

이런 이야기를 들을 때도 괜찮았다. 컨닝으로 성적 유지해서 아빠 빽으로 공기업에 들어가는 친구를 보면서도, 취업할 때가 되니 부모님 돈으로 자격증 공부에 매진하는 친구들을 보면서도 세상이 불공평하다고 느낀 적은 없었다. 그건 그들의 인생이고, 나는 내 인생이라고 생각했으니까. 결과만 좋은 것보다는 과정에도 부끄러움이 없는 내 인생에 더 만족했으니까. 하지만 인생은 그렇게 아름답지 않았다.

한창 면접을 보러 다닐 때 한 면접관이 비아냥거리며 이런 말을 던졌다.

"학교 다닐 때 대체 뭐했어요? 자격증도 하나 없고, 놀기만 했나 봐요?"

학교생활보다 아르바이트를 더 많이 했다는 내용이 면접관의 눈엔 하나도 들어오지 않았던 모양이다. 4년 내내 스스로 등록금과 생활비를 버느라 자격증 공부는 하지 못했다는 대답에 그는 끝까지 나를 조롱했다.

"그게 논 거지. 알바한 게 뭐 대단한 일이라고."

이 한마디로 내 가치관이 와르르 무너져 내린 적이 있다. 성인이 된 이후에 부모님에게 손 벌리지 않고 내 삶은 스스로 책임지겠다는 행동에 단 한 번도 부끄럽거나 후회스러웠던 적이 없었다. 한 달에 하루만 쉬어도 어렸을 땐 남는 게 체력이라 늘 즐거웠고, 이렇게라도 부모님께 도움이 될 수 있다는 것에 굉장한 자부심이 있었다. 하지만 세상 밖으로 나가보니 내 자부심은 나만의 생각이구나 하고 뼈저리게 깨달았다.

'돈이 없어서 열심히 사는 사람일수록 더 힘든 게 세상이구나. 돈이 많아서 온갖 부정한 방법을 써서라도 결과만 있으면 인정받는 게 세상이구나.'

그때 처음으로 철없이 부모님을 탓하는 말들을 쏟아낸 적이 있었다. 자격지심이었다. 나의 능력이 부족하다는 것을 인정하지 못한 채, 누군가에게 탓을 돌리고 싶었다. 빌 게이츠의 말처럼 세상은 공평할 거라고 착각하며 살았던 것이다. 열심히만 살면 나에게도 기회가 주어질 거라고 생각했다. 정말 큰 착각임이 분명했다. 이 사건을 계기로 세상이 불공평하다는 사실을 제대로 깨달은 뒤로는 내 앞에 펼쳐진 일 중에서 할 수 있는 일에 더 집중하기로 했다.

"세상은 불공평해."

이 말을 되뇌고 또 되뇌며, 세상의 기본값은 원래 공정하지 않은 것이기에 내가 노력한 만큼 돌아온다고 생각하니, 돌아오는 결과가 달라지기 시작했다. 앞서 이야기한 영문학과를 졸업하여 월 10만 원을 더 받고 있던 동기를 보고 영어 공부를 시작해서 영어를 할 수 있게 된 것도, 불공정을 인정하고 노력으로 이뤄낸 결과이다. 해외를 가고 싶지만 집에 돈이 없어서 유학은 불가능했기에 워킹홀리데이를 택했던 것도 내 노력으로 이뤄낸 결과다. 호주에서 워킹홀리데이 비자를 가진 아시아인은 사무직으로 근무할 수 없다는 편견에도 지지 않고 억척스럽게 사무직만 지원해 취업한 것 또한 불공평을 인정해 이뤄낸 결과다. 공평하지 않다는 걸 빠르게 인정했기에 우울한 감정에 빠지지 않을 수 있었다. 당장 할 수 있는 것들을 찾아 실행에 옮길 수 있어서 낭비되는 시간도 줄일 수 있었다.

이 책에서 여러분에게 꼭 전하고 싶은 메시지이기도 하다. 가스라이팅을 당했다고 해서 그 자체로 나를 잃어버리는 걸 보고만 있지 말 것. 가스라이팅이 100퍼센트 나쁜 방향으로만 삶을 바꾸는 게 아니라는 것. 내가 의도를 가지고 그 방향을 바꿀 수 있다는 것. 이 세 가지를 반드시 기억하고 가스라이팅을 역이용해 자신을 성장시키는 계기가 되었으면 한다.

가스라이팅 활용해서 삶을 변화시키는 것? 막상 하면 별거 아니다. 그러니 용기를 내보자!

나를 믿어주는 사람이 한 명은 꼭 있다
: 공순이에서 2천억 원 자산가로, 켈리 최

공황장애와 우울증, 대인기피증을 적극적으로 이겨내고자 용기를 준 분이 켈리 최Kelly Choi 회장님이다. 사람을 만나지도 못하고 두 달간 집에서 무기력하게 누워 있던 어느 날, 유튜브에 한 영상이 떴다.

"우울증을 이겨낼 수 있는 방법."

가벼운 산책과 독서가 도움이 된다는 내용이었다. 새벽에 그 영상을 보고 해가 뜨자마자 바로 서점으로 달려가 3권의 책을 사왔다. 그중 하나가 《웰씽킹》이다. 무슨 내용인지도 모른 채 내가 본 영상의 유튜버가 쓴 책이라고 읽었다. 그 당시에는 켈리 최가 어떤 분인지도 몰랐다. 무심코 집어든 책이 내 마인드를 180도 변화시킨 것이다.

책은 켈리 최의 고등학교 시절 이야기로 시작된다. 집이 찢어지게 가난하다 못해 학교에 갈 돈도 없어서 공장에서 기숙 생활을 하며 낮에는 공장에서 일을 하고, 밤에는 공부를 한 이야기가 담겨 있다. 그때 상황만 보면 그 아이가 커서 전 세계적으로 손에 꼽는 자산가가 될 거라고 아무도 예상하지 못할 것이다. "집이 가난하니 공부할 생각 말고 돈 벌어야 해"라는 말만 들으며 살아왔다.

책에는 켈리 최 회장님을 움직이게 했던 두 사람에 대해 나온다. 친구 영숙이와 엄마. 낮에 공장에서 일을 끝내고 밤에 공부를 하러 가다 너무나 안타깝게 숨진 친구 영숙이를 보며 찢어지게 가난한 이 지옥 속에서 벗어나겠다고 다짐을 했다고 한다. 지옥을 벗어나기 위해 사업을 했지만 결국 나이 마흔에 10억 원의 빚을 지고 죽으러 간 강물 위에 엄마의 얼굴이 떠올랐다고 한다.

그 시절 켈리 최 회장님의 삶은 얼마나 고단했을까? 이 책을 읽는 내내 가슴이 너무 먹먹해져서 우느라 이 책을 며칠이나 붙들고 읽었던 기억이 난다. 그녀에게 희망을 주는 사람은 아무도 없었다. 집은 찢어지게 가난했고, 형제들도 많고, 여자이고, 미래는 보이지 않고, 학교 다닐 돈도 없어서 보내지 않자, 공장에서 기숙 생활을 하며 돈을 벌면서 공부해야 했던 그녀. "넌 잘될 거야"라고 말해주는 사람은 아무도 없었다. 우리가 안 될 거라고만 하는 사람들 속에 둘러싸여 있는 것처럼 말이다. 하지만 그녀에겐 친구도 있었고 엄마도 있었다. 그렇게 그녀를 믿어주는 사람들을 위해 노력한 결과, 그녀는 지금 영국에서 손꼽히는 사업가가 되었다.

가스라이팅을 오래 당하면 판단력을 상실하게 된다. 나의 판단력을 믿지 못하고, 스스로 무언가를 생각하거나 결단을 내릴 수 없는 상태가 되어 버린다. 그럴수록 더 사람들에게 내 인생의 중요한 판단을 맡기고 의존한다. 그래서 주변에 어떤 사람이 있느냐가 굉장히 중요하다. 주변에 나를 믿어주고 내 편이 되는 사람이 누구인지 찾아야 한다. 분명 있다. 한 명은 꼭 있다. 결코 세상에 혼자가 아니다. 만약 아무도 없다면, 내가 나의 편이 되어주면 된다. 그거면 충분하다.

외로움 때문에 나를 붙잡는 사람을 가까이해서는 앞으로 나아갈 수 없다. 희망을 보지 못하는 사람은 희망을 말하지 않는다. 현실에서 벗어나고 싶다면 인간관계부터 정리하는 용기를 가져야 한다. 과정보단 결과만 중요시하는 사회적인 분위기에 비춰볼 때 어쩌면 당연한 현상인지도 모른다. 하지만 계속해서 "불가능해. 안 될 거야"라는 말을 듣고 있으면 뇌가 학습한다. 그 말에 지배당하는 건 다른 사람이 아닌 바로 나의 잘못이 가장 크다.

퇴사 후 홀로서기를 시작하면서 가장 많이 변화한 것은 인간관계다. 일부러 정리한 건 아니었는데 자연스럽게 정리되었다. 이제는 긍정적인 사고방식을 가진 사람들과 함께하게 되었다. 나부터 밝고 희망적으로 변하니 나를 따라 변하고자 하는 친구들도 늘어났다. 그 과정에서 나를 깎아내리고 내가 잘되는 걸 배 아파한 친구들과는 자연스럽게 멀어졌다. 처음 책을 쓴다고 했을 때만 해도 대부분의 반응이 "네가?"였다. 그도 그럴 것이, 책이라는 것은 한 분야에서 전문성을 가지고 오랫동안 근무해온 사람이거나, TV에 자주 나와서 누구도 알 만큼 유명한 사람이거나, 혹은 돈을 많이 벌고 있는 CEO나

자산가 정도는 되야 쓸 수 있는 자격이 주어진다고 생각하니까 어느 정도 이해는 한다. 그래서 나는 사람들이 "네가?"라고 하면 별일 아니라는 듯 "응, 내가"라고 대답한다. 내가 당당하게 대답하면 사람들은 '내가 모르는 대단한 뭔가가 있나 보네'라고 생각하는 경우가 많았다. 그때 또 한 번 알 수 있었다. 내가 당당할수록 사람들은 나를 더 대단하게 바라봐준다는 것을. 사람들한테 대단하게 보일 필요까지는 없지만, 내 자존심을 지키는 방법 중 하나는 나부터가 당당해지는 것이라고 말해주고 싶다.

"아니, 책이라는 게 뭐 대단한 사람들만 쓰는 건 아니야."

이런 식으로 말하면 스스로를 깎아내리는 것밖에 안 된다. 구구절절 설명할 필요도 없다. 그냥 사실 그대로만 말해주면 된다.

세계적인 유명인, 엄청난 자산가, 남들이 다 부러워하는 삶을 살고 있는 사람들의 시작점을 보면, 사실 그들도 처음부터 빛났던 것은 아니었다. 물론 좋은 집에서 태어나서 기회부터가 남달랐던 사람들도 있다. 반대로 자신의 피나는 노력만으로 거기까지 올라간 사람들도 많다. 그 사람들은 평생을 "안 될 거다"라는 한계를 이겨내기 위해 죽도록 노력했다.

한 번에 잘되는 사람은 없다. 100퍼센트 응원만 해주는 사람들과 함께하는 사람도 없다. 좋은 것은 나에게 좋은 영향을 끼칠 수 있도록 마인드셋을 하고, 나쁜 건 버릴 수 있는 용기를 가지는 것이 중요하다. 마음가짐 하나만 바꿔도 가스라이팅에서 벗어날 수 있다.

모두가 안 된다고 할 때 되게 만드는 게 진짜다
: Think Different! 애플의 대명사, 스티브 잡스

가스라이터의 특징 중 하나는 피해자의 무한한 가능성을 없애버린다는 것이다.

"네가 그걸 어떻게 하냐?"

"고작 네가?"

"무조건 실패해. 돈 낭비, 시간 낭비 하지 말고 도전하지 마."

이런 말들로 인해 한계를 넘어선 도전을 하고 그만한 결과를 충분히 낼 수 있는 사람들마저 도전을 주저하게 된다.

애플 하면 생각나는 인물인 스티브 잡스Steve Jobs도 우리와 같이 어릴 때부터 "그런 일은 안 돼"라는 말을 내내 들으며 살았다. 세계적인 기업인 애플도 처음부터 승승장구한 것은 아니었다. 다른 기업들과 엎치락뒤치락 하며 뒤처진 기업이 된 적도 있다. 잡스는 자신의 회사에서 불명예스럽게 쫓겨나는 일까지 겪어야 했다. 그럼에도 잡스가 애플을 지금의 위치까지 올려놓은 결정적인 한 가지는, 그가 남들과 다르게 생각하고 밀고 나가는 행동력이 있었기 때문이다. 그렇게 아이팟, 아이폰, 아이패드 등을 애플의 혁신으로 만들어냈다.

대부분의 사람은 세계를 무대로 명성을 드높인 위대한 성공을 이룬 사람들을 바라볼 때, 그 뒤에 숨겨진 고난, 역경, 인생의 굴곡 따위에는 사실 관심이 없다. 하지만 나는 그 사람들의 '진짜'를 배우고 싶었다. 어떤 부분까지 낙담했었는지 초점을 맞추고 그들의 노력을 파헤쳐나갔다. 그중 스티브 잡스의 'Think Different!'를 당장 내 것으로 만들어야 한다는 걸 본능적으로 깨달았다. 애플이 처음부터 잘나간 게 아니었듯, 잡스도 처음부터 모든 일을 잘해낸 천재는 아니었다. 그는 태어나자마자 양부모에게 입양되었고, 10대 시절에는 마약에 빠져 지낸 문제아였다. 대학교에 입학한 뒤에는, 컴퓨터와 IT 기기를 만드는 애플의 창업자 스티브 잡스를 생각하면 얼핏 굉장히 어울리지 않는 듯한 철학에 빠져 있기도 했다. 그러다가 1년 만에 학교를 중퇴하고 전자게임 회사에 취업을 하는 그런 삶을 살았다. 그 누구도 "넌 반드시 해낼 거야! 네가 바라는 모든 일을 이뤄낼 거야!"라고 용기를 준 사람은 없었다.

잡스의 일대기를 들여다보면 그는 가스라이터 쪽에 속했다. 직원들을 끊임없이 가스라이팅 하며 괴롭혔다. "이것밖에 못 하냐", "이렇게나 오래 걸릴 일이냐"며 직원들을 다그쳤다. 하지만 그 결과 지금의 애플을 만들 수 있었다. 나는 이것이 처음에 이야기했던 패트릭의 마인드와 비슷하다고 생각한다. 잡스의 직원들은 모두 잡스의 지시를 받는 게 힘들었다고 말하지만, 직원들을 일방적으로 무시하려는 의도가 아니라 혁신을 만들어내기 위한 방법이라고 생각하면 잡스는 정말 똑똑한 사람이었다. 그리고 그는 직원들에게뿐만 아니라, 그러한 가스라이팅을 스스로에게도 끊임없이 해댔다.

이러한 악명 때문에 모두가 현실성 없는 망상가이자, 자기가 만든 회사를 망가뜨린 기업가로 지목되면서 애플 경영에서 쫓겨나야 했다. 그럼에도 잡스는 자신의 태도와 생각을 바꾸지 않고 자신의 목적을 실현하기 위해 집중하며 살았다.

하지만 중요한 건 여기서 얻어야 할 교훈이 앞서 말한 패트릿 벳데이비드처럼 '나 자신을 가스라이팅하며 혹독하게 이겨내자'가 아니라는 것이다. 모두가 안 된다고 말할 때 잡스는 '되게 하려면 어떻게 해야 할까?'를 고민했다. 다르게 생각하고, 다르게 행동했다. 안 된다는 말에 단순하게 "되게 만들 거야!"라며 고집부리는 태도가 아니라, "되게 하려면 어떻게 해야 하지?"를 고민한 것이다. 자기 스스로만 생각하고 행동하는 것이 아니라 함께 일하는 동료와 직원까지도 다르게 생각하길 바랐다. 그러한 의도를 가스라이팅이라는 방식으로 자기 생각을 강요하고 밀어붙인 것이다. 결국 혁신이라는 결과를 가져다주었다.

잡스는 원하는 대로 되지 않을 때의 마음가짐에 대해서 이렇게 말했다.

"무엇을 해도 안 될 때야말로 성장할 수 있는 기회라는 사실을 잊지 않아야 한다."

운이 좋을 때만 열심히 하는 것이 아니라 운이 나쁠 때도 포기하지 않고 혼신의 노력을 다해야 한다고 생각하며 노력했다. 그랬기에 혁신을 만들 수 있었다.

현실은 어떠할까? 대부분의 사람은 나의 삶, 나의 결정권을 타인에게 넘기며 살아간다. 심지어 오늘 먹을 점심 메뉴까지도 팀장이 원하는 것, 팀원들이 이야기하는 것에 그저 따라가곤 한다. 내가 생각하고 판단하며 결정해야 하는데, 내 결정권을 타인에게 넘기는 게 이미 습관으로 굳어졌다. 직장에서 그렇게 지내다가 혼자 있는 시간에는 혼자서 결정하고 판단할 수 있을까? 내 대답은 NO다. 새로운 것을 하려면 겁부터 난다. 다른 사람의 확신이 듣고 싶어진다. 그래서 주변에 내가 가진 생각과 포부를 이야기했다가, 똑같이 가스라이팅에 갇힌 사람들에게 설득당하고 쉽게 포기한다.

"야, 그걸 어떻게 해. 너무 이상한 꿈꾸는 거 아니야?"

"그래? 내가 너무 무리한 목표를 정했나? 에이, 그럼 하지 말아야겠다."

처음부터 이 일을 도전하느냐 마느냐는 나에게 선택권이 있는 게 아닌, 친구에게, 선배에게, 가족에게 있었으니까.

지금부터라도 연습해보자. 당장 먹어야 하는 점심메뉴부터 스스로 직접 정하자. 하고 싶은 일이 있다면 주변의 조언을 듣기 전에 시작부터 해보자. 누가 안 된다고 이야기하면, 어떻게 해야 성공할 수 있는지를 고민하는 연습 말이다.

지금과 똑같이 생각하고 행동해서는 절대 바뀌지 않는다. 지금까지의 삶을 간절하게 바꾸고 싶다면, 지금의 모습을 떨쳐내고 싶다면 다르게 생각하고, 다르게 행동하자. 내 삶에 성공이라는 혁신을 만들어보겠다는 독한 마음가짐과 함께.

열정만으로 왜 안 돼? 열정을 돈으로 바꾸는 법
: SNS로 수백억을 버는 남자, 게리 바이너척

퇴사하고 온라인으로 일을 하기 시작한 지 벌써 1년 6개월이 되었다. 마지막 회사에서 쫓기듯 나오며 다짐한 게 있다.

'다시는 다른 사람을 위해 일하지 말자. 나 자신을 위해 일하고, 나답게 살자.'

그 다짐을 지키기 위해서 회사로 돌아가지 않았고, 온라인에서 나만의 일을 만들어갔다. 그 과정에서 여느 때처럼 걱정으로 포장된 타인의 오지랖, 비난, 가스라이팅을 수도 없이 들었다.

"그래도 일이라는 건 사무실에 출근해서 해야 일이지. 그거 이상한 거 아니야?"

"그런 일은 안정적이지 않잖아. 다시 다닐 회사를 찾아봐."

"너는 네가 하는 일을 떳떳하게 얘기하기가 좀 그렇겠다."

"사기 치고 다니는 거 아니지?"

이런 말에 지지 않고 앞으로 나아갈 수 있었던 건, 잘될 거라는 확신이 있었기 때문이다. 왠지 모를 근거 없는 자신감이 어깨뽕을 한껏 올렸다. 사람들이 아무리 걱정 가득한 시선을 보내더라도 정작 나는 걱정하지 않았다.

이 글을 읽는 여러분도 온라인으로 돈을 버는 것이 불가능하다고 생각하는가? 그 마음에 대해 100퍼센트 이해한다. 회사원이던 나도 그렇게 생각했으니까. 누군가에게 종속된 채로 월급을 받는 생활만이 옳은 일이라고 믿던 시절이 있었다. 온라인 시장이 이렇게나 발달한 요즘에도 사람들은 의심만 한다. 그게 어떻게 돈이 되냐며, 어떻게 직업이 되냐며.

세상은 빠르게 변하고 있다. 변한다는 그 자체를 인정하지 않으면 세상이 변하는 속도만큼 여러분 삶은 뒤처질 수밖에 없다. 무서운 협박처럼 들릴지 몰라도 이게 현실이다. 코로나19가 전 세계를 강타한 뒤 세상은 더 빠르게 변해갔다. 모두가 힘들다, 힘들다 하는 순간에도 억대 매출을 달성하며 자기 사업을 번창시킨 사람들이 많다. 그 사람들에게만 코로나19가 빗겨간 것일까? 당연히 아니다. 우리 모두 똑같이 3년 동안 코로나19에 시달려야 했다. 단지 그 속에서도 성공한 사람들은 변화한 생태계를 빠르게 파악하고, 당장 할 수 있는 노력이 무엇인지, 어디에 에너지를 쏟아야 하는지 찾아냈다는 점이 다른 거다. 그 노력의 중간 다리 역할을 해준 것이 바로 온라인이다.

믿기 힘든 여러분을 위해 2005년부터 SNS로 수백억을 버는 남자, 게리비GaryVee로 알려진 게리 바이너척Gary Vaynerchuk에 대해 이야기를 해보려고 한다. 게리비는 약 16년 전부터 인터넷 세상의 영향력, SNS의 힘을 강조했다. 그럴 때마다 주변에서 말도 안 되는 거짓말 좀 그만하라는 반응이었다. 어떤 사람은 사기꾼 취급하고, 어떤 사람은 정신 나간 미친 사람 취급했다. 그럼에도 그는 꿋꿋이 자신의 믿음대로 생각을 실행에 옮겼다. 그 결과 지금은 소셜미디어의 세계 1인자가 되었다.

친구들이 회사에 입사할 당시, 게리비는 취준생 과정 없이 아버지의 사업을 물려받아 와인 가게를 운영했다. 직장인 대신 사업가를 선택한 것이다. 간혹 친구나 친구 부모님이 와인 가게에 찾아올 때면 게리비에게 안쓰러운 시선들을 보내고 걱정 가득한 말을 남기며 떠났다고 한다. 그럴 때마다 씁쓸한 기분을 느꼈지만, 자신의 일을 사랑했기에 자긍심을 가지고 즐기며 버텼다고 한다. 만약 그때 주변 시선을 이겨내지 못하고 회사로 들어갔다면 게리 바이너척의 삶은 지금과 달랐을까?

나도 그 감정을 느껴본 적이 있다. 대학교를 졸업하기도 전에 첫 직장생활을 매장에서 시작했다. 엄연한 정규직 직원이었다. 하지만 주변에서는 내 일을 직업으로 인정해주지 않고, 나를 아르바이트 하는 취준생으로 대했다. 처음에는 내가 내 일에 자부심이 있고 즐거우면 된 거라고 생각했지만, 그런 나날들이 늘어가자 자신감이 확 떨어졌다. 세상의 인정을 받기 위해 나의 첫 일터였던 매장직을 그만두고 사무직으로 입사했다. 그후 10년간의 사무직 생활은 나에게 불행 그 자체였다. 게리비의 이야기를 책을 통해 보는 동안 나의 과거가 떠올랐다. 다시는 내 삶을 다른 사람에게 내어주지 말자는 다짐도 함께했다. 이제부터는 절대 똑같은 실수는 하지 말아야 했다.

다시 게리 바이너척의 이야기로 돌아가보자. 아버지의 와인 가게를 운영하던 게리비는 47억 원이던 매출을 7년 만에 12배인 580억 매출로 성장시켰다. 그 비결은 바로 SNS다. 여러 소셜미디어에 자신의 생각과 지식을 공유하고 기록하니 어느새 게리비의 이야기에 관심 있는 사람들이 모여들었다. 그 기록의 힘이 결국 사업까지 영향을 미쳤다. 물론 모든 성공한 사람들이 그렇듯 이 과정이 순탄치만은 않았다. 개인 방송을 시작한 초창기에는 시청자가 거의 없었다. 그 위기를 극복하기 위해 게리비는 자신만의 색깔이 필요하다고 판단했고, 와인을 음미한 뒤에 하는 게리비식 표현이 귀에 쏙쏙 박혔다. 와인 전문가들은 와인 맛을 본 후 이런 식상한 표현을 썼다.

"장미 향이 나네요."

"끝맛이 부드럽네요."

게리비는 평범한 사람 모두가 공감할 수 있는 표현으로 와인의 맛을 그려냈다.

"빅리그 풍선껌 맛이네요."

"허쉬초콜릿 초코바 맛이네요."

이런 표현법은 게리비를 단번에 '와인 가이', 즉 와인을 잘 아는 좀 웃기는 녀석으로 퍼스널 브랜딩을 해주었다.

그렇게 영향력을 키운 게리비는 다른 기회도 얻게 되고, 와인 매장에서 자신이 진정한 열정을 쏟아붓는 브랜드 구축과 비즈니스를 다루는 '게리바이너척닷컴'을 론칭했다. 이 모든 건 SNS 덕분이었다.

그는 저서 《크러쉬잇! SNS로 열정을 돈으로 바꿔라》에서 이렇게 말했다.

"시작하기 전에 필요한 지식과 인생 경험을 쌓고 경제적인 기반을 조금이라도 다지는 작업은 필요하다."

게리비도 우리네 삶과 비슷했다. 끊임없이 조롱당하고, 무시당하고, 멸시당했다. 가능성을 인정받지 못했고, 주장은 묵살당했다. 게리비가 보통의 사람들과 다른 점이 있다면 그런 타인의 말들에 귀 기울이지 않고, 자기 내면의 소리에 귀 기울였다는 것이다. 자신을 믿고 열정을 따라 움직인 것이다. 게리비는 그런 경험들이 있었기에 새로운 시도를 해볼 수 있었다고 말한다. 그리고 그는 시대의 흐름에 맞게 소셜미디어라는 플랫폼을 잘 활용했다. 성공에 이르기까지 비록 몇 년 동안 아무런 성과도 만들지 못했지만 포기하지 않았다.

이제 우리도 내 열정이 어디에 있는지를 점검할 때다. 지금처럼 회사를 위해서, 사장님·대표님만을 위해서 내 삶을 다 바칠 것인지, 아니면 나만의 열정을 풀어낼 수 있는 SNS 공간에서 힘을 발휘할 것인지 결단할 때다.

나 또한 온라인 세상에서 나의 브랜드를 만들고 영향력을 키워나가고 있는 사람으로서, 10년 넘게 해온 회사생활과 그만큼 당한 가스라이팅이 내게 큰 도움이 되었다고 알려주고 싶다. 그러한 경험을 온라인에 공유하며 나와 같은 아픔을 겪은 사람들과 만날 수 있었고, 진심으로 소통할 수 있는 기회를 얻었다. 누구보다 진정성 있게 사람들을 위로할 수 있는 힘이 생겼다. 그런 경험을 통해 마음 그릇을 키울 수 있는 기회가 생겼고, 나라는 사람을 돌아볼 수 있었다. 상대방의 부족한 부분들을 보며 나의 행동들을 돌아보게 되었고, 좀 더 지혜로운 사람이 될 수 있었다. 자존감, 자존심, 열정을 모두 가스라이터에게 빼앗겨본 경험 덕분에 가장 본질적인 것부터 생각하는 힘을 갖게 되었다. 공황장애, 트라우마를 겪으면서도 두려움에 맞서는 법을 배우게 되었다. 10년간의 지독한 직장생활이 결국 나에게는 더 나아갈 에너지가 되어준 셈이다.

직장생활이 힘들수록 나만의 영향력을 더 키워야 한다. 돌파구가 되어줄지도 모르니. 요즘 시대에서는 그것만이 나다운 삶을 살기에 가장 빠르게 갈 수 있는 방법이다. 현재 직장인, 사업가, 자영업자, 취준생 등 어떤 상태든 전혀 상관없다. 소셜미디어의 힘을 여러분도 느껴보길 바란다. 억울한 일이 많을수록, 힘든 일이 많을수록 SNS를 활용해보자. 내가 하는 모든 일이 잘될 일이 없다고 장담하던 사람들, 세상에 나가서 네가 무슨 일을 할 거냐고 무시하던 사람들, 내가 빌빌거리며 우울한 하루하루를 보내길 바라는 사람들에게 보란 듯이 잘살고 잘나가고 멋지게 성장하는 모습을 보여주는 게 최고의 복수임을 기억하자.

나를 사랑한다면 가스라이팅 그까짓 거
: 세계에서 가장 부유한 토크쇼 진행자, 오프라 윈프리

오프라 윈프리Oprah Winfrey를 모르는 사람은 없을 것이다. 그녀가 유명해지기 전, 한 지역 방송 토크쇼에서 질문을 받았다.

"만약 100달러를 상금으로 받으면 어떻게 할 거죠?"

"나 혼자 마음껏 쓸 거예요. 저를 위해서요."

그녀는 이렇게 대답해 사람들의 질타를 받은 적이 있다. 왜냐하면 그 대답에 이어 "100달러쯤이야 다시 벌 수 있으니까요"라고 말했기 때문이다. 근거 없는 자신감에 인터뷰를 진행했던 사람, 그날 함께 있었던 사람들은 헛소리한다며 비웃었다고 한다.

모든 성공한 사람들이 그렇듯 오프라 윈프리도 어려운 유년기를 겪어야 했다. 인적 드문 시골 마을에 살면서 말을 건넬 친구가 없어 농장에 있는 가축들에게 이름을 지어주고 대화했다고 한다. 극심한 외로움을 겪어야 했고, 그 스트레스는 우리가 상상할 수도 없다. 청소년 시절에는 가족의 성폭행으로 인하여 원치 않는 임신과 출산을 해야 했고, 태어난 아이는 2주 만에 세상을 떠났다.

어린 나이에 감당하기 힘든 일을 여러 번 겪으며 자살을 시도하거나 마약에 중독되는 등 위기를 겪었다. 그게 끝이 아니었다. 회사에서도 좌천당하고 해고까지 당할 뻔한 위기를 겪었다. 성인이 되고 나서도 성희롱을 당하기도 했으며, 그녀의 말에 의하면 "남자들한테는 발 깔개보다도 못한 취급을 받으며 20대를 보냈다"고 한다. 거기다 흑인에 여자라는 이유만으로 인종차별과 인격모독을 당하는 건 그녀에겐 일상이었다.

그런 일들을 20년 넘게 겪고, 당당하게 세상에 내 이름을 알릴 만한 용기를 가질 수 있을까? 하지만 그녀는 당당하게 자기 이름을 건 쇼를 선보였다. '오프라 윈프리 쇼'는 25년이나 진행된 인기 토크쇼이며, 오프라는 〈타임〉 지가 선정한 '20세기의 위대한 인물'로 손꼽히기까지 했다. 그녀는 온갖 장애물들을 겪으며 결심한 삶의 자세 두 가지가 있다고 한다. 하나는 누구보다 나 자신을 사랑해주며 나 자신을 위해 살아갈 것, 다른 하나는 세상을 바라보는 태도를 바꿀 것이다.

우리는 인간관계로 고통스러울 때면 자연스레 그 원인을 상대방에게서 찾고 상대방을 탓한다. 과거의 나도 그랬다.

'팀장은 나를 왜 이렇게 괴롭히는 걸까.'

'저 선배는 왜 맨날 나를 못 살게 구는 걸까.'

'사람들은 왜 이렇게 나한테 오지랖을 부리는 걸까.'

이런 생각으로 스스로를 괴롭히고 불행하게 만들었다. 오프라 윈프리의 삶을 바라보며, 나를 시궁창 속에 밀어넣은 건 다름 아닌 바로 나였다는 것을 깨달았다.

사실 다른 사람을 향한 지적을 내 쪽으로 바꾸면 상황이 한결 나아진다. 다른 사람을 내가 원하는 대로 변화시킬 수는 없기 때문이다. 하지만 나 자신은 내 마음대로 바꿀 수 있다. 노력하면 달라질 수 있다. 내가 바뀌면 내 주변에 일어나던 사람도 바뀌고, 상황도 서서히 달라지기 시작한다.

나에게서 원인을 찾으라는 건 절대 자책하라는 게 아니다. 조금이라도 노력해서 앞으로 나아갈 수 있는 길이 있다면 그 길을 걸어가자는 것이다. 우리를 가스라이팅 하는 사람들은 평생 그 자리에서 머무르기만 한다. 그렇게 다른 사람을 괴롭히고 의미 없는 즐거움을 느끼며 평생 살아갈 것이다. 그러니 우리가 앞으로 나아가자. 그 사람들과 같은 선상에 있지 말자.

오프라가 강조하는 것도 그것이다. 상황을 변화시키는 유일한 방법은 있는 그대로의 세상을 받아들이고 그에 대응하는 나의 태도를 바꾸자는 것. 그 과정에서 반드시 기억해야 할 것은 이 세상에 나라는 존재는 그 누구보다 소중하다는 점이다. 나보다 더 가치 있는 건 없다. 모든 일에 있어서 내가 가장 우선순위가 되어야 하고, 나만큼은 나를 사랑해주어야 한다. 내 삶에 가장 큰 영향을 끼치는 존재는 바로 나이기 때문에. 나를 사랑해주는 일은 지금보다 몇백 배의 용기가 필요하다. 하지만 용기를 내야 한다. 그래서 내 손을 잡아주어야 한다.

오프라 윈프리가 지은 에세이 《내가 확실히 아는 것들》에서 오프라는 사람들을 이렇게 위로한다.

"당신도 나처럼 자신을 가치 없는 존재라고 여기게끔 하는 경험을 가지고 있을지도 모르겠다. 다른 누구도 아닌 나 자신의 책임이다. 우리는 각각 자신이 삶에 책임이 있다는 것이다. 나의 행복이나 불행이 다른 사람의 책임이라고 생각하는 것은 시간 낭비다. 우리는 반드시 용기를 내어 타인에게서 받지 못한 사랑을 자신에게 주어야 한다."

이 구절에서 눈물을 펑펑 쏟아냈다. 나를 포함한 많은 직장인이 직장 내 괴롭힘으로 인해 자신의 가치를 잊어버리고 산다. 서서히 망가진 내 자신을 보며 가해자를 탓하게 된다. 나도 그랬다. 나를 이렇게 만든 팀장이 너무 미웠고, 증오스러웠다. 그렇게 1년 넘게 팀장 탓만 했다. 내 소중한 시간을 남을 탓하는 데 쓴 것이다.

11개월 동안 약 160권의 책들을 읽으면서 내 삶을 가장 괴롭히고 나락으로 떨어뜨리는 건 나 자신이라는 걸 깨달았다. 내 능력치를 과소평가하며 나를 통째로 없애버리려는 가스라이터들에게 나를 내어주지 말자. 모든 시간, 모든 노력을 나를 위해 쓰자. 오로지 나만을 위해서. 나에게만 집중하자.

나에게만 온전히 집중하고, 나 자신을 진심으로 사랑하는 가장 빠른 방법은 매일 아침 감사일기를 작성하는 것이다. 손글씨든, 스마트폰 메모장이든, 블로그든 상관없다. 매일 아침 눈을 뜨자마자 감사해야 할 일을 세 가지씩만 적어보자. 그렇게 하루하루를 반복하다 보면 사소한 일상에 감사하고, 비난하는 사람들보다는 나를 응원해주는 사람들에게 집중하게 된다. 좋은 이야기들만 듣고, 나에게 도움이 되는 것들만 본다. 가스라이터를 상대하지 않아도 된다. 마음에 여유가 넘쳐나게 되니까. 더 이상 그들 때문에 힘들지 않다.

퇴사 후 이런 본질적인 것들을 하나씩 깨달으면서 직장 내 괴롭힘을 당하던 그 10년 동안 이런 생각이 자주 들었다.

'내가 먼저 나에게 손을 내밀어줬다면 어땠을까?'

나부터 나를 방치하지 않고 돌봐줬더라면 지금과는 달랐을지도 모른다. 중요한 건 그때는 몰랐고, 지금은 알았다는 거다. 그때는 몰랐으니 어쩔 수 없었다는 변명이 통할지라도, 지금은 아니다. 더 이상 나의 힘듦을 외면하지 않게 되었다. 사람들의 공격으로부터 나를 지킬 수 있게 되었다. 여러분도 내가 느꼈던 변화와 감정을 꼭 경험해보면 좋겠다. 감사일기, 나를 사랑하는 법, 있는 그대로의 현실을 수용하기. 기억하고 실행하자.

이처럼 가스라이팅으로 잃어버린 나 자신과 내 삶을 되찾는 과정에서 가장 중요한 것은 '나를 사랑하기'다. 나만큼은 나의 편이 되어주고 믿음을 주고, 용기를 주어야 한다. 세상에 나 혼자라는 세상에

외로워하고 슬퍼하기보다는, 혼자이기 때문에 앞으로 더 나아갈 수 있다는 희망을 가져야 한다. 생각보다 많은 사람이 자신에 대해서 잘 모르고 살아간다. 무엇을 좋아하는지, 무엇을 잘하는지, 어떤 장점이 있는지, 어떤 매력이 있는지. 이제부턴 나에게 집중하는 연습을 해보자.

내 삶을 이만큼 바꿨듯이, 나의 이야기가 누군가의 삶을 바꾸길 바라며, 나답게 사는 노하우를 전부 풀어보려고 한다. 가보자!

chapter 5

있는 그대로의
'나'로 살아간다는 것

나답게
산다는 것

퇴사를 계기로 나를 찾는 과정이 시작되었다. 다시는 나 자신을 잃어버리고 싶지 않았다. 이제부턴 내가 나의 보호자가 되어주기로 했다. 누가 뭐래도 나는 나의 편이고, 나만큼은 나를 믿어주기로 다짐했다. 앞으로는 나답게 살아보기로 했다.

그렇다면 나답게 산다는 것은 어떤 의미일까? 나답게 살기로 했다는 이야기를 SNS에 올리자 많은 사람에게 이런 질문을 받았다.

"나다움이란 무엇인가요?"

처음 이러한 질문을 들었을 때는 선뜻 대답하기가 어려웠다. 알고는 있지만, 사람들에게 설명하려니 쉽지 않았다. '내가 틀린 거면 어떡하지?' 하는 두려움도 있었다. 그때 다시 한번 깨달았다. 아직도 다른 사람의 시선을 많이 신경 쓰고 있구나. 나답게 산다는 건 말처럼 쉬운 일이 아니었다.

내가 생각하는 나다움은 내 직업도, 이력서를 채운 몇 줄도 아니다. 마음이 끌리는 사람들과 좋아하는 일을 하며 행복하게 사는 것, 그게 바로 내가 생각하는 나다움이다. 싫은 일을 억지로 하며 시간, 자유, 돈 등 무언가 희생하는 삶이 아닌, 마음에서 우러나서 즐겁게 하는 모든 일과 함께하는 삶. 모든 결정을 전부 직접 하며, 내가 내린 결정에 모든 책임을 지는 것. 무슨 일이 있어도 늘 내가 1순위가 되는 것. 그게 바로 나다운 삶이라고 생각한다.

나답게 산다는 것은 나만의 속도로, 나만의 방식을 가지고 앞으로 나아가는 것이다. 스무 살이 되었으니 대학교에 입학해야 하거나, 서른 살이 되었으니 적당한 배우자를 골라 결혼을 해야 한다거나, 마흔 살이 되었으니 집 한두 채 정도는 소유하고 자식은 둘 정도 있어야 한다던가 하는 그런 게 아니다. 다른 사람이 어떻게 살든, 세상이 어떤 룰이 있든 상관없다. 내가 지키지 않아도 세상 질서가 흐트러지지 않는다면 나만의 기준으로 살아도 좋다.

나답다는 건 오로지 내가 정한 내 삶의 규칙 속에서 지켜야 할 가치관들을 지키며 살아가는 것이다. 나와의 약속을 깨지 않는 삶이다. 그러니 내가 결정한 것엔 모두 내가 책임져야 한다. 도망가서는 안 된다. 아무리 거대한 어려움이 닥쳐도 직접 해결해야 한다. 그만한 각오를 가지고 사는 것이 바로 나답다는 것이다.

나답게 살아가면 경쟁이 필요없을 거라고 생각하는데, 그렇지 않다. 나와 경쟁하며 살아야 한다. 그래야 더 성장하며 살아갈 수 있다. 어제의 나보다, 1퍼센트라도 발전할 수 있도록 나 자신과 경쟁해야 한다.

불행히도 우리 사회에서 나 자신으로 살아가기 위해서는 엄청난 용기가 필요하다. 세상이 정한 길을 따라가지 않으면 비난하는 목소리들을 이겨내야 하기 때문이다. 응원해주는 사람보단 '너 언제 넘어지나 보자' 하는 눈빛으로 실패를 바라는 사람들이 많아지고, 향기 가득한 꽃길보다는 험한 가시밭길을 더 자주 만나게 된다.

그럼에도 나는 나로 살아가겠다는 용기를 냈다. 마지막 회사에서 직장 내 가스라이팅으로 공황장애가 생겨서 퇴사당했다고 표현했지만, 정확히 말하면 회사를 나온 건 나의 결정이다. 선택지가 둘뿐이었기 때문이다. 가해자와 함께 회사를 다닐 것이냐, 아니면 그만둘 것이냐. 다른 선택지는 없었다. 정신적으로는 당연하고 이미 신체적으로도 많이 망가져 있었기에 사실상 내가 선택할 수 있는 건 퇴사뿐이었다. 그리고 내 결정에 나는 책임져야 했다. 당장 나를 먹여 살려야 하고, 무너지는 나를 잡아야 했다. 한껏 예민해져 있는 성격을 달래야 했고, 세상을 향한 불만에 공감하고 위로해야 했다.

퇴사하던 그날 내 인생은 다 끝났다고 생각했다. 인사 담당자에게 사직서를 낸 날 그분은 나에게 이런 말을 했다.

"공황장애 생겼다고 그만두면 어떡해요. 그럼 다른 회사 가서도 또 그만둘 텐데. 좀만 더 버텨보지. 그만두는 게 정답은 아니에요."

겉으로 티내지는 않았지만 내심 그분의 말이 맞다는 생각이 들었다. 여기서도 버티지 못하는데 밖에 나가서 이 험한 세상을 어떻게 살아갈 수 있을까 겁났다.

하지만 이제는 당당하게 말할 수 있다. 그날의 퇴사가 끝이 아닌 시작이었다는 것을. 나답게 살기 위한 새로운 인생의 첫 발걸음이었다는 것을. 지금까지 살면서 내렸던 결정 중에 가장 잘한 일이었다는 것을.

나로 살아가겠다는 용기는 엄청난 보답으로 돌아왔다. 더 이상 싫어하는 사람들과 억지로 시간을 보내며 스트레스받지 않아도 되고, 하루 종일 시계만 쳐다보며 퇴근 시간만 기다리지 않아도 된다. 월요병은 사라진 지 오래이며, 이해되지 않는 일을 억지로 처리하지 않아도 된다. 여행 가고 싶을 때 가볍게 짐 싸들고 집을 나서도 되고, 급하게 병원에 가거나 낮에 볼 일이 생기면 누구 눈치보지 않고 마음 편히 갈 수 있다.

일하다가 기분이 다운되면 공원 산책로를 가볍게 걸으며 기분 전환을 하고, 예쁜 카페를 보면 들어가서 여유롭게 책을 읽는다. 일하다 반려동물과 놀 수도 있고, 피곤하면 낮잠을 잘 수도 있다. 퇴사하던 그날엔 절대 예상하지 못한 일들이 일어나고 있다.

나답게 살겠다는 용기를 냈다는 그 이유 하나만으로.

그럼에도
나답게 살아야 하는 이유

나답게 살면 좋은 점들이 수도 없이 많지만, 위에서 언급했듯이 우리 사회에서 나 자신으로 살아간다는 것은 쉬운 일이 아니다. 세상이 정한 길에서 벗어났다는 이유만으로 내 팔을 잡아 제자리로 돌려놓으려는 사람이 주변에 한가득이다. 흔들리고 싶지 않아 다른 사람들 이야기에 귀를 닫으면, 확성기를 들고 잔소리를 꽂아주는 사람이 대부분이다. 100퍼센트 확신을 가지고 내린 결정에도 내 결정이 잘못된 이유를 100가지도 넘게 설명해주는 사람들이 주변에 늘 있다. 이러한 분위기 때문에 나답게 사는 것을 포기하는 사람들도 있다. 다른 사람의 오지랖을 감당할 수 없다며, 속 시끄러운 거 싫고 그저 편하게 살아가고 싶다며, 기껏 낸 용기가 아쉽게 제자리로 돌아가는 사람들을 많이 봐왔다.

그런 분들에게 그럼에도 나답게 살아야 한다고 말해주고 싶다. 이유는 세 가지다.

첫째, 다른 사람들은 내 인생을 끝까지 책임져주지 않는다. 나와 평생 함께할 사람들이 아니다. 잘되면 자기 덕, 못 되면 내 탓이다. 내 자존감을 훔쳐갈 사람들이다.

둘째, 행복하게 살기 위해서다. 다른 사람이 알려주는 길로만 가면 결코 행복한 삶을 살 수 없다. 더 냉정하게 말하면 나이를 먹을수록 불행해질 수밖에 없다. 점점 나이가 들수록 내 곁을 떠나가는 사람들은 많아질 것이다. 남은 삶을 이끌어가는 건 오로지 내 몫으로 남는다. 그때 가선 주변에서 이쪽저쪽 길 안내 해주는 사람도 없다. 행복에 큰 관심이 없어서 나답게 살기 싫다면 OK, 받아들이겠다. 하지만 행복하게 살기를 바란다면 나답게 살아야 한다.

마지막 셋째, 우리는 '나'라는 드라마의 주인공이기 때문이다. 주인공이 조연보다 분량이 적은 드라마를 본 적 있는가? 주인공이 조연 삶을 빛내주기 위해 노력하는 걸 보았는가? 주인공은 말 그대로 주인공이다. 조연이 주인공을 빛내주는 것이며, 주인공의 삶은 늘 해피엔딩이다. 나답게 살지 못하는 내 삶이 과연 해피엔딩이라고 말할 수 있을까? 내 삶의 주인은 나인데, 왜 그 좋은 자리를 남에게 주려고 하는가?

이렇게 되기까지 나도 참 먼 길을 돌아왔다. 대학교를 졸업하기 전엔 즐겁게 일하던 분야의 매장직으로 취업했지만 아무도 인정해주지 않았다. 그게 무슨 일자리냐며, 부모님은 주변에 내가 아르바이트하며 취업 준비를 하고 있다고 말하셨다. 친구들도 비웃을 때가 많았다. 고작 그런 일 하자고 4년제 대학교 나온 거냐는 상처되는 말을 생각없이 내뱉었다.

처음엔 일에 대한 자부심이 있었지만 이런 시간이 반복되자 직업이 부끄러워졌다. 결정타는 매장에 방문한 손님의 말이었다.

"아유, 늦게까지 힘드시겠어요. 우리 딸도 여기서 알바하는데."

모두가 나를 알바생으로 봤다. 그렇다면 내가 더 이상 고집부릴 게 아니라는 생각이 들었다. 그렇게 첫 직장을 그만두었다.

세상의 시선대로 몸이 편한 사무직으로 옮겼지만 행복하지 않았다. 사무직을 10년 동안이나 했지만, 단 한 번도 행복한 적이 없었다. 몸이 편하다고 해서 마음까지 편한 건 아니었다. 일이 적성에 잘 안 맞았던 것도 아니지만, 크게 재미도 보람도 없었다. 다른 사람들에게 잘 보이기 위해 10년 내내 몸에 맞지 않는 옷을 억지로 입고 있는 기분이었다. 그러다 보니 늘 소화불량을 달고 살았고, 스트레스로 인해 몸이 여기저기 아픈 게 일상이었다. 스트레스로 인해 생긴 병 때문에 수술도 해야 했다. 사람들이 인정해주는 회사에서 일을 하며 모두에게 박수받을 만한 업무를 담당하면서도 내내 불편했던 것은 나답지 못해서가 아니었을까?

사람들의 시선이 두려워 억지로 선택한 일들이었고, 가치관이 맞지 않는 사람들과 하루 종일 같이 있어야 했으니 얼마나 불행했을까. 거기다가 상사로부터 매일 반복되는 폭언에 시달려야 했고, 무시가 일상화되면서 자존감까지 박탈당해야 했다. 사람들의 이야기에 귀 기울여 그러한 조언에 맞춰 살기를 노력한 지 10년. 그러는 동안 내 삶은 불행해졌고, 나는 조연이 되어 있었다. 결과는 어떠한가? 나에게 이래라 저래라 했던 사람들은 지금 내 옆에 없다. 어디서 뭐 하고 사는지조차 모른다. 결국 내 인생은 내가 책임져야 한다는 걸 경험으로 깨달았다.

눈앞에 보이지 않는 것들을 얻기 위한 억지노력은 이제 그만하자. 승진, 연봉, 회사 내에서의 새로운 기회, 모두 신기루 같은 것이다. 회사는 그렇게 희망 고문하며 직원들을 조련시키는 것이 일이다. 어찌 보면 당연하다. 회사 탓할 것도 없다. 그런 막연한 것들에 꿈을 가지고, 닿지도 않을 꿈을 향해 올인하는 나 자신을 되돌아볼 줄 알아야 한다. 그게 진짜 내가 원하는 것인지, 아니면 보이지도 않는 미래를 위해서 그런 날이 반드시 온다는 믿음을 새기며 최면을 걸고 있는 것인지 말이다. 잡히지도 않는 것들에 집착하고 욕심내는 사람에게 세상의 가스라이팅은 더욱 힘을 발휘한다. 그 욕심을 볼모로 세상으로부터 약점을 잡히기 때문이다.

욕심을 내려놓자. 욕심을 내려놓으면 추상적인 것들을 잡으려 노력하던 나의 약점이 서서히 사라질 것이다. 그 약점을 이용해 나를 옥죄던 가스라이터는 더 이상 나를 괴롭힐 거리를 발견하지 못하게 된다.

3,500번 이상의 죽음을 마주한 호스피스 의사 오자와 다케토시가 쓴 책 《1년 뒤 오늘을 마지막 날로 정해두었습니다》를 보면, 인생의

마지막이 되면 환자들이 가장 많이 후회하는 건 가족과 더 많은 시간을 보내지 못한 것, 하고 싶었던 것이 있어도 하지 않았던 것, 다른 사람 눈치를 많이 보았던 것을 가장 많이 후회한다고 한다.

나답게 살아야 하는 이유를 찾기 위해서는 나는 누구인지, 이 세상에 왜 존재하는지, 진정 원하는 것은 무엇인지, 내 가치관의 우선순위는 무엇인지, 행복한 삶을 살고 싶은지, 아니면 불행한 삶을 살고 싶은 것인지를 찾아야 한다. 부정하고 싶은 것들까지도 모두 인정하는 것에서부터 시작해야 한다.

내 안의 점을 모두 연결하면 내가 된다

"그래, 나답게 살아야 한다는 것. 알겠어요. 그런데 저는 제가 누구인지부터를 모르겠어요. 어디서부터 시작해야 하나요?"

이런 생각이 든다면 희망적이다. 바뀌고 싶다는 마음이 들었다는 신호이기 때문이다. 맞다. 나로 살아가기 위해서는 내가 누구인지부터 알아야 한다. 내가 누구인지, 어떤 걸 좋아하는지, 어떤 일을 좋아하고 잘하는지 경험을 통해 대략 깨달았지만, 다른 사람에게 설명하는 건 늘 어려웠다. 하지만 이내 답을 찾을 수 있었다.

나다움에 대해 고민이 많은 분에게는 박웅현 작가님의 《여덟 단어》라는 책을 추천한다. 이 책 안에는 나를 알아가는 과정, 나라는 사람을 이해하기 위해 필요한 본질 8가지, 좋아하는 일을 찾는 방법, 자존감 높이는 방법, 인생에서 중요한 것들은 무엇인지에 대한 깨달음 등을 말해주고 있다. 그중에서 이 말은 가장 마음에 와닿았다.

"강판권 씨는 자기 안의 점을 무시하지 않았습니다. 밖에 찍어놓았던 기준점을 모두 안으로 돌려 자신이 제일 잘할 수 있는 것을 찾아냈고 점을 다시 찍었습니다. 그리고 그 안의 점들을 연결해 하나의 별을 만들어낸 겁니다. 강판권 씨는 지금 계명대 사학과 교수로 재직 중입니다."

여기 나오는 강판권 씨의 사연은 책에서 확인하면 된다.

중요한 것은 밖에 찍어놓은 점을 모두 안으로 돌려 자신이 제일 잘할 수 있는 것을 찾아내는 것이다. 그런 다음 그 점을 다시 찍어 모두 연결해 하나의 별을 만들어내는 것. 그 별이 곧 나의 장점이자 강점이자 꿈이 된다.

어렵게 들릴 수 있다. 좀 더 이해하기 쉽게 나의 이야기를 해보겠다.

나는 어릴 적부터 정말 다양한 경험에 도전해왔다. 무용, 중국어, 영어, 십자수, 판소리, 태권도, 걸스카우트, 팟캐스트 등의 인터넷 방송, 인터넷 소설 쓰기, 복싱, 해외 거주, 법 공부.

담당했던 업무 경력으로는 금융 회사, 온라인 영어 강의 서비스, 무역회사, 여행사, 변호사 사무실, 인사 시스템 개발 회사에서 근무했다. 회사생활을 하던 당시 담당 업무가 아님에도 했던 업무들이 있는데, 영상 편집과 글쓰기, 홈페이지 관리가 있다.

이것들이 내가 찍은 점들이다. 이것들을 내 안으로 기준점을 옮겨 새로운 점을 찍게 된 과정은 이렇다. 우선 나는 손이 빨라 일 처리도 빠르고 적응력도 뛰어난 편이다. 어릴적부터 새로운 분야를 다양하게 경험한 덕분이다. 자신감 향상과 낯가림 제거에 도움이 되었던 건 걸스카우트 활동, 판소리 및 방송촬영, 인터넷 방송, 태권도, 복싱의 경험이 한몫했다.

일의 재능을 찾게 된 계기는 바로 블로그인데, 이 또한 학창 시절 친구들에게 보여주려는 의도로 재미 삼아 썼던 소설, 에세이, 손 편지와 다양한 백일장 참여 및 수상 경력, 회사에서 서브 프로젝트로 하던 글쓰기와 홈페이지 관리가 큰 영향을 끼쳤다.

마지막으로 작가가 될 수 있도록 큰 힘을 발휘해준 인스타그램 계정 운영은 회사에서 잠깐 했던 영상 편집 덕분이다.

이렇게 찍은 점들을 연결해보니 '인스타그램 인플루언서'와 '작가'라는 별이 되어 빛나게 된 것이다.

어렸을 때의 경험들과 회사생활 10년 동안 했던 경력들이 현재 일에도 여전히 큰 영향을 미치고 있다. 모든 경험은 자산이다. 이 세상에 쓸모없는 경험은 절대로 존재하지 않는다. 모두 다 쓸모가 있다. 지금 당장 어디에 써먹을지 모른다고 하더라도 그 무엇과도 바꿀 수 없는 귀한 자산임을 기억하자. 나처럼 지금까지 경험했던 것들을 쭈욱 나열해보고, 공통되는 것들끼리 선으로 연결하여 키워드를 잡아보자. 분명히 여러분 안에도 숨어 있는 별을 발견하게 될 것이다.

좋아하는 일을 빠르게 찾는 방법은 없다. 다만 그 일을 발견하기까지 시간을 단축시킬 수는 있다. 어떻게? 최대한 많은 일을 접해보는 것이다. 다양한 경험을 해보는 것이 중요하다. 나와 어떤 일이 맞는지 안 맞는지는 직접 해봐야만 알 수 있다. 나에게 가장 의외였던 일은 영상 편집이다. 처음 회사에서 영상 편집 일을 시켰을 때 당장 회사를 나가고 싶었다. 컴퓨터나 휴대폰 또는 기기로 하는 모든 것들에 재능이 없다고만 생각했기에 자신이 없었다. 디지털보다는 아날로그를 선호하던 나였다. 친구들로부터 늘 애늙은이라는 소리를 들으며 살아왔다.

그런 내가 프리미어 프로라는 어마무시한 프로그램을 사용해 영상을 만들어내야 하는 게 굉장한 압박감으로 다가왔다. 기획, 촬영, 편집까지 모두 내 몫이었다. 그 일만 하고 그만둘 셈으로 시작했는데, 이게 웬걸? 적성에 딱 맞았다. 직장생활 10년 동안 이렇게 재미있는 일은 처음이었다. 회사에서 강제로 이 일을 시키지 않았더라면 절대 하지 않았을 일이다.

영상 편집이 내 인생에 중요한 이유는, 영상 제작에 대해 시작하면서 콘텐츠 제작에 대해서도 알게 되었기 때문이다. 이게 아니었다면 인스타그램도 블로그도 하지 않았을 거다. SNS를 하지 않았다면 세상에 내 이야기를 알릴 수 있었을까? 지금 내가 책을 쓸 수 있었을까?

좋아하는 일을 찾기 위해 투자한 시간이 자그마치 13년이다. 13년 동안 앞이 캄캄한 상태로 달려왔다. 주변에서 “돈 낭비, 시간 낭비 하며 저게 뭐하는 짓이냐”고 말할 때마다 불안했다. 정말로 아무것도 못 찾으면 어쩌지 하는 생각이 몇 달 내내 지배한 적도 있다. 그럼에도 꿋꿋하게 앞으로 나아갔다. 13년 동안 걱정하는 말로 포장된 많은 가스라이팅을 받았다.

"이제 그만해. 노처녀로 늙어 죽을래?"

"넌 어떻게 너 하고 싶은 대로만 하고 사냐?"

"어휴, 너 때문에 부모님 걱정이 크시겠다."

이런 말들을 들으며 지켜낸 인생이다.

내 안에 있는 별을 찾아내고 싶다면 자신을 믿고 버텨내자. 1년, 3년, 10년이나 그보다 더 오랜 시간이 걸릴 수도 있다. 하지만 여러분도 결국 나만의 별을 찾아낼 거라 믿는다. 그날을 만나게 되면 꼭 나에게 알려주길 바란다.

잃어버린 자신감 되찾기 프로젝트

퇴사한 뒤 가장 어려웠던 건 잃어버린 자신감 되찾기였다. 자신감을 찾는 건 돈 버는 일보다도 더 어려웠다. 내가 어디까지 자신감을 갖고 있었는지조차도 기억나지 않았으니 말이다. 하지만 나답게 살기 위해서는 자신감과 자존감이 필수다. 그 두 가지가 없이는 절대 나로서 살아갈 수가 없다. 자신감은 스스로 자신을 믿을 수 있는 믿음과도 직결되어 있으며, 자존감은 나를 사랑해주고 보듬어줄 수 있는 힘을 가지고 있다. 자신감이 없으면 무슨 일을 해도 할 수 있다고 생각하지 못하고, '난 안 될 거야. 내가 그렇지 뭐'라는 태도로 임하게 되기에 어떤 일이든 좋은 결과를 얻을 수 없다. 그러면 당연하게도 자책하는 날들이 늘어나며 나에 대한 존중감은 생길 수가 없게 된다.

자신감을 키우기로 가장 좋은 것은 성취감을 느끼는 것이다. 성취감은 큰 목표를 달성했을 때만 느낄 수 있는 게 아니다. 작은 목표들을 도장 깨기처럼 하나씩 달성하다 보면 작은 성취감이 모여 어느덧 큰 성취감이 되어 있다. 그렇게 만들어진 큰 성취감은 +1, +2, +3… 이런 식으로 자존감 점수를 올려준다. 회복된 자신감을 오래도록 유지하기 위해서는 성취감을 꾸준하게 느끼는 것이 중요하다.

그러기 위해선 좋은 습관을 가지고 있는 것이 관건이다. 우리가 숨 쉴 때 의식하지 않고 숨을 쉬는 것처럼, 좋은 습관을 들이면 크게 의식하지 않고 해낼 수가 있는데, 그렇게 되면 좋은 점은 좋은 결과들이 나도 모르는 사이에 누적된다는 점이다. 그렇게 되면 나에게는 늘 좋은 일만 일어나는 기분이 들고 언제나 자신감이 생길 수밖에 없다. 이러한 방식으로 나는 11개월 동안 잃어버린 자신감을 되찾고 여전히 유지 중이다. 11개월 동안 한 번도 무너진 적이 없다. 오히려 나에 대한 믿음과 존중감은 나날이 높아지고 있다.

그렇다면 좋은 습관은 어떻게 만들고, 성취감은 무엇을 통해 얻으면 될까? 우선은 가장 작은 것부터 시작하는 것이 좋다. 내가 시작했던 습관은 '일찍 기상하기', '밥 챙겨 먹기', '매일 100페이지 독서하기'였다.

11개월 전으로 돌아가보면 이렇게 살다가 죽지 않을까 싶을 정도로 굉장한 폐인이었다. 공황장애와 우울증이 굉장히 심각해서 약을 먹지 않으면 불안 증세로 인해 잠을 잘 수도 없었고, 먹고 싶은 욕구가 없어서 먹지도 화장실을 가지도 않았다. 극심한 불면증에 시달려서 늘 예민했고, 그 덕분에 불안함은 더욱 가중 되었다. 대인기피증 증상도 생겨 아는 사람도 만나기가 무서워서 집 밖으로 나가지도 않았다.

그래서 처음엔 사람처럼 살고 싶어서 시작한 것이 먹기, 잘 자기, 책 읽기였다. 늘 오전 7시 정도에 해가 뜨는 것을 보고 잠이 들었는데 이러한 습관을 고치고 싶어서 새벽 6시 기상에 도전했다. 잘 자기 위해서 가벼운 산책도 시작했다. 그 당시 나와의 약속은 하루 30분씩 산책하기, 아무리 졸려도 낮잠 자지 않기, 그래서 일찍 자고 일찍 일어나기. 일찍 일어나면 100페이지씩 독서 하기였고, 그런 다음엔 밥을 잘 챙겨 먹기 시작했다. 하루 한 끼 먹던 것을 하루 두 끼로 늘렸다.

이런 습관이 3주 정도 반복되니 새벽 4시 정도가 되면 눈이 떠졌다. 책을 읽고 싶다는 생각이 드니 알람이 없어도 일찍 일어날 수 있었다. 일찍 일어나서 책을 읽다 보면 어느덧 목표한 100페이지를 금방 채웠고, 시간이 지날수록 1권을 완독하는 날들이 늘어났다. 그렇게 30일을 유지하다 보니, 어느덧 16권이라는 책을 읽게 되었고 그 때 느꼈던 성취감은 지금도 생생하다. 고작 그 한 달이 '나도 할 수 있구나' 하고 깨닫게 해준 계기였고, 그 뒤로 시작한 모든 일의 기반이었다. 무슨 일이 있어도 내가 먼저 나를 놓지 않기로 약속했다.

좋은 습관으로 조금씩 되찾은 자신감을 보호해주기 위해 자존감 키우기에 집중하기로 했다. 책을 읽어가며 좋은 구절들을 실천하고, 나 자신을 사랑하는 법을 좀 더 체득하기 위해 매일 감사일기를 썼다. 부정적인 생각이 들 때마다 의식적으로 그만 생각하도록 꾸준하게 훈련했고, 좋은 것만 떠올리는 연습을 했다. 자존감은 내가 어떤 상황에 놓여 있더라도 스스로를 존중해주는 것을 의미한다. 난 그걸 잘 못했다. 남들에게 보여줄 좋은 결과를 냈을 때만 나 자신을 칭찬했고, 그러지 못할 때는 자책하기 바빴다. 아마 많은 분이 잘 실천하고 있지 못할 것이다. 죄책감 가질 필요 없다. 당연한 거다. 지금까지 살아오면서 그 어디에서도 나를 사랑하는 법에 대해 배워본 적이 없지 않은가? 오히려 나를 사랑한다고 말하면 비웃는 세상에 살고 있다. 그러니 어찌 나에 대해 믿음을 가지고, 존중하는 마음을 가지며, 나를 당당하게 사랑할 수 있겠는가.

그리고 이건 나만의 방법인데 미리 말하자면 어떤 분들에겐 거부감이 들 수도 있다. 내 믿음이 흔들리거나 나의 선택에 자신감이 떨어질 때면 이런 생각을 한다.

"내가 만약 내일 죽는다면 오늘 어떻게 행동할까?"

그러면 갑자기 현재의 삶이 소중해지고, 후회 없는 삶을 살기 위해 어떻게 살아야 할지 온 신경이 집중된다. 이 방법이 효과가 있었기에 선택한 건 아니다. 경험으로 터득한 것이다. 가장 친한 친구의 마지막을 지켜주지 못한 채 떠나보내야 했을 때, 일주일 후에 만나기로 했던 이모부가 세상을 떠나셨을 때, 나에게 실수를 저지른 채 사과를 하지 않아 미워만 하고 있던 외삼촌이 떠났을 때, 사랑하던 우리 막내 두나가 내 옆에서 경련을 일으키며 무지개다리를 건넜을 때, 이런 몇 차례의 죽음을 겪으며 현재를 감사하는 태도를 배우게 되었다. 특히나 나에게 직접적으로 죽음이 다가왔던 경험도 큰 영향을 끼쳤다.

결단을 내려야 할 때는 이 방법을 쓰곤 한다. 죽음 앞에서 내린 선택이라 그런가, 그렇게 내린 결정들은 대부분 나에게 후회를 주지 않았다. 직접 내린 선택에 후회하는 날들이 줄어든다는 것은 자신감 향상에 큰 도움이 된다. 선택을 후회하면 후회할수록 본인을 믿지 못하게 되는 것과 같은 논리다.

자신감과 자존감을 높이는 최고의 방법은 무언가를 행동해서 성취감을 얻는 것이다. 그 행동력을 높이는 방법은 삶의 마지막을 떠올리는 것이다. 자신이 느끼기에 현재 자신감이 현저하게 떨어져 있는 상태라면 나답게 살겠다고 다짐하기 전에 잃어버린 자존감부터 찾아오도록 하자!

아직도 착하게 살고 계세요?

한국인들은 유독 착하게 사는 사람이 많다. 자기 의견을 명확하게 표현하지 않고, 좋은 게 좋은 거라며 넘어가는 편이다. 부모님이 바라는 모습대로 살려고 기를 쓰고 노력하면서도, 스스로 하고 싶은 일이 생기면 쉽게 포기한다.

"정말 착하시네요"라는 말을 들으면 행복해한다. 과연 착한 게 정말로 좋은 것일까? 착하다는 건, 사람들이 좀 더 쉽게 조종하기 위해서 만들어낸 말이 아닐까? 부모님의 말을 잘 들으면 착한 아이, 세상이 만들어놓은 매뉴얼대로 살아가면 착한 사람이 되니까. 자신의 의사는 표현하지 않은 채 시키는 대로만 "네, 그렇게 할게요"라고 대답하면 착하고 효자라고 칭찬하는 세상이다. 그럼에도 정말 착한 게 좋은 것일까?

나도 어릴 땐 착하다는 말을 많이 들었다. 생각해보면 착하다는 말을 들을 땐, 내 의견에 대해서 표현하지 않고, 친구들이 이야기하는 걸 전부 들어주던 때였다. 어른들이 시키는 대로 행동할 때였다. 그러다가 머리가 크면서부터는 하고 싶은 말을 표현하기 시작했고, "싸가지 없다"는 말들을 더 자주 듣기 시작했다. 처음엔 이런 말을 듣는 것이 너무 속상했다. 이 말을 듣고 싶지 않아서 속으로 삭인 적도 많다. 하지만 상대방의 말에 맞춰주고 내 의견을 숨길수록 사람들은 나를 조종하고 싶어 하고, 자기 의도대로 나를 움직이고 싶어 했다.

오해도 많이 생겨났다. 내가 가진 생각을 명확하게 표현하지 않으니 인간관계에 대한 갈등도 여러 번 일어났다. 그럴 바엔 차라리 착한 사람보단 싸가지 없는 사람이 낫겠다 싶어, 그다음부터는 싸가지 없다는 소리를 들어도 상처받지 않게 되었다. 아이러니하게도 싸가지 없는 아이가 되기로 결심하니 갈등과 오해도 많이 줄게 되었다. 오히려 명확하게 "나는 이런 상황은 좋고 이런 상황은 싫다, 이러한 행동은 받아들일 수 있지만 이러한 행동은 받아들일 수 없다"라고 구체적으로 표현하고 나니 상대방도 나의 의사를 더 확실하게 인지할 수 있던 것이다.

가스라이팅을 잘 당하는 사람들은 대부분 착하다. 착한 사람들은 분란을 만드는 걸 원하지 않기 때문이다. 상대방과의 껄끄러운 상황을 싫어해서 자신이 조금 희생하더라도 상황을 좋게 넘기고 싶어 한다. 하지만 그러한 상황을 매일 같이 매번 겪는다면 내 인생에서 내가 존재하기는 하는 걸까? 내 인생의 주인공은 나라고 하는데, 매번 양보만 하고 산다면 과연 내가 주인공이 맞는지 의문이 들게 된다.

다른 사람들에게 쉽게 휘둘리지 않으려면 나만의 소신을 가져야 한다. 어디까지 참고 배려할 것인지, 어느 선을 넘었을 때 아닌 건 아니라고 말할 것인지를 스스로 경계 설정을 하고 있어야 한다. 내 삶을 내가 결정해서 살아가겠다는 것은 착하지 않은 게 아니다. 욕 먹어야 할 이유가 전혀 없다. 그렇게 해서 욕 먹는 건 두려워하지 않아도 된다. 착한 사람일수록 자존감이 낮을 확률이 높다. 자존감이 높다는 건, 스스로를 존중해주고 나를 위해줄 수 있다는 힘이 있는 사람인데, 다른 사람을 먼저 배려하고 다른 사람의 기분만 생각해주는 사람에게 자존감이 높다는 건 말도 안 되는 일이다.

자신이 착한 사람이란 생각이 들면, 다른 사람들의 다른 의견과 가치관에 대해 다르다고 표현할 용기를 갖는 것이 우선이다. 처음은 힘들 것이다. "너 왜 그래?" 하며 이상한 사람 취급도 당할 것이다. 하지만 그때뿐이다. 몇 번 이겨내고 나면 주변 사람들도 금방 익숙해진다. 오히려 나 자신을 있는 그대로 바라봐주고 인정하게 된다. 그 과정에서 내가 더 단단해짐을 깨닫게 될 것이다.

'내가 그래도 되나?' 하는 생각이 들 때면 당연하게 생겨나는 감정이라 인정해주면 한결 나아진다. 본인이 이렇게 행동해도 되는 건지 의구심이 든다면, 그래도 된다고 믿자! 여러분에게는 충분히 그래도 되는 권리가 있다. '내 인생이니까. 내 인생을 내가 만들어가겠다는데 누가 뭐라고 하겠어!' 하는 마인드로 당당해지자.

이때 중요한 점은 다른 사람에게 나쁜 사람이 되어서는 안 된다는 것이다. 내가 싸가지 없다는 말을 듣기로 결심했다고 해서, 사람들에게 싸가지 없게 행동하는 것은 아니다. 내가 그 말을 듣는 이유는 상대방이 나에게 기대하는 것을 충족시켜주지 못했기 때문에 그들 마음대로 기대하고 실망했다는 표현을 그렇게 할 뿐이다. 결코 다른 사람에게 못되게 대하진 않는다. 이를 오해하고 나쁜 사람처럼 대해서는 안 된다. 내가 원하는 것을 얻기 위해 나의 의견을 다른 사람에게 강요를 해서는 안 된다는 뜻이다.

"나는 이렇게 살고 싶다고오! 나 좀 내버려 두라고오!" 하며 고집만 피우라는 것이 아니다. 상대방이 납득할 수 있도록 나의 의견을 차근차근 전달해야 한다. 착하지 않은 것과 나쁜 것은 아예 다르다는 것을 인지하자. 나 자신을 먼저 돌보라는 것이지, 다른 사람에게 피해를 끼치라는 것이 아님을 명확하게 알아야 한다.

착하게 사는 건 결코 좋은 삶이 아니다. 이제 그만할 때가 되었다. 사람들에게 좋은 이미지로만 남겨지고 싶은 마음, 이제 그만 내려놓자. 좋은 이미지만 보인 채 평생 연극을 하며 살아갈 것인가, 아니면 내면으로부터 진심이 우러나오는 좋은 사람이 될 것인가. 진짜 좋은 사람은 착한 사람이 아니라, 내면의 소리에 귀 기울이며 나를 존중할 줄 아는 사람, 나를 소중하게 생각하듯이 타인의 생각도 인정하고 수용해주는 사람이다.

누가 뭐래도 흔들리지 않는 나

온전한 나로 살아가겠다고 다짐을 해도 자꾸만 흔들리는 이유는 내 안의 기준이 없어서다.

'그래, 그 기준이 필요한 건 알겠는데, 그래서 어떤 방법으로 기준을 찾아야 하는데?'

이렇게 생각할 수 있다. 기준을 잡기 위해 가장 처음으로 시작했던 방법은 나만의 인생 키워드를 설정하는 일이었다. 이 힌트는 11개월 전에 켈리 최 회장님의 《웰씽킹》 책에서 힌트를 얻을 수 있었다. 《웰씽킹》에는 60개의 핵심가치 키워드가 소개되는데, 그중에서 내 인생에 가장 중요하다고 생각하는 가치관을 설정하는 것이다. 가치관에 대해 막연히 생각만 하는 것과, 눈으로 보며 확고하게 결정하고 삶을 살아가는 것은 천지차이다.

정확하게 내가 어떤 삶을 원하는지 나도 몰랐는데 이 단계를 거치고 나니, 안개가 걷힌 하늘처럼 맑아지는 걸 경험할 수 있었다. 그리고 11개월 동안 기준이 흔들릴 때마다 이 가치관들을 다시 점검하며 마음을 다잡을 수 있었다.

흔들리지 않으려면 내가 맞다고 생각하는 것들을 지키며 사는 것이 중요하다. 나의 가치관과 반하는 삶을 살수록 불행하고, 회의감이 들기 때문이다. 그런 인생이 누적되면 자신감도 떨어지고 자존감이 낮아질 수밖에 없다.

11개월 전 이렇게 키워드를 골랐다. 키워드를 잡고 나니 선택의 기로에 섰을 때 나의 가치관과 맞는 선택인가, 후회하지 않을 선택인가를 판단하기 수월했다. SNS의 특성상 화려해 보이는 것에 한 번씩 흔들릴 때도 있어 보이는 것보단 진정성 있는 콘텐츠로 다가가자는 마음으로 초심을 지킬 수 있었다. 도전하는 용기를 잃어버릴 때마다 나의 스토리가 하나씩 더 쌓이는 거라 생각하며 용기를 냈다.

일을 하면서 당연한 것들의 소중함을 잃지 않으려 노력했다. 그중 가장 큰 영향을 끼친 것은 가족이다. 아무리 바빠도 가족들과 시간을 보내는 것을 최우선으로 생각했다. 나를 응원해주는 사람들이 있다는 사실에 에너지가 충전되었다. 성장에 초점을 맞추고 나니 일어나는 결과보다는 과정에 집중하게 되었다. 원래도 과정 지향주의였지만, 더욱 더 과정에 가치를 느낄 수 있었다. 그런 의미에서 나는 "모로 가도 서울만 가면 된다"는 말을 그다지 좋아하지 않는데, 아무리 결과가 중요하더라도 수단과 방법을 가리지 않는 것보다는 올바른 방향으로 나아가는 것 또한 떳떳한 결과에 한몫하는 거라 생각하기 때문이다. 건강한 성장을 위해 배움을 게을리하지도 않았다. 그동안은 부끄럽게도 1년 독서량이 0권이었으나 배움을 위해 책을 읽기 시작한 것이 어느덧 160권이라는 독서량을 기록하게 된 것처럼.

나답게 살고 있다는 확신이 생기는 시점은 내가 세워놓은 가치관과 일치하는 삶을 살고 있다는 것이 느껴질 때부터였다. 그래서 일말의 후회도, 한 치의 부끄러움도 없었다. 회사를 다닐 때는 뭔지 모를 힘든 일이 많았다. 대부분 회사의 정책과 나의 가치관이 맞지 않는다고 판단될 때가 많았다. 회사의 성장만을 위해 내가 어떤 생각을 가지고 있든 간에 위에서 시키는 대로만 하며 살아가야 한다고 늘 최면을 걸고 살았지만 쉽지 않았다. 극단적으로 '이건 사람답게 사는 게 아니잖아' 하는 생각도 자주 들었다. 나를 속이는 건 남을 속이는 거니까 감당하기가 쉽지 않았다. 하지만 더 이상은 그렇게 살지 않아도 된다는 것을 알게 되었을 때, 드디어 나답게 살고 있구나 하고 깨달을 수 있었다.

나답게 살면 좋은 점은 무엇보다 마음이 편안하고, 스트레스에서 벗어날 수 있다. 자유를 얻을 수도 있다. 성장 과정에 집중할 수 있고, 모든 일이 즐겁게 다가온다. 사소한 일들이 전부 감사하게 느껴진다. 하루하루가 소중하고, 모든 인간관계에 해피 바이러스가 돌게 된다. 반대로 나답게 살아서 좋지 않은 점을 굳이 꼽자고 하면, 세상으로부터 쓸데없는 편견을 많이 받아야 한다. 오지랖도 자주 들어야 하고, 굳이 해주지 않아도 되는 걱정에 대한 말들도 많이 들어야 한다. 그 과정에서 자존감을 훔쳐가는 사람들도 종종 만나게 되고, 나의 의견이 무시되는 일들도 겪어야 한다. 의도하지 않더라도 나의 의견과 대치되는 상황을 조금씩 겪게 된다.

불필요한 에너지 낭비에 시달리고 싶지 않다면 내 인생에 중요한 키워드들이 무엇인지 먼저 점검해보고 내 안에 단단히 새겨놓도록 하자. 누가 뭐래도 흔들리지 않는 내가 될 수 있도록.

가스라이팅에 현명하게 대처하는 방법

나답게 살겠다고 다짐하고 또 다짐해도 흔들리는 건 당연하다. 나는 할 수 있다는 자신감으로 100퍼센트 무장해도 주변의 의심 가득한 눈초리를 받으면 어느새 자신감은 마이너스를 찍게 된다. 이런 과정이 반복되면 내가 내린 결정이 다 잘못된 것이란 생각이 들고, 나답게 사는 것을 포기하게 된다.

이렇게 쉽게 포기하게 되는 이유는 명확하다. 첫째, 잘해낼 거라는 내면의 확신이 없기 때문이다. 둘째, 가고자 하는 방향이 틀릴 수도 있는 의심 때문이다. 셋째, 끊임없이 주변 사람들과 내 자신이 비교되기 때문이다.

이 이유들을 한마디로 정리하면 이렇다.

"다른 사람들이 이미 만든 보장된 길로 가는 게 마음이 편하기 때문이다."

나답게 산다는 것은 스스로 만든 규칙을 따르고, 앞이 보이지 않는 캄캄한 길을 걸어가야 한다는 뜻이다. 내가 내린 결정을 정답으로 만들어야 하는 싸움이다. 이런 혹독한 싸움을 이어 나가며 스스로 의심하고 불안했던 부분을 누군가 건드리기라도 하면 답을 확인받은 느낌이 드는 것이다.

'그래, 내가 틀린 거였지.'

스스로 내린 결정으로 나의 삶을 만들어가는 과정에 주변의 가스라이팅에 휘둘리지 않기 위해 대처하는 가장 현명한 방법은 '내면을 단단하게 만드는 습관'을 만드는 것이다. 내 안의 것들이 단단해야 외부로부터 덜 흔들리게 되며, 앞으로 달려가는 도중에 옆을 쳐다보며 머뭇거리지 않게 된다. 내면을 단단하게 만드는 습관은 총 4가지다. 가장 쉬운 난이도부터 어려운 난이도로 정리했으니 차근차근 따라해보면 좋다. 단 이때 유의할 점은 이 습관은 하루 아침에 만들어지는 것이 아닌 1년, 2년 장기전으로 가야 한다는 점을 기억해야 한다. 작심삼일로 끝내면 큰 효과를 얻을 수가 없다. 마음 단단히 먹고 따라와야 한다.

첫째, 나에 대한 확신을 키우는 것이 중요하다. 확신을 키운다는 건 자신감을 키운다는 것이고, 자신감을 키운다는 것은 앞서 이야기했듯이 성취감과 관련이 있다. 오로지 스스로의 힘으로 작은 것이라도 달성해보는 그 짜릿함을 느껴보는 것이 중요하다. 누군가의 도움을 받아서도 안 된다. 오직 내가 직접 세운 목표에 대해, 나와의 약속을 끝까지 지켰다는 것을 경험해보는 것이 가장 중요하다. 작은 습관을 만드는 것으로 시작해보자. 매일 책을 10페이지씩 읽거나, 글을 A4 용지 1페이지씩 쓰거나, 블로그나 인스타그램에 콘텐츠 1개씩 업로드를 해보거나, 매일 영어 공부 10분씩 해보거나, 집 앞 산책을 5분씩 해보는 것이다. 난이도는 점차 높여가는 것이 좋다. 사람은 적응의 동물이기에, 쉬운 것에만 계속 적응하다 보면 새로운 것을 받아들이지 않으려 하는 특성이 있다. 제자리에 안주하면 성장할 수 없다. 꾸준하게 단계를 올려가며 새로운 환경에 적응하는 것은 필수다.

둘째, 내가 가진 생각, 계획, 가치관에 대해 상대방에게 표현하는 연습을 해야 한다. 많은 사람이 자신의 의견에 대해 명확하고 구체적으로 이야기하는 것을 어려워한다. 이 부분은 자존감과도 연결되어 있다. 이런 걱정으로 자신의 생각을 감추곤 한다.

'내 말이 저 사람 의견과 다르면 어떡하지?'

'상대방이 이해하지 못하면 어떡하지?'

'내 생각이 잘못된 거면 어떡하지?'

하지만 의견을 표현하지 않는 것도 습관으로 굳어버리면 고치기 힘들다. 의견을 표현하지 않으면 상대방은 나의 목표와 생각에 대해 절대 알 수가 없다. 내가 느끼기에 상대방이 나를 전혀 이해해주지 못하는 것처럼 느껴지기 일쑤다. 괜히 무시당하는 것 같고, 존중받지 못한다는 생각에 자존감은 자꾸만 낮아질 수밖에 없다. 자존감이 낮아지면 내가 내린 결정들에 확신이 생기지 않기 때문에 주변의 말에 더 휘둘릴 수밖에 없다. 나는 회사 다닐 때도 점심시간이나 업무 시작 전에 일찍 출근할 때면 자리에 앉아서 개인적으로 공부를 하거나 인터넷 강의를 듣곤 했는데 일부 직원들이 나의 인생을 폄하하곤 했다. 그럴 때 나는 그 말을 웃어넘기지 않고 명확하게 짚고 넘어갔다.

"너 인생 정말 재미없게 산다. 친구들 좀 만나고 좀 더 알차게 살아."

"공부가 제 스트레스 해소법이라서 괜찮습니다. 누구는 음악을 들으며 스트레스를 풀고, 누구는 맛있는 것을 먹으며 행복을 느끼듯이 전 공부할 때 행복하거든요."

이 말을 들은 사람들은 똑같은 일로 참견하려고 하지 않았다.

셋째, 가스라이팅 하는 말을 한 귀로 듣고 한 귀로 흘릴 수 있어야 한다. 현명하고 유연하게 대처하는 것이다. 나의 생각을 상대방에게 표현하는 것보다 이 단계가 높은 이유는 웃으면서 넘길 수 있는 건 내면의 확신이 더 있어야만 가능한 스킬이기 때문이다. 소위 말하는 마음 그릇이 넓어야만 나와 반대되는 이야기에도 웃으면서 대처할 수가 있다. 이 또한 길고 긴 꾸준한 연습이 필요하다.

"내가 너 걱정되서 하는 말인데, 그거 그렇게 하면 안 돼" 하는 말에는 "걱정해주셔서 감사합니다"라든지, "다 너 잘되라고 하는 말이야, 새겨들어"라며 계속해서 자기 의견을 강요하는 사람들에겐 "네, 새겨듣겠습니다"라고 웃으면서 대답하고 넘기고 우리 갈 길을 가면 된다. 결국 계획했던 목표를 달성해서 결과로 보여주면 의심하던 사람들은 자신이 틀렸다는 것을 깨닫는다. 가스라이터에게 일일이 에너지를 쏟을 필요가 없다.

마지막 넷째는 사소한 것이라도 스스로 결정을 내리고, 어떤 결과를 얻든 모든 결정에 대한 책임을 회피하지 않는 것이다. 생각했던 것보다 결과가 좋든 나쁘든 일희일비하지 않고 눈앞에 일어난 일에 대하여 적절한 대처를 하는 것이 중요하다. 절대 도망쳐서는 안 된다. 한 번 실패했다고 해서 재도전하는 것을 포기하면 안 된다. 도망가는 것도 습관이다. 회피하는 습관이 굳어지면 절대 내 삶을 주도적으로 끌고 갈 수 없다. 실패도 해본 사람이 잘 견뎌내는 법이다. 이 길로 가서 헤매보고, 저 길로 가서 헤매봐야 어떤 길로 가야 하는지 명확하게 보이는 법이다. 다른 사람이 좋은 결과를 얻었다고 해서 그 방법이 나에게 100퍼센트 맞을 수는 없는 법이다. 나에게 맞는 방법을 찾기 위해선 내가 직접 경험해보고 깨닫는 것이 나답게 살아가는 가장 좋은 방법이다. 다른 사람에게 휘둘리고 싶지 않다면 스스로 직접 결정을 내리고, 그 결정에 책임을 지도록 하자.

세상은 온통 방해꾼들 투성이다. 내가 잘되는 것보다 잘 안 되길 바라는 사람이 더 많다. 사람 본능이 그렇다. 나보다 빠르게 앞서 나가는 것을 100퍼센트 진심으로 축하해줄 수만은 없다. 이 사실을 미리 인지하고 받아들이면 그 어떤 오지랖에 시달려도 흔들리지 않게 된다. 사람들이 가스라이팅을 하는 것은 나 자체가 싫어서가 아니다. 자기보다 잘나가는 게 싫어서다. 지금까지 그렇게 살아왔기 때문이다. 그들은 그것밖에 몰라서 그런 거다. 그러니 크게 연연해하지 말자. 길게 보면 내 인생에 눈꼽만큼도 도움이 안 되는 부분이니까.

무엇보다 가장 속 시원하게 대처하는 방법은 안 된다고 했던 사람들에게 되는 걸 보여주는 것이다. 그것보다 더 통쾌하게 대처하는 방법이 있을까?

기준은 언제나 나,
알리사의 실제 마인드셋 방법

"여러 면의 모습이 모두 저라는 걸 알지만, 어떤 모습의 내가 가장 나다운 건지 궁금합니다."

"비교가 독이 되는 건 알지만, 저보다 앞서가는 사람들의 이야기를 들을 때마다 본능적으로 불안합니다."

"지금 내가 올바른 방향으로 잘 가고 있는 건지, 그 방향에 따른 행동을 잘하고 있는지 궁금해요."

SNS에서 '나다움'에 대해서 이야기를 많이 하다 보니, 이러한 고민을 이야기해주시는 분들이 많다. 나답게 살고 싶지만, 다른 사람들의 삶과 비교가 되면서 불안하고, 실제로는 계속 흔들린다는 것이다. 이 과정에서 알리사는 마인드를 어떻게 다잡는지 궁금하다는 질문을 많이 해주신다. 나의 마인드셋을 공유해보려 한다.

첫째, 나는 나만의 속도로 가면 된다.

남과 비교하는 건 애초에 불가능하다는 걸 받아들이면 마음이 편하다. 다른 사람과 나를 비교를 한다는 것은 "기린이 목이 길어? 코끼리가 목이 길어?"라고 묻는 것과 같다. 기린은 태어날 때부터 코끼리보다는 목이 긴데, 코끼리가 아무리 운동을 하고 스트레칭을 한다고 해서 기린보다 목이 길어질 수 없는 것과 같다.

비교의 사전적 정의는 "둘 이상의 사물이나 현상을 견주어 서로 간의 유사점, 차이점, 일반 법칙 따위를 고찰하는 일"이라고 되어 있다. 애초에 사람에게는 비교라는 단어가 통하지 않는 것도 있지만, 비교를 할 거라면 전제조건이 나와 상대방의 상태가 견줄 만큼의 비등한 상태가 되어야 한다는 것이다. 하지만 우리는 늘 크게 다른 상황에 놓인 대상끼리 비교해서 좌절하곤 한다. 서로 가지고 있는 재능, 경험, 교육, 가정환경이 모두가 다른데 나이가 같다는 이유로, 옆집 친구라는 이유로, 형제라는 이유로 비교를 하고 따라갈 필요가 없다. 그저 나만의 속도로 나아가면 되는 것이다.

둘째, 나만의 무기를 찾아라.

나만의 무기란 평균적으로 남들보다 적은 노력으로 고효율을 낼 수 있는 것을 말한다. 무기는 곧 나의 자신감이 되어주고 정체성이 되어준다. 세상이 대기업을 가야 한다고 하니, 공무원이 되어야 한다고 하니 그런 직업을 갖는 것이 아니라, 내가 어떤 분야에서 두각을 나타낼 만한 재능을 가지고 있는지, 어떤 일을 할 때 큰 스트레스

없이 즐길 수 있는지 '일' 자체를 발견해 내는 것이 중요하다.

나는 아주 어렸을 때부터 글을 썼지만 단 한 번도 내가 글을 잘 쓴다고 생각한 적은 없었다. 남들보다 글 쓰는 걸 좋아한다고는 생각했지만, 글쓰기로 먹고살 거라고는 한 번도 생각해본 적이 없다. 초등학교 때 아빠 손 잡고 백일장들을 다니며 상을 휩쓸어도, 중학교 때 인터넷 소설을 쓴다고 나대며 친구들 사이에서 내 소설이 돌아다니며 인기를 끌어도, 고등학교 때는 직접 쓴 대본으로 라디오 DJ가 되는 것의 막연한 꿈이 있었어도, 실제로 어른이 되서 글쓰기를 주업으로 하게 될 거라고는 생각해본 적이 없었다.

그랬던 내가 글쓰기에 재능이 있다는 걸 깨달은 계기는 블로그였다. 나만의 무기를 찾게 되면 타인의 시선과 기준에서 자유로워진다. 따라서 좋아하면서도 잘하는 일을 빠르게 찾아내는 것이 관건이다.

셋째, 내가 하는 것이 곧 정답이다.

"제가 잘하고 있는 건지 모르겠어요"라는 고민에는 늘 이렇게 대답한다.

"내가 하는 게 곧 정답이에요."

남들이 정답이라고 인정해주지 않는다면 내가 스스로 나에게 정답으로 가고 있다고 말해주면 되는 게 아닐까? 꼭 남들의 인정을 받아야만 성공하는 인생일까? 그보다 스스로에게 떳떳하고 당당해지는 게 우선이지 않을까? 나답게 살기 위해서는 모든 기준은 타인보단 나에게 집중되어야 한다는 걸 기억하자. 내가 내린 결정에 후회

할까봐 걱정할 시간에, 내린 결정에 확신을 심어줄 만한 노력을 더욱 쏟아붓도록 하자.

넷째, 자신과 자주 대화하자.

힘들 때 많이 사용했던 방법인데, 거울을 보며 거울 속 나 자신과 대화를 종종 하곤 한다.

"네가 바라던 삶이 이거야?"

"네 생각엔 네가 이 일을 해낼 수 있을 것 같아?"

"너는 이 문제를 해결할 답을 가지고 있어?"

이런 식으로 나에게 질문을 건네며 답변도 해보곤 한다. 처음에는 미친 것 같고 어색했지만, 익숙해지자 난관에 부딪힐 때마다 내면의 나를 꺼내서 대화하게 되었다. 어색하다면 머릿속에 있는 생각을 종이에라도 전부 꺼내는 연습을 해보자. 일단 생각들을 전부 시각화하는 것이 중요하다. 그래야 어떤 것이 문제인지, 어떤 부분부터 빠르게 해결해야 하는지 직관적으로 알 수 있다.

다섯째, '오히려 좋아'라고 생각해보자.

실패를 하다 보니, 이제는 실패를 즐기게 되었다. 생각한 대로 일이 풀리지 않더라도 '오히려 좋아. 쉴 시간이 생겼네?' 하고 받아들이곤 한다. 공황장애로 회사를 퇴사하고 나서 막막한 삶에서도, 큰 사기를 당해서 금전적으로 큰 피해를 입었을 때도 '그럼 이 기회에 다른 일을 도전해볼 수 있겠네. 심란했던 마음을 정리하고 나를 돌아볼 수 있는 기회가 되니 오히려 좋아' 하는 마음으로 작가가 될 수 있었다.

단순히 무한 긍정의 마음을 가지라는 것이 아니다. 접근하는 방법을 약간만 바꾸면 스스로를 더 옥죄며 힘들어할지, 스스로를 해방시키며 자유를 줄 수 있는지가 달라진다.

여섯째, 있어 보이는 삶보단 나누는 삶을 산다.

"누구 딸은 변호사래."

"누구는 이번에 공기업에 합격했대."

이런 말들을 들어도 아무렇지도 않다. 부럽거나 불안하지 않다. 애초에 내 길이 아니라는 생각이기 때문이다. 있어 보이는 삶, 그래서 다른 사람들의 인정을 받는 삶으로 사는 건 포기한 지 오래다. 대신 나는 내가 가진 것들을 나누며 보람을 느끼는 삶을 택했다. 내가 보람차면 그만이다. 그 과정에서 행복함을 느끼면 만족하게 되었다.

"알리사 님처럼 되고 싶어요."

"알리사 님 글이 제게 큰 위로가 되었어요. 덕분에 다시 일어날 수 있었어요."

이런 메시지를 받을 때마다 경이로움을 느낀다. 나의 글이 누군가의 인생을 바꿀 만한 힘을 가지고 있다는 사실에 굉장한 자부심을 느낀다. 서울대, 삼성 기업보다 더 자랑스러운 인생이다.

일곱째, 불안함을 인정하자.

나도 사람인지라 불안함이 찾아올 때가 있다. 그럴 때면 '왜 이렇게 불안하지?'라는 생각보다는 '나 지금 불안하구나'라는 생각을 인정하면 내면이 고요해진다. 불안한 감정이 드는 것은 당연한 일이며, 앞으로 나아가는 과정에 있어서 필수적인 부분이라는 걸 알기 때문에 불안한 감정이 드는 그 자체에 크게 흔들리지 않는다. 불안함이 찾아왔을 땐 쉴 타이밍이라고 생각하고 친구를 만나서 수다를 떨거나, 나들이를 가서 바람을 쐬고 오면 그만이다.

여덟째, 모든 답은 나에게 있다.

하나부터 열까지 모든 걸 스스로 찾고, 만들고, 결정하고, 책임져야 하기 때문에 매번 선택의 기로에 놓이게 된다. 이 길로 갈까, 저 길로 갈까 고민이 되는 건 사실이다. 정답을 알 수가 없어서 힘들었던 적도 여러 번이다. 그럴 때마다 "모든 해결책은 나에게 있다"라는 말을 크게 내뱉으면 신기하게 정답이 보인다. 이 길로 가면 된다고 신호가 온다. 그리고 모든 선택은 늘 정답이었다. 위에서 말했듯이, 정답으로 만들어가는 건 내 몫이니까. 나를 굳게 믿어주면 긍정적인 결과를 얻는 건 너무나도 당연한 진리다.

나의 마인드셋을 그대로 따라해도 좋고, 여러분만의 마인드셋 규칙을 만들어도 좋다. 온전한 내 삶을 위해, 이것만은 꼭 지키겠다는 것들을 정해보자.

내가 나의 명함이고,
내 인생이 곧 이력서다

퇴사 후 1년쯤 지났을 때, 책상 앞에 앉아서 멍때리고 있었던 날이었다. 갑자기 책상 한켠에 놓인 명함들이 눈에 들어왔다. 그 명함에는 이렇게 쓰여 있었다. '사원 알리사', '컨설턴트 알리사', '코디네이터 알리사'. 직급과 내 이름이 쓰인 퇴사한 회사의 명함이었다. 지금의 나는 어떠한가? 그냥 '알리사'다. 아무것도 없다. 그냥 내 이름 석 자만 있다. 명함을 보는 순간 공허함이 몰려왔다.

무려 15년 동안 이력서만을 위한 삶을 살았다는 걸 깨닫는 순간이었다. 이력서에 있어 보이는 한 줄을 채우기 위해서 하기 싫은 것들을 억지로 참아내며, 나라는 사람이 산산조각나서 사라지는 그 순간에도 미래를 위해 견뎌야 하는 영광스러운 순간들이라며 버텼다. 그렇게 독하게 지켜온 내 이력서의 유효기간은 한국 나이로 서른 살까지였다. 이후부터 회사 면접을 보면 "서른 살이 될 때까지 뭐하셨어요?"라는 말을 듣곤 했으니. 세상에 제출하는 이력서는 나이를 먹을수록 급격하게 효력이 떨어지고 있었다. 이대로 살아도 되는 것인가 위기감을 느끼기도 했다. 그럴수록 더욱 화려한 이력만을 좇았다. 자격증을 하나라도 더 따야겠다는 생각으로 하루 10시간 근무를 하고 와서도 허벅지를 꼬집으며 밤새 자격증 공부를 했다. 두 달에 한 번씩 시험을 보러 가는 게 일상이었다. 그렇게 독하게 살아왔다고 자부했는데, 남은 건 유효기간 지난 명함만 남아있을 뿐이었다.

1년 동안 내 이름 석 자로만 살아보니 알겠다. 그 어떤 명함보다도 강력한 명함은 내 이름 세 글자라는 것. '작가 알리사', '콘텐츠 마케터 알리사' 그런 거 말고 난 그저 사람들에게 '알리사' 세 글자의 이름으로 기억되고 싶다.

'아, 가스라이팅으로 공황장애가 생겼는데 그 경험을 공유하는 용감한 사람?'

이 정도로 기억되면 더 좋겠다. 앞으로도 이뤄가고 인생의 목표는 나의 경험을 담은 따뜻한 책들로 사람들에게 위로와 용기를 주고, 희망이 생겨서 나만의 삶을 살아가는 사람들이 많아지는 세상을 만드는 것이기에.

여러분은 어떤 사람이 되고 싶은지 궁금하다. 내 이름 앞에 반드시 화려한 수식어가 붙기를 바라는가? 아니면 나처럼 그냥 이름 석 자로, 나라는 사람이 브랜드가 되어 내 모습 그대로 살아가고 싶은가? 뭐든 여러분도 나처럼 스스로 원하는 삶을 살아갈 수 있을 거라고 믿는다. 자신을 믿고 자신이 그리는 인생 그대로 앞으로 나아갔으면 한다. 그 길이 당장에 꽃길이 아니더라도 언젠가는 꽃길에 다다를 수 있도록 당신을 데려갈 것이다.

상처만 가득했다고 생각했던 나의 10년 동안의 직장 내 암흑기 시절을 글로 풀어내기란 쉽지 않았다. 하지만 글을 쓰는 동안 내 인생의 정답지를 몇 가지 더 찾아낼 수 있었다. 글로 쓰고 보니 힘든 일만 가득했던 건 아니었다. 10년이란 시간 동안 정말 많은 것들을 경험하고 배웠다. 그 안에서 한층 성장한 내 자신을 마주할 수 있었다. 온전한 나를 찾기 위해 차근차근 잘해오고 있다는 것 또한 그렇다. 글을 쓰면서 장애물을 겪을 때마다 동료들과 우스갯소리로 하는 말이 있다.

"글 쓸 내용 없을까봐 세상이 글감을 던져주네. 나중에 대단한 스토리 하나 나오겠다!"

이렇게 웃어넘길 수 있는 여유도 생긴 것이다.

이제는 안다. 고작 A4 용지 한 장에 15년 동안의 고되고도 자랑스러운 노력을 정형화된 문장으로 채운 이력서가 아니라, 한 권의 책으로 어떤 인생을 살아왔는지 읊을 수 있는 다양한 경험을 하는 것이 진짜 내 인생의 이력서라는 것. 진짜 이력서는 서류 쪼가리가 아니라 시간이 지날수록 가치가 더해지고, 새로운 경험을 하면 할수록 나만의 가치를 올릴 수 있는 포트폴리오를 쌓는 것이라는 것. 세월이 흐를수록 사회로부터 나의 가치를 폄하당하고, 늙은이 취급받는 자리가 사라지는 것이 아니라 나의 능력을 입증할 수 있는 것이 진짜 이력서를 채워나가는 게 더 중요한 일이라는 걸 말이다.

앞으로도 나는 '알리사' 자체로 살아갈 거다. 내 이름이 브랜드가 되고, 명함이 되어. 회사를 위해 나라는 사람을 철저히 숨기고 내 인생을 포기하며 살아가는 것이 아닌, 나의 발전과 성장을 위해 열정을 쏟아 일하며 살아갈 것이다. 언제 어디서나 기준은 내가 되는 그런 삶을 살 거다. 내 인생의 주인공은 나이고, 주인공에게는 늘 시련과 고난이 닥쳐오지만 언제나 해피엔딩인 것처럼. 인생에 힘든 일만 가득하고 전부 다 안 풀리는 것 같은 기분이 든다면 이렇게 생각해보자. '나는 나라는 드라마를 쓰는 작가다. 내 인생의 결과는 내가 쓰는 대로 바뀔 수 있다'고. 더 빛나는 주인공을 위해 산 넘고 물 건너는 고생 따위는 기꺼이 견뎌내겠다고. 극의 긴장감을 위해 반드시 들어가야 하는 요소일 뿐이라고 생각하며.

내 글을 읽고, 여러분의 잃어버린 내 인생을 다시 찾아올 용기가 생겼을까? 그렇다면 이제부터는 앞만 보고 가보자. 다시는 나를 잃지 않겠다고 굳게 다짐한 채, 세상의 모든 공격으로부터 나를 지켜내도록 해보자. 우리 모두의 인생은 해피엔딩일 수밖에 없으니.

에필로그

20대 중반, 첫 회사에 취직했던 그때는 평생 직장인으로 살아갈 거라 생각했다. 싸이월드도 하지 않았던 내가, SNS에 개인적인 이야기를 올려서 많은 사람에게 공감을 얻고 더불어 많은 기회를 얻게 될 거라고는 단 한 번도 상상해보지 못했다. 심각한 기계치로 스마트폰은 문자를 보내고 전화받는 용도로밖에 사용할 줄을 몰라서 주변으로부터 '스마트폰은 좀 스마트하게 써보라'는 말도 자주 들었는데, 이제는 스마트 기기를 이용해 콘텐츠를 만든다. 그저 취미로 끄적거렸던 글쓰기가 이제는 '업'이 되기도 했다. 내 이름을 건 모임은 3개월 만에 200명이 넘는 사람들이 모였다.

1년도 안 된 시간 동안 예상하지 못했던 수많은 일들을 마주하며 어느 날 내 머릿속엔 이런 문장이 하나 떠올랐다.

"알리사 님의 인생 제 1막이 종료되었습니다."

인생을 오래 산 건 아니지만, 그렇다고 짧게 살지도 않은 입장이 되어 보니 인생이란 건 참 재밌다. 왜 나에게만 이런 시련이 닥치는 걸까 세상이 원망스럽기만 했다. '오늘 잠들고 나면 제발 내일은 눈 뜨지 않게 해주세요'라고 기도하던 날이 셀 수 없이 많았다. 늘 사람들의 인정에 목 말라있던 나에게 모두가 나에게 틀렸다고 하지 않았다면 아직도 회사에 남아있지 않았을까. 모두가 나에게 멋진 인생이라고 해줬다면 나의 제2의 인생은 없지 않았을까. 작가 알리사보다 사원 알리사가 더 익숙한 삶으로 살지 않았을까. 한 권의 책을 더 읽기보단, 하나의 자격증에 더 목매며 살지 않았을까.

모두가 나에게 틀렸다고 손가락질하고, 자존감을 훔쳐가고, 짓밟고 뭉갠 덕분에 꿈틀할 수 있었다. 모두가 나에게 나답게 살지 말라고, 이기적으로 살지 말라고 다그치지 않았다면 정말로 나답게 사는 게 무엇인지 고민해보지도 않았을 것이다.

우리 인생에서 위기가 찾아온다는 건, 다른 기회를 찾아내라는 신호가 아닐까 싶다. 위기가 왔으니 일어날 생각하지 말고 그대로 바닥에만 붙어 있으라는 게 아니라, 지금 살아가는 방식은 나와 맞지 않으니 다른 방법을 찾아 날개를 펴고 훨훨 날아가라는 것이 아닐까. 너무 힘들어서 다 포기하고 싶다면, 앞이 깜깜하다면, 세상에 나 혼자만 덩그러니 남겨진 것 같다면 지금이야말로 무엇이든 해볼 수 있는 기회라는 걸 명심하자. 인생 그까짓 거, 1부가 끝났다고 생각하고 잠시 리허설을 거친 후에 피날레를 장식할 2부로 넘어가보자.

여러분의 나다움을 진심으로 응원한다.

참고도서

《1년 뒤 오늘을 마지막 날로 정해두었습니다》 오자와 다케토시, 필름, 2022

《가스라이팅》 스테파니 몰턴 사키스, 수오서재, 2021

《그게, 가스라이팅이야》 에이미 말로 맥코이, 에디토리, 2021

《나는 더 이상 휘둘리지 않을 거야》 샤론 마틴, 에디토리, 2022

《나답게 일한다는 것》 최명화, 인플루엔셜, 2022

《내가 확실히 아는 것들》 오프라 윈프리, 북하우스, 2014

《여덟 단어》, 박웅현, 북하우스, 2013

《웰씽킹》 켈리 최, 다산북스, 2021

《자신에게 엄격한 사람들을 위한 심리책》 오언 오케인, 갤리온, 2021

《크러쉬잇! SNS로 열정을 돈으로 바꿔라》 게리 바이너척, 천그루숲, 2019